中公文庫

斬　死

オッドアイ

渡辺裕之

中央公論新社

目次

斬死　オッドアイ

登場人物紹介

朝倉俊暉…………………………警視庁捜査一課の刑事を経て、K島の駐在所巡査。元自衛官

国松良樹…………………………中央警務隊捜査課。陸曹長

ヘルマン・ハインズ……………米海軍犯罪捜査局（ＮＣＩＳ）の特別捜査官

ジェイソン・コンガー…………ＮＣＩＳの特別捜査官。ハインズの部下

ルイス・スプリンガー…………ＮＣＩＳグアム分局における責任者。特別捜査官

ブレッド・パーカー……………ＮＣＩＳグアム分局の特別捜査官。スプリンガーの部下

ジェーン・グレーブマン………グアム米空軍基地の保安中隊。少尉

フェーズ0：斬死

グアム島中西部のアプラ港に米海軍基地がある。

午後七時二十分、基地内のスーパー〝カミサリー〟に買い物客の姿はなく、閑散としていた。

購入はできないが、ショッピングセンター〝ネイビーエクスチェンジ〟なら、基地関係者の知り合いがいれば一般人でもウインドウショッピングを楽しむことができる。だがカミサリーは軍人かその家族のＩＤがなければ入場することもできない。基地の近隣の住民であっても気軽に買い物のできる場所ではないのだ。

店内は背の高いスチール棚に商品がぎっしりと並べられていて、スーパーというより、物流倉庫といった方が相応しい。買い物を楽しむための陳列ではないため、買い物客は必要な品を買ってすぐに帰る。客でごった返すことがないのは当然である。

売り場の責任者エバン・ストロームは苛立ち気味に店舗の通路を歩いていた。

「あの野郎、どこに行きやがった。またトイレで居眠りしていたら、承知しないぞ。……

ジェーク、ジェーク・フェグリー、応答せよ！」

ストロームは手持ちの店内用無線機に悪態をついた。

広い店内にレジ係が二名、在庫管理と棚出しのフロア担当者としてストロームとフェグリーの他にも数名のアルバイトが働いている。棚には大量の商品を詰め込んであるため、補充はめったにしなくてすむ。客の少ない夕方にはバイトも帰り、二人でフロアの仕事を賄っていた。だが、これは最小限の人員であり、何かと忙しい。それにもかかわらずフェグリーは煙草を吸うために職場を抜け出すサボタージュの常習犯であり、トイレに隠れて居眠りをすることもあった。

ストロームは四十六歳で、小太りの独身者だ。髪もかなり薄くなっている。一方、同じ独身でもフェグリーは三十四歳と一回り若く、自慢の金髪はふさふさとしており身長も高い。当然のごとく何人もガールフレンドがいる。それが、もてない男であるストロームには余計癇に障るのだ。

「いねえなあ。……とすると、バックヤードか」

店舗のトイレを覗いたストロームは、小走りにバックヤードに向かう。基本的に在庫のほとんどを店の棚に並べる。バックヤードには一部の在庫と嵩張る大型の商品ケースが置かれているだけで、五十平米ほどの広さしかない。

「出て来い。ジェーク！」

ストロームはバックヤードの入口で無線機に向かって声を張り上げた。すると、薄暗い棚の奥から自分の声がこだまのように返ってきた。フェグリーの無線機のスピーカーから音が漏れているに違いない。

「いやがったな」

にやりとしたストロームはバックヤードのドアを閉め、液体洗剤の入った一つ十五キロもある段ボール箱をドアの前に三つ積み上げた。

バックヤードには外部からの搬入用シャッターがあるが、開けるのに時間が掛かる。店に通じる出入口は一つだけだ。だが、棚が並べてあるため通路は四つあり、ストロームが奥に行く間に別の通路を抜けて逃げられる可能性がある。荷物で出入口を塞いだので、たとえ入れ違いになってもフェグリーを捕まえられるはずだ。

ストロームは足音を忍ばせて、通路の奥へと進んだ。バックヤードは天井まで三・四メートルあり、スチール棚は天井の梁と同じ高さがあった。そもそもの設計が悪いせいもあるが、天井の蛍光灯の光量が足りないため、昼でも天井近くに置いてある商品を調べる時にはライトを使う。所詮、基地内のスーパーなので店舗もバックヤードも金は掛けられていないのだ。

通路を進むと、シャッターの左側に積み上げられている段ボール箱の向こう側から人の足が覗いている。

「馬鹿なやつだ。こんなところでうたた寝しているとは。もっともここが一番暗くて涼しいから、気持ちは分からないでもない」

ストロームは、ポケットからスマートフォンを取り出した。足で蹴って起こしてやろうかとも思ったが、フェグリーの寝姿を撮って上司に報告しようと思い直したのだ。

スマートフォンのライトを点灯させ、ムービーモードにしたストロームは、寝転がっているフェグリーの足のつま先から嘗めるように撮影する。ストロームは笑い声を聞かれないように左手で口を塞いだ。

「うん？」

スマートフォンの画面を見ていたストロームは、首を捻った。顔まで撮ったのだが、二重に映っているのか、なぜか頭が二つある。

画面から目を放したストロームは、足下のフェグリーに改めてスマートフォンのライトを向けた。光の輪にフェグリーとは別人の顔が収まった。

「オーマイガー！」

ストロームは、悲鳴を上げて後ろに飛び退き、棚に背中を打って転んだ。

「ヘッ、ヘッ、ヘッ……」

ヘルプ・ミーと言えないまま、ストロームは、尻餅をついたままの姿勢で後ろに移動しはじめた。

「…………！」

右手が湿り気を帯びた何かを摑む。ぬるっとした手触りである。

悲鳴を押し殺したストロームは、恐る恐る左手に握り締めたスマートフォンで手元を照らした。左手の震えをトレースしてライトが上下に目まぐるしく動く。

ライトが見覚えのない人形を捉えた。それが首のない死体だとストロームの脳が認識するまでに、一瞬の間があった。

「うっ！」

ストロームは嘔吐しながら出入口に向かって必死に逃げ出した。

フェーズ1：中央警務隊

1

ハンドライトを手にした朝倉俊暉は、ベージュのカーペットが敷き詰められた廊下を歩いている。日が高いというのに足下は暗かった。

三月二十二日、昨日までは天候が不順でK島名物の強風が吹き荒れ、気温も低かったが、今日は朝から雲一つない天気に恵まれた。気温も二十度近くまで上がっている。パトロールも天気に左右され、晴れた日は気分も爽快である。

「昼間だからいいですけど、夜の見回りは嫌ですよね」

すぐ後から付いて来る富岡孝雄は、島に赴任してまだ日が浅い。北駐在所の前任者である橋本が二月の末に実家の都合で故郷の埼玉県に帰ったため、三月一日付けで富岡が交代要員として夫婦で赴任していた。年齢は三十六歳と朝倉といくつも違わないが、身長が低く、童顔のため随分と若く見える。

離島の駐在所勤務には希望者も多いが、朝倉は有無を言わさぬ辞令で赴任し、三年目に突入していた。それまで警視庁の刑事部捜査第一課、第四強行犯捜査、殺人捜査第十二係の刑事として経験を積んでいたが、三年前に起きた猟奇殺人事件の後に転属を命じられた。

事件の犯人は米軍海兵隊の元特殊部隊隊員であったイーサン・マリク一等軍曹。米兵と自衛官の首を切断するという残忍な手口で何人も殺していた。日米両政府は日米安保にも影響しかねない事件だけに隠蔽を図り、関係者には厳しい箝口令を敷いた。事件を解決に導いた朝倉を離島勤務にしたのは、マスコミの追及を免れたいという意図もあったようだ。また、捜査段階で上司と対立したことも原因の一つらしい。

「必要とあらば、夜も見回るさ。今はシーズンオフだから観光客も少ないけど、夏になると肝試しに不法侵入する連中もいるんだ。中で花火でもされたらまずいからな」

朝倉は廊下に面したドアを開けて中を確認した。

二人が巡回しているのは、一九八〇年代、K島の西海岸沿いに建てられたリゾートホテルである。最盛期は客で賑わっていたようだが、バブル崩壊で経営破綻し、今では廃墟になっていた。建物そのものの状態はよく、内部もさほど傷んではいないが、一部のガラス窓が割れており、中に侵入することができた。

廃墟と化したホテルは他にもあり、立ち入り禁止の張り紙はしてあるが、安全を確認するために駐在員が定期的に見回りをしているのだ。

赴任して三年目ともなると人口二千人弱の島民の顔はすべて把握し、島で知らない場所など朝倉にはない。一家族で赴任する北駐在所と違って南駐在所は六人態勢で回っているため、富岡が馴れるまでは順番に島の案内を兼ねて一緒にパトロールすることになっている。

「それにしても、もったいないですね。まだまだ使えそうな建物なのに」

富岡は朝倉の脇の下から部屋を覗き込んだ。

朝倉は身長一八三センチ、体重は九十二キロ、自衛官から警察官に転向した変わり種である。島では暇を持て余すために毎日体を鍛えており、無駄な脂肪はない。いたって健康であるが、十二年前の自衛官時代、演習中の事故で左目の視力が極端に落ちて瞳の色がシルバーグレーに変色するオッドアイとなり、それが唯一の弱点である。

視力低下のほかに退官の理由の一つとなった偏頭痛は、島に来てからなくなった。頭痛の原因は、左右の視力の違いとストレスが原因だったのだろう。島で事件事故はほとんどないため、神経をすり減らすようなこともない。

長年の偏頭痛から解放されたとはいえ、一課の激務に比べると島の勤務はのんびりしすぎており、それが朝倉にとって新たなストレスになっていた。元の職場に復職したいと願ってはいるが、三年経っても本庁からはなんの音沙汰もない。

廃墟のリゾートホテルは客室も多く、施設をすべて見回ると一時間近くかかってしまう。二人がホテルの前に停めてある黒バイク（警察用バイク）に戻ると、午後十二時二十分になっていた。適当に回ればよかったのだが、新人の富岡の手前ずぼらな真似はできない。もっとも昼飯は北駐在所で富岡の妻の手料理を御馳走になる予定だ。少々遅くなっても食いそびれる恐れはない。

バイクに跨がったところで、朝倉のポケットに入れてあるスマートフォンが振動した。

「はい、朝倉です」

――朝倉君か、昼飯は食べたか？

南駐在所の上司である柏原勇夫警部である。

「いえ、午前中のパトロールが終わったところです」

――すまないが、安曇清武さんが奥さんと揉めていると通報があった。急行して仲裁してくれないか？

柏原はK島の駐在所ではトップで、朝倉が赴任して来た理由を島で唯一知る人物でもあった。部下を君付けで呼ぶお人好しで気が優しいところが、欠点とも言える。

「俺じゃなきゃ、だめですか？」

渋い表情で朝倉は答えた。

安曇は島の漁業組合で組合長も務めたことがあり、今年七十一歳になる現役の漁師である。漁師仲間からの信頼は厚く、面倒見のいい男だが、それだけに付き合いが厄介でもあった。

非番の暇にあかせて漁の手伝いをしたことも多々ある。日頃鍛えているだけに朝倉の体格は島でも一番良く、腕っ節も強い。沖に出れば古参の漁師と変わらない働きをする。

朝倉にとってはなんでもないことであるが、安曇は朝倉をいたく気に入ったらしく、ことあるごとに漁に誘う。朝倉も釣りが趣味で、漁船に乗せて貰うこともあるので気軽に手伝うのだが、困ったことに、孫娘を嫁に貰ってくれとうるさく言うようになった。朝倉に警察官を辞めさせて、漁師にしようという魂胆のようだ。

――漁師連中は、朝倉君しか対処できないじゃないか。なんとか頼むよ。

柏原は情けない声で言った。電話をかけながら頭を下げている様子が目に浮かぶ。柏原は電話や無線機を使っているときでも、相手が目の前にいるように話すのだ。

「分かりました。急行します」

溜め息を漏らして朝倉は電話を切った。

「何かトラブルですか？」

傍らで富岡が心配そうな表情をしている。この男も真面目でお人好しである。基本的に離島の駐在警察官は、性格がよくなければ勤まらない。家族ぐるみで任務に当たるのだから、島民に信頼される人物でなければならないからだ。一癖も二癖もある刑事たちの吹き溜まりの一課とは天と地ほど違う。

「安曇家だ。どうせ、犬も食わない夫婦喧嘩だろう」

朝倉はバイクのエンジンをかけた。

「……了解しました。お供します」

富岡は生真面目に頷いてみせた。

「いや、俺一人で行くよ。漁師は気難しいんでね。二人で行ったら大袈裟だ、税金泥棒と怒られるのが関の山だ」

答えてはっとした。柏原の言うようにいつの間にか漁師関係は、朝倉が引き受けている。これではますます島に馴染んでしまうじゃないか。

「お昼は、どうされますか？」

遠慮がちに富岡が尋ねてきた。奥さんの手料理には後ろ髪を引かれる思いだが、すぐに行けるとは思えない。

「奥さんを待たせても悪い。今日は、遠慮しておくよ。謝っておいてくれ」

朝倉は内心で舌打ちをした。

2

子供の頃、亡くなった父親孝志に連れられて近所の管理釣り場に行ったことがきっかけで、朝倉は釣りにはまった。大学を中退して自衛隊に入り、次いで警察官になってからは忙しくてしばらく遠ざかっていたのだが、K島に転任してからまた釣り師に戻っている。きっかけは、地元の漁師に誘われ、近海で獲れた海の幸を目の当たりにしたことだった。

黒バイクに跨がった朝倉は海岸通りを十分ほど走って漁港に着くと、坂道を上った。小さな島だが、K島は実に起伏に富んでいる。民家が密集する街に平地はない。

朝倉はこの界隈では一番立派な門構えの安曇家にバイクを乗り入れて、玄関先に停めた。ヘルメットを脱いで、家の玄関を素通りし、庭に抜ける。勝手口に人だかりができていた。

「こんちは」

朝倉が挨拶すると、勝手口を塞いでいた三人の男たちが振り返った。どの顔も日に焼けている。近所に住んでいる漁師たちだ。

「おう、朝倉さんか」

真ん中の男が白い歯を見せて笑った。漁師たちからは、「駐在さん」ではなく、親しみを込めて名字で呼ばれている。

「邪魔するよ」

朝倉は男たちを割って勝手口から台所に入った。漁師の家なので土足で入れ、釣った魚が捌けるように流し台が二つある。通報では安曇夫婦の喧嘩と聞いていたが、睨み合っているのは安曇と親しい漁師仲間の佐藤次郎で、安曇の妻夕子の姿はない。

「大体からして、おまえが顔を出したのがいけねえんだ」

腕組みした安曇が、傍らに立つ佐藤を睨みつけた。

「冗談じゃない。あんたたちの声は家の外まで聞こえて来たんだ。これはいけねえって、俺は仲裁に入ってやったんだ。俺にまで喧嘩を売ろうってのか。それなら買ってやるぜ！」

佐藤は擦り切れたトレーナーの袖を捲った。

「おっ、俊暉か。おっかあ、俊暉が来たぞ。居間で冷たいお茶を飲んでもらえ」

朝倉に気が付いた安曇が、漁で塩嗄れした声を張り上げた。彼は誰よりも朝倉と親しいと自負し、名前を呼び捨てにする。

「いいえ、俺は」

「いいから、上がりな。すぐ行くから」

話しかけると、安曇に遮られた。

「俺たちのことはいいから、上がって待っていなよ」

佐藤も笑顔で言う。二人の表情に警察官が介入するほどの深刻さはないようだ。

「はっ、はい」

首を捻りながらも朝倉は台所で靴を脱いだ。台所の横は四畳半の和室で、一方のドアから廊下に出て最初の左の部屋が十畳の居間である。

「あれっ」

居間の引き戸を開けた朝倉は、頭を掻いた。部屋のテーブルには刺身や煮魚などの御馳走が並べてある。時刻は午後十二時三十五分になっていたが、昼飯前らしい。

「真ん中の席に座って」

麦茶を入れたグラスを持って来た、安曇の妻の夕子が、朝倉に座布団（ざぶとん）を勧めた。座布団はテーブルを挟んで三枚ずつ敷いてある。

「安曇さん宅で夫婦喧嘩があったと、通報があったのですが」

朝倉は恐縮しながらも、台所側の端に腰を下ろした。

「最初はそうだったんだけどね」

夕子は苦笑して見せた。

「事情を聞かせてもらえますか？」

「後でね。今は忙しくて」

話を聞こうとすると、夕子は慌ただしく廊下の奥に消えた。

入れ替わって、玄関から安曇の実の娘である中田知加子（なかたちかこ）が現れる。

「朝倉さん、いらっしゃい。もうすぐ主人も帰って来るわよ」

彼女は電気屋を営んでいる夫の忠雄（ただお）と近所に住んでおり、昼と夜は実家である安曇家で食事をとることが習（なら）わしとなっていた。

「いやあ、朝倉君、いらっしゃい」

待つこともなく現れた中田忠雄が、テーブルの向こうに何気なく座った。

「今日は、いい天気だな」

安曇が何事もなかったかのように部屋に入って来ると、忠雄の隣りに座る。佐藤との話はついたらしい。夕子と知加子がご飯を盛った茶碗と吸い物を入れた椀をテーブルに並べはじめた。

「あっ、俺は勤務中ですから」

目の前に茶碗を置かれた朝倉は、慌てて腰を浮かせた。

「昼飯前なんだろう。食っていきなよ。これだって、村民とのコミュニケーションを取る重要な仕事だぞ。おろそかにしちゃ困る」

安曇が渋い表情を見せるが、むろんわざとに決まっている。同じ言い分で朝倉はこれまで何度も晩ご飯を呼ばれていた。

「ただいま、あらっ」

最後に現れたのは中田夫婦の娘であり、安曇の孫である幸恵である。

「私は、ここかしら」

幸恵は首を傾げながらも、朝倉の向かいに座った。彼女は今年都内の大学を卒業し、そのまま都心に残るかと思ったが、村役場に就職して島に戻っている。安曇が自慢するだけあって、美人で活発な女性だ。

安曇は彼女と朝倉をくっつけたがっていた。というのも長女の知加子は電気屋に嫁ぎ、長男は大学を出て都心でサラリーマンをしており、次男は体が弱いため漁協で働いている。漁師の跡取りがいないのだ。そこで体格がよく、売るほど体力のある朝倉に目を付けたらしい。もっとも、朝倉は今年三十八歳、幸恵は二十三歳と歳が離れ過ぎている。そのうえオッドアイという異相なので、はなから釣り合っていないと真に受けていなかった。

「それじゃ、飯にするか」

「いただきます」

安曇の号令で全員手を合わせた。

「すみません。一応仕事ですからお尋ねします。どうして、夫婦喧嘩になったんですか？」

箸を取る前に、朝倉は質問した。通報で駆けつけてただ昼飯を御馳走になったのでは、報告もできない。

「俺はな。昼飯のおかずは刺身にキンキの煮付けがいいと言ったんだ。そしたら、女房がキンキより、若い人にはトンカツでも揚げたらどうかなんていうから、喧嘩になったんだ」

安曇は刺身を食べながら答えた。

「すみませんね。くだらないことで、騒がせて。私は朝倉さんや幸恵ちゃんのような若い子に魚ばかりじゃ可哀相だと思ったからそう言ったんですけどね」

漁師の女房だけに夕子も負けてはいない。

「くだらないとはなんだ。それで、喧嘩になったんだろ。それに、次郎の野郎が勝手口から俺が公平に判断するって、偉そうに言いやがる。しかも女房の肩を持って、若者には海老フライがいいと抜かしやがった。だからあいつとも喧嘩になったんだ」

安曇は渋い表情で言った。やはり、原因はくだらない。

「佐藤さんは、親切心で言ってくれたのよ。それをあんたが頭ごなしに余計なお世話だというから、喧嘩になったんじゃない。結局、私が折れてキンキの煮付けにしたけど」

夕子は安曇に負けずに切り返した。

「まあまあ、お二人とも、落ち着いてください。質問ですが、今日は俺がはじめから昼に呼ばれることになっていたんですか？」

朝倉は腰を浮かせて、二人を制止した。朝倉が魚よりもフライが好きだと思われているのなら心外である。どちらかに決めつけるほど、偏った好みはないのだ。

「あんたを思えばこそ、どういうおかずにするかが問題だったんだ」

安曇は屈託なく答えた。

「そうよね」

夕子も相槌を打つ。まるで質問をした朝倉が悪いと言わんばかりだ。

「俺は奥さんの手料理なら何でも好きですから、喧嘩はしないでください。それにこれから俺を呼ぶときは、事前に言ってもらえませんか」

朝倉は冴えない表情で言った。

「一件落着だ。遠慮せずに食べてくれ」

安曇は手を叩いて喜んでいる。所詮この島に、駆けつけて来なければならないほどの事件はないのだ。

「いただきます」

朝倉は溜め息を漏らしながらも、箸を取った。

3

壁面は板張り、床は鮮やかな藺草色の柔道畳が敷かれた武道場で、十人の男が二人一組となり激しい稽古をしていた。

一方が相手の袖や手を取ると、抜き手という方法で束縛から逃れて技をかける。稽古は合気道のように古武道の流れを汲んでいるようだ。全員柔道着に黒帯で、鍛錬した男たちの稽古風景である。ただ一つ武道の稽古で見慣れないのは、帯の後ろに手錠を入れた革製の蓋付きケースをぶら下げていることだろう。

「次に〝受け〟はナイフを右手に持ち、心臓目がけて突く。〝取り〟はそのまま決めて逮捕せよ」

国松良樹陸曹長が、きびきびと部下に言うと、他の男たちは額から流れる汗を道着の袖で拭いながら頷き、組み手の相手と間合いを取った。

彼が所属する陸上自衛隊の中央警務隊では、日頃から逮捕術の訓練を厳しく行う。〝受け〟は犯人を想定した技を受ける者のことで、〝取り〟は逮捕者のことである。

「はじめ！」

国松の掛け声で、〝受け〟が一斉にナイフを持っている想定で右の拳を勢いよく突き出した。

〝取り〟は左にかわしながら右手で拳を払うと同時に腕を摑み、左手で相手の肩口を押さえた。この時点で〝受け〟の右腕は封じられる。〝取り〟はそのまま右手と左手を逆方向に捻りながら〝受け〟の体勢を崩して畳に押さえつけ、右ひざで〝受け〟の首を押さえつける。古武道ならこれで押さえ決めになる。

さらに〝取り〟の男たちは帯の革ケースからすばやく手錠を出し、組み伏せた〝受け〟の手首に後ろ手の状態で手錠をかけた。

自らも〝取り〟になっていた国松は、他の者も確実に手錠を掛けたか確かめると大きく頷き、〝受け〟になっている中村篤人一等陸曹を立たせた。逮捕術はここまでが、一つの流れとなっている。格闘術だけでなく、手錠をかける技も必須なのだ。

「陸曹長、手錠が締まり過ぎですよ。これでは被疑者の人権を無視していると思われますよ」

後ろ手に手錠をかけられた中村は文句を言った。

「下手に暴れるから締まるのだ。そもそも、俺たちが対象にしているのは、一般人じゃないんだぞ。手錠がきついからって文句を言うような奴は、おまえぐらいなもんだ」

国松は話しながら手錠ケースを探り、右眉を吊り上げた。警務官の扱う事件や事故は、基本的に自衛隊のある駐屯地で起きたものに限られる。したがって対象者も自衛官か、駐屯地の関係者ということだ。

「どうしたんですか？　早くしてください。今度は私が〝取り〟ですから」

中村は嬉しそうな顔をしている。上官を組み伏せるチャンスが来たと喜んでいるのだ。

「いかん。手錠の鍵がない。デスクに忘れて来たのかもしれないなあ」

国松は腕組みをして天井を見上げた。

「勘弁してくださいよ。手錠したままじゃ、着替えることもできませんから」

中村は情けない顔になった。心底弱ったという雰囲気だ。

「慌てるな。私が開けてやる」

隣りで稽古していた北井英明一等陸曹が、笑いながら自分の鍵で中村の手錠を外した。

「ふう、助かった。一時はどうなるかと。被疑者の気持ちがわかりましたよ」

中村は手首を擦りながら国松を睨んでいる。真面目な顔でふざけていることの多い男だが、仕事はできる。

半年前のこと。昨年九月初旬の知床（しれとこ）半島で、中村は朝倉とともに特殊な事件を解決すべく活躍した。

一昨年、陸自の特殊部隊である特戦群（特殊作戦群）のチームが知床半島で行ったサバイバル訓練中に、隊長がヒグマに襲われて死亡するという事故があった。その後、関係者が自殺し、遺書から殺人だった疑いが生じたのだ。

そのため元特戦群の朝倉が駆り出され、中村はサポートする形で事故当時の隊員と一緒に実況見分を行った。陸自でもエリートクラスの特戦群のハードな訓練を再現する必要があったため、足を引っ張ることもあったが、朝倉の助けでなんとか最後まで任務をこなすことができた。

中村は任務中のふがいなさを恥じて体を鍛え直し、昇級試験に挑戦して二等陸曹から一等陸曹に階級を上げている。

「何が助かっただ。手錠の鍵は隊で共通だろう。慌てる方がどうかしている」

北井は苦笑した。彼も昨年の知床での捜査に参加しているため、気心は知れている。

「〝取り〟と〝受け〟の交代だ」

国松が声をかけると、ざわついていた道場は静まり返り、十人の男たちは再び向き合った。

「はじめ！」

号令をかけた国松は右拳を中村の胸目がけて突き出す。瞬間、中村は国松の腕を取って突き崩し、国松を押さえ込んだ。だが、中村が手錠をケースから出すほんの一瞬の隙を突いて、国松は体を起こし、逆に中村を組み伏せた。本来なら、〝取り〟と〝受け〟は、文字通り技の〝取り〟と〝受け〟であるため、稽古中に入れ替わることはない。

「そっ、そんな。陸曹長は、〝受け〟ですよ」

中村は畳に頭を押し付けられながら文句を言った。

「馬鹿野郎！　おまえの甘い押さえ込みで検定審査官の目が誤魔化せると思っているのか。まして、現場で犯人に同じことが言えるのか」

国松は中村の腕を捻り上げた。

警務隊では逮捕術がおろそかにならないよう定期的に検定試験を行い、隊員の技量の向上を促(うなが)している。

「すっ、すみません！」

中村は参ったと、畳を左手で叩いた。

「厳し過ぎませんか？」

稽古後の更衣室で、中村は着替えもせずに北井に不満を漏らした。中村は国松に押さえ込まれた後に腕立て伏せを百回させられている。

「会議に遅れるぞ。着替えろ。そもそも陸曹長は、おまえを鍛えようとしているんだぞ。それだけ見込まれているということだ。おまえはレンジャー課程を受けるつもりなんだろう？」

北井は道着を畳みながら答えた。

「えっ、知っていたんですか？」

中村はどちらかというと細い目を丸くした。これでようやく平均的な大きさかもしれない。

「おまえさあ、体を鍛えて、他の部隊にレンジャー課程のことを聞き回っているそうじゃないか。分かりやす過ぎるぞ。それにしても、いまさらどうして受けようと思ったんだ？」

北井は肩を竦めてみせた。

「去年の事件で、朝倉さんの凄さを目の当たりにして、自分もああなりたいと思ったんです。まあ無理でしょうが、少しでも近付けたらなと思いましてね」

「おまえにしては、殊勝なことを言うな。朝倉さんは本当に凄かったよな。飛び抜けた身体能力に格闘技も半端じゃない。何よりも抜群の捜査能力を持っているしな。あの人には警務隊に残ってもらいたかったよ」

「本当にそうですね」

中村が相槌を打つと、二人揃って溜め息を漏らした。

4

午後二時、市ヶ谷防衛省内の中央警務隊会議室に暖かな春の日差しが差し込んでいた。

昼食後、休憩時間も使って行われた逮捕術の稽古が終わり、捜査課に所属する十人が会議室に顔を揃えている。稽古日は決まっており、いつもは業務に差し障りがないように午後七時から行われるが、検定試験も近いため特別に稽古時間を設けたのだ。

「久しぶりだな。こんな時間に会議室に集まるのは」

最後に会議室に入った国松は、一同の顔を見て言った。

自衛隊内で起きた事件事故は、それぞれの駐屯地の警務隊が処理することになっている。だが、自衛隊の機密に関わるような重大な事件や凶悪事件などは駐屯地の管轄に関係なく、中央警務隊が対処していた。また、警務隊は警察と違って職務が分かれておらず、事件の捜査から鑑識、取り調べなどすべてを行うために仕事は多忙を極める。

そのため一度事件が起きれば、一月くらいは職場や事件現場となった駐屯地に缶詰状態になることはざらにあり、家にも帰れなくなる。妻帯者である国松は女房に下着の替えを送ってもらうこともできるが、独身者はやむを得ず売店で下着を購入するか、不衛生な下着を着続けるという辛い目に遭うのだ。

だが、会議室に集まった名目は捜査会議ではなく、定例会議でもなかった。出席者の顔に緊張感はない。

「今日は、月内のスケジュール確認をするために集まってもらった。うちの課のスケジュールを発表する。三月二十四日、衆議院・有坂代議士の朝霞駐屯地見学の警護、三月二十六日、同じく衆議院・長内代議士の練馬駐屯地見学の警護、三月三十日、……。保安業務は以上。業務の他に通常訓練とITの勉強会はいつも通りだ。それから、後藤田一等陸佐は二十七、二十八日の二日間、休まれる。この日は、私も休暇を取る」

国松は淡々と発表した。警務隊には要人警護、駐屯地の警戒、交通統制、防犯活動などの保安業務もある。中央警務隊の捜査課は現在主だった事件を抱えてはおらず、要人警護の指揮を任されていた。

「隊長と同じ日に休まれるんですか？　何やらきな臭い匂いが」

中村が鼻を押さえ、怪訝そうな目を国松に向けた。昨年の北海道で起きた事件を水面下で捜査するにあたり、隊長の後藤田と国松は隊員には知らせず、休暇と称して極秘行動を取っている。中村は秘密捜査に参加していたために事情を知っているのだ。実際に二人はK島に行き、朝倉に捜査の協力を要請していた。

「公務ではないが、ある要件で隊長のお供をすることになっている」

国松は苦笑を浮かべた。中村をかまうと、絡まれると知っているからだ。

「まさか……」

身を乗り出した北井は、言葉を濁した。彼も中村同様に国松が朝倉に会いに行くと予測したらしい。だが、会議の場で朝倉の名を出すことはできない。半年前の捜査は極秘に行われており、中央警務隊でも捜査に参加したのは国松と北井と中村の三人だけであった。事件は解決したが、闇に葬られている。当然のことながら事件の内容も関係者の名も同僚にさえ話すことはできないのだ。

大きな事件事故もないため、会議の議題はすぐに尽きる。あえて開いたのは、隊のトップと捜査課のトップである国松が同時に休暇をとることを部下に知らせるためだった。

「事件を抱えていないからといって油断は禁物だ。手のあいている者は、訓練に励め。これで会議は終わる。北井と中村は残れ」

国松は厳しい表情で二人を交互に見た。

「二人とも、言葉に気をつけろ。昨年の特戦群の事件は、なかったことになっている。おまえたちが、死ぬまで秘密にしておかなければならない事件だということを忘れるな」

会議室から他の隊員が出たのを確認した国松は、二人を叱りつけた。

「すみません」

北井と中村は踵を揃えて背筋を伸ばし、頭を下げた。規律ある世界だけに厳しいのだ。

「隊長と私は、君たちの推測通り、Ｋ島に行くつもりだ」

国松は幾分表情を和らげた。

「やはり、朝倉さんに会いに行くんですね。また、重大な事件ですか？」

北井の顔が緊張する。国松の言葉を予測していたらしい。

「事件じゃない。彼をヘッドハンティングしに行くんだ」

国松はにやりと笑った。

「………」

北井と中村が顔を見合わせて首を傾げる。

「警視庁は朝倉君を飼い殺しにしている。あれほど有能な人間にもかかわらず、自衛隊出身であることがネックになっているに違いない。それに一昨年の事件で朝倉君は上司と揉めている。調べたところ、左遷されたその上司の縁者が警察庁の幹部だった。おそらく、その辺りが本庁復帰を阻害しているのではないかと思われる」

国松は渋い表情で言ったが、それほど深刻には捉えていない。彼としては朝倉が刑事に復帰できない方が、都合がいいからだ。

「そうなんですか。けしからんですね」

中村は真っ赤な顔になった。本気で怒っている。彼は朝倉と行動をともにしたことで、心の底から傾倒しているのだ。

「私もそう思う。だが、物は考えようで、彼が警視庁で冷遇されている今こそチャンスだ。彼が自衛隊に復帰し、警務隊に正式に入隊したら、彼を二等陸尉の階級で迎えることができる。悪い条件ではないだろう。私と隊長は、朝倉君と旧交を温めて、自衛隊復帰を勧めるつもりなんだ」

国松は熱く語った。

「それって、去年も同じことを言っていませんでしたか。結局、朝倉さんは階級だとか、幹部になることに興味はなかったんですよね」

中村は肩を竦めてみせた。

「人の出はなを挫く(くじ)ようなことを言うな。おまえは、我々幹部の苦労を知らな過ぎるんだ」

国松は持っていた書類の束で、中村の頭を叩いた。

「そんなに苦労されているんですか？」

中村は叩かれた頭を掻きながら、にやけている。

「私の一番の苦労は、おまえが部下だということだ」

国松はふんと鼻から息を漏らした。

5

米国バージニア州、クワンティコ米海兵隊基地の一角にＮＣＩＳ（海軍犯罪捜査局）本部がある。

構成員は二千四百人で、半数は武装も許容されている特別捜査官であるが、海軍憲兵隊と違い彼らは軍人ではなく文官である。軍規や慣習に縛られない、捜査に特化した存在なのだ。

彼らの任務地は、米国内外の海軍基地と海兵隊基地、それに米海軍航空母艦のため、自ずと捜査対象も世界中ということになる。

ＮＣＩＳの建物の二階オフィスで、ヘルマン・ハインズは気難しい表情でデスクのパソコンを睨みつけていた。オフィスはオープンスペースになっており、数十人の特別捜査官のデスクがチームごとに島を作っている。ハインズのチームは二階の南の窓際、日当たりはいいが窓のブラインドを常に閉めていないと、パソコンの画面が反射して見えないという難のある場所にあった。

「チーフ、そろそろ老眼鏡が必要なんじゃないんですか？　私の父もパソコンの画面を見るとき、そんな顔をしていましたよ」

「うん？」

ハインズは、目の前に立っている部下のジェイソン・コンガーをじろりと見上げた。ドイツ系のハインズは彫りが深く、えらが張っているため、ただでさえ厳格な人間に見られがちだが、眉間に皺を寄せるといっそう近寄り難い雰囲気になる。

「この一週間、ぱっとしませんね。ＮＣＩＳの捜査地域は世界中だと聞きましたが、まだバージニア州とカリフォルニア州しか行っていません。たまには、海外の事件も担当したいですよ」

コンガーはハインズの鋭い視線を気にすることもなく、陽気に話す。身長は一七六センチだが、モデルのようにジーンズの上に胸の開いたカラーシャツをさりげなく羽織っている。甘いマスクをしており、コロンをつけているのかどことなくいい香りがするが、それを嫌みに感じさせないのは黒髪が引きしめているからだろう。

彼は大学で心理学を専攻し、飛び級をして在学中に犯罪心理学の権威であるエリック・ドゥーリトル教授の研究室で二年間助手を務めた。卒業後は研究者の道を選ばずに、意外にもニューヨーク市警でキャリアを積んでいる。昨年の十一月に市警を辞め、ＮＣＩＳの一ヶ月に及ぶ基礎訓練を受け、年が明けた一月二十日付けでハインズのチームに所属することになった。

ＮＣＩＳは基本的に、二十一歳から三十七歳で米国市民権を持ち、かつ四年制大学を卒業している人物という入局の条件がある。そのためハインズのような海兵隊出身者もいるが、警察や海軍憲兵隊などの実務経験者の転向組も多い。ハインズ自身は陸軍士官学校を出て海兵隊を志願した変わり者であった。

ハインズは一昨年に日本で起きた連続殺人事件を解決した功績が認められて、横須賀（よこすか）海軍基地の分局からクワンティコの本部勤務になっていた。半年ほど別のチームのチーフを務めていたが、一年前に新たなチームを結成することになり、他チームから三人、今年に入って新人のコンガーも加わり、部下は四人になっている。

海兵隊を退役し、ＮＣＩＳに入局して十六年目のハインズは局では古参の部類に入る。これまでの実績からすれば十人前後の大きなチームを持っていても不思議ではないが、彼の捜査への執念から生じる頑迷（がんめい）さが昇進を阻害してきた。

ＮＣＩＳは、優秀な特別捜査官にチームを作らせて個別に捜査をする方式をとっているため、ハインズの直属の上司は局長になる。

「ニューヨーク市警に比べて暇だと言いたいのか？」

ハインズはじろりとコンガーを見た。部下の顔はよく見るようにしている。自分だけでなく部下の体調管理も上に立つ者の役目だからだ。

たまにコンガーは目の下に隈（くま）を作っていることがある。聞いてみると、帰宅後に時間を持て余して深夜番組を見ているそうだ。プライベートに踏み込むつもりはないが、それとなく注意している。

「正直言って、市警時代は麻薬(まやく)絡みや売春婦の取り締まりやこそ泥の捜査が日常茶飯事で、寝る暇もありませんでしたね。私の担当地区でいつもトラブルを起こすのは麻薬の売人と決まっていました。やつらは毎日どこかでヤクを売っている。休みなしですよ」

「なるほど、それは忙しいだろうな」

頷いたハインズは、相槌を打った。

「あるとき売人同士の縄張り争いで銃撃事件が発生したんですよ。現場に急行して逮捕したら、みんな十五、六のガキでした。なんだか空(むな)しくなりましたね」

コンガーは大袈裟に身振りを交(まじ)えて話を続ける。男にしてはおしゃべりだ。

「立派な仕事じゃないか。何が問題だ？」

ハインズは首を捻った。コンガーの入局時の面接官ではないが、ハインズはチームに加えるにあたって独自に面接を行い、彼の元の職場であるニューヨーク市警の上司に電話で聞き取りもした。彼は二度も猟奇殺人事件を解決し、表彰されている。かなり優秀らしいが、それをひけらかすような真似をしない。こう見えて謙虚なところもあるのだ。

面接でコンガーは自分のキャリアで海軍の秩序をただし、米国を誇りある国にしたいと言っていた。もちろん、そんなきれいごとを信じるようなハインズではないが、コンガーの市警での経験を高く評価し、チームに入れたのだった。

「ニューヨークの犯罪は低年齢化していて、私が学生だった頃にまだおしゃぶりをくわえていたようなガキが銃で撃ち合う。そんなやつらのケツを毎日追っていたらうんざりしてしまいました。もっと、国家的な犯罪に立ち向かいたいと思ったんです。ぐっとハートに来るような」

コンガーは拳を握り締めて熱く語った。肌の色は白く瞳は薄いブルーだが、黒髪で目鼻立ちははっきりしている。両親はすでに亡くなっているが、彼の父親はノルウェー人で母親はスペイン系だったそうだ。そのせいか、寡黙な時もあるが、時としてラテンの血が騒ぐらしく、陽気になる。

「確かにNCISは、海軍や海兵隊絡みのテロや、大規模な麻薬犯罪など、海外にまで捜査が及ぶこともある。だが、国家的な犯罪というのなら、FBIでもよかったんじゃないのか？」

ハインズは両手を組み、その上に顎を載せて尋ねた。

「何を言っているんですか。FBIときたら、どこでも俺たちが一番偉いって思っている勘違い野郎ですよ。願い下げですね。それよりもNCISの方がどれだけ格好いいか」

FBIが事件の捜査にいつでも顔を出してくるのは事実だ。FBIは秘密主義のため、何の説明もなく事件を横取りされたことは、ハインズも一度や二度ではない。

「NCISが格好いい？　テレビの見過ぎだろう」

ハインズは鼻先で笑った。

米国では二〇〇三年から〝NCIS　ネイビー犯罪捜査班〟というタイトルで、NCISの犯罪捜査を描いたドラマが放映されている。圧倒的な人気のテレビドラマシリーズで、二〇一五年現在でもシリーズが続いているという長寿番組だ。

「まあ、確かにそれはありますが、NCISの方が海軍や海兵隊と関係しているので、国のために直接働いている気がするんです。違いますか」

コンガーは、やはりテレビドラマの影響を受けたらしい。もっとも、ドラマのおかげでNCISという本来地味な組織の知名度が上がった。ハインズが入局したころは、地方の保安官にNCISのバッジを見せても捜査機関だとは思われなかった苦い経験が何度もある。

「それで、君は何を言いたいんだね」

六日前にカリフォルニア州にある海兵隊基地で起きた殺人事件の捜査が終了した。息つく暇もなく、一昨日にはノースカロライナ州の海兵隊基地で麻薬の密売が存在するというたれ込みがあったため、コンガー以外の三人は聞き込み捜査をしている。ハインズは残務整理に追われ、コンガーには今後の事件捜査に備えて、捜査ファイルの閲覧を命じてあった。

「私以外の三人は、一昨日からキャンプ・レジューンです。何か手伝いができないかなって、思いましてね」

コンガーは肩を竦めてみせた。書類を読むのに飽きたのだろう。

「君にどうして、過去の捜査ファイルに目を通すように命じたのか分かるか？」

笑顔を消したハインズは、厳しい視線を向けた。

「捜査ファイルの閲覧は、新人教育の基本だからですよね。だけど、ラテン系に内勤が向いていないのは、ご存じでしょう」

コンガーは苦笑いを浮かべ、親指を立てて見せた。顔立ちはどう見ても北欧のケルト民族であるが、都合のいいときだけラテン系を自認し、陽気に振舞う。ハインズからしてみれば、こういう時の彼は空気の読めない馬鹿に見えるだけだ。

「我々は海軍の捜査局なのだ。市警の扱う事件とは違う。犯罪を犯す者のバックボーンも異なる。だからこそ、過去の事件を知る必要があるのだ。刑事としての実績はあるかもしれないが、自惚(うぬぼ)れないことだ。さっさとデスクに戻れ」

ハインズは冷たく言い放った。

「アイ・アイ・サー」

コンガーはわざとらしく敬礼して、立ち去った。

「まったく」

ハインズは溜め息を漏らして、視線をパソコンの画面に戻した。

6

ＮＣＩＳでは、捜査ファイルはすべてデジタル化してある。そのため、パソコンからキーワードや事件番号、年月などの検索で瞬時に閲覧することができた。

特別捜査官なら自分のＩＤとパスワードでＮＣＩＳのネットワークにログインすれば、捜査ファイルを見ることができる。

殺人事件の残務処理を終えたハインズは、相変わらずパソコンの画面を睨みつけていた。画面には、ノースカロライナ州の海兵隊基地、キャンプ・レジューンで捜査活動をしている部下からの報告書が表示されている。

ＮＣＩＳの現地捜査官に匿名の電話で、基地内で麻薬の売買が行われているという情報が寄せられ、要請を受けたハインズは部下を三名派遣した。捜査を開始して三日になるが、事実確認ができないため、事件として認識されてはいない。

ハインズのチームが受け持つ事件としてはまだ三件目で、部下だけを派遣したのは、はじめてのことだ。これまでの部下の仕事ぶりを見て任せられると判断したからで、少人数ながら今後はチームを二つに分けて活動することもハインズは視野に入れていた。これは手広く捜査を受け持とうという野心からではなく、特別捜査官の人手不足という切実な理由からである。

メンバーは、ＮＣＩＳ十年目のベテランであるジョニー・チャップマンを筆頭に八年目のジェッド・ストレイリー、五年目のマックス・フェルドマンで、三人とも海軍憲兵隊出身のため、軍人気質（かたぎ）のハインズとは馬が合う。そういう意味ではコンガーは浮いた存在であった。だが、チームを同じカラーで染めると体質が硬直化する恐れがある。ハインズは異質な人材こそチームを活性化させると考えていた。

「うーむ」

ハインズは目頭を押さえて再び溜め息を漏らした。

報告書の内容が問題なのではない。コンガーが指摘したように、この一年ほどで老眼の度が進んだらしい。報告書の文字が小さいため、画面で見ることが辛くなってきた。

仕方なくハインズは、プリントボタンをクリックした。もともとハインズは、パソコンを使った作業は好きではない。コーヒーを片手に、出力された書類を見る方が好きだ。業務部からはコスト削減のためプリントアウトを避（さ）けるよう言われているが、知ったことではない。

「さて、取りに行くか」

ハインズは席を立った。プリンターはチームに一台ずつ支給されており、窓に面した壁際にある。

「またかよ！」

プリンターに一番近い席に座るコンガーが何やら叫んでいる。新人の席は窓際に配置されるものだ。そういう意味ではハインズのチームも、フロアでは新人扱いされている。

「何を苛ついている？」

プリントアウトされた報告書を取り上げたハインズは、コンガーの背中越しにＰＣを覗き込んだ。画面にアラートが表示されている。コンガーがＮＣＩＳのネットワークで、彼の権限の及ばない情報を閲覧しようとしたのだろう。

「過去の捜査ファイルを見たくても、すぐアラートが表示されるんです。私のセキュリティレベルを上げてくださいよ。これじゃ、仕事にならない」

コンガーはデスクを叩いた。何かと感情を表に出すところは確かにラテン系らしい。

「入局してまだ一ヶ月だ。当たり前だろう。まずは、閲覧できる範囲で調べるんだな」

ハインズはプリントアウトされた書類の文字に焦点が合うよう腕を伸ばしながら答えた。

コンガーが入局する際に、これまでの実績だけでなく血縁関係者に犯罪者がいないかなど、局の方で調べている。それでも情報漏洩（ろうえい）を警戒するため、入局して一年間はセキュリティレベルがかなり制限されるのだ。

「閲覧できる記録は、一昨年の分から見ていますが、数が限られている上、憲兵隊でも処理できそうな些細（ささい）な事件や事故ばかりじゃないですか。はっきり言って参考にはならないですよ。それ以外の殺人とかの事件ファイルを見せてもらえませんか？　チーフが選んでプリントアウトしてください。閲覧したらすぐにシュレッダーにかけますから、お願いしますよ」

確かにコンガーの言う通りである。彼が閲覧できるレベルでは、事件事故の背景を探ることはできないかもしれない。そもそもセキュリティレベルが制限されるようになったのは、最近のことである。テロを警戒してのことだが、これでは新人がますます役立たずになってしまう。

「分かった。私がセレクトして、プリントアウトしてやる」

ハインズは渋々コンガーの要求を呑んだ。

「ちなみに、Ｓ１３０１８番の事件ファイルも見せてもらえませんか？」

「何！」

通路を戻りかけたハインズは、はっと立ち止まり、

「おまえ、どこからそのファイルナンバーをはじき出した？」

鬼の形相でハインズはコンガーに迫った。

「そっ、そんなおっかない顔をしなくてもいいじゃないですか。過去二年間の事件を手当り次第に調べていたら、Ｓ１３０１７の次が、Ｓ１３０１９で、８番が欠番になっているんですよ。誰だって気付きます。捜査ファイルが通し番号というのは、どこの捜査機関で

も常識でしょう。事故だった場合や事件性がなかったと判断された場合でも、ファイル番号は残されます。番号ごとないというのは、事件を隠蔽したと見るべきでしょう」

コンガーは平気な顔で一歩も引かない。

「隠蔽！」

ハインズは、コンガーの胸ぐらを摑んで引き寄せた。ハインズの身長は一八七センチ。十センチ以上低いコンガーはつま先立ちになった。

「何か、まずいことでも……」

コンガーの顔色がみるみるうちに青ざめていく。

「どんな組織でも秘密はある。それが、NCISだろうと合衆国政府だろうと同じだ。事情も知らないやつが口を出すな。いいか、よく聞け。今度軽はずみにS13018番を口にしたら、おまえをその場で懲戒免職にしてやる。分かったか？」

ハインズの顔はコンガーとは対照的に真っ赤になっている。普段感情を露にしない男だけに珍しいことだ。

「わっ、分かりました」

うわずった声で答えたコンガーから手を離したハインズは書類を小脇に挟み、オフィスの出入口に向かった。気持ちを落ち着かせるにはカフェインが必要である。フロアにある自動販売機のうまくもないカップコーヒーか、より癒しを求めるのなら局の外にある〝Q

タウン・カフェ〟のうまいブレンドコーヒーのどちらかだ。

「どちらへ？」

コンガーが遠慮がちに声をかけて来たが、余計なお世話である。

「カフェ！」

自動販売機に向かっていたハインズは、右手を振り上げて方向転換した。

フェーズ2：招喚

1

一九四一年十二月八日、日本軍は真珠湾を攻撃したわずか五時間後、グアムに爆撃を開始し、その二日後には米軍の守備隊を駆逐して島を占拠した。

上陸した日本軍によりグアムは〝大宮島〟と改名されたが、二年七ヶ月後の一九四四年に米軍から奪回される。

米軍が上陸したというグアムの中西部には、海に大きく突き出しているオロテ半島があり、戦後その北側の珊瑚礁を土台にして防波堤が作られ東西に長い湾が作られた。グアムで唯一の良港であるアプラ港は、湾の付け根に位置する。現在湾の北部は民間の商業港として使われており、南部は米海軍の原子力潜水艦や空母の基地としても機能する海軍港となっている。

海軍基地は湾の南部だけでなくオロテ半島全域が含まれており、軍施設だけでなくレストランやスーパー、住宅などがある独立した海軍の街としても機能していた。

軍の住宅街は半島の中央部から西部の海岸線に広がっており、中央部には芝生が映える将校用の高級マンション、下士官や兵士用のアパートが整然と建ち並び、その外れに公園のような広い敷地を持つ教会がある。一見すると郊外のおしゃれな街と変わらない。

教会のすぐ脇を通るチャペル・ロード近くにサンドイッチのチェーン店サブウェイがあった。基地の中でも一般の店と遜色はなく、メニューも変わらない。

三月二十二日、ツナサンドを載せたトレーを窓際のテーブル席に置いたルイス・スプリンガーは、大きな溜め息をついた。ＮＣＩＳ特別捜査官でグアム海軍基地内のＮＣＩＳ分局の責任者である。四十二歳という実年齢よりも五歳ほど老けて見えるのは、腹が出て風采が上がらないせいだけではなかった。

「チーフ、いいですか？」

トレーを手にした若い白人の男が、声をかけてきた。ブレッド・パーカー、三十三歳、スプリンガーの部下で、身長一八一センチ、体重二百二十ポンド（約百キロ）の体格は特別捜査官というより、海兵隊に相応しい。顔立ちは整っており、優男風である。

「好きにしろ」

スプリンガーは、気怠そうに顎でテーブルを示した。

「レギュラーサイズのツナサンドにＭサイズのコーヒーだけですか。随分と少量ですが、食欲がないんですか」

パーカーはスプリンガーの対面の席を引いて、テーブルにトレーを置いた。

レギュラーサイズは長さが十五センチのパンである。パーカーのトレーには、フットロングと呼ばれる三十センチのパンに挟まれたローストチキンサンドと、さらにフットロングのハムサンド、LサイズのペプシコーラとMサイズのオーブンポテトが載せられていた。

「おまえと違って繊細なんだ。そもそもフットロングを二つも頼んで、パーティーでもはじめるつもりか？　若い兵士が、おまえのトレーを指差して笑っていたぞ。おまえは胃袋じゃなく、頭を使うべきだ」

舌打ちしたスプリンガーは、サンドイッチには手を付けずにコーヒーを啜った。

「腹が減っては仕事に差し支えます。今回の事件は基地はじまって以来の出来事です。ここでがんばらないと駄目だと思って、無理に食べているんですよ」

パーカーはいきなりハムサンドにかぶりついた。

「何が無理だ。男のくせに香水だけは気を遣うくせに。捜査にも気を遣ってくれ」

コーヒーの容器を置いたスプリンガーは、溜め息交じりにツナサンドを手に取った。

「香水だなんて、コロンです。男のたしなみですよ。それに殺人現場に行った後は、コロンでも付けなきゃやってられません。死体の臭いときたら、鼻が曲がりますから。私だって全力は尽くしますが、人手不足だと思います。グアム分局の特別捜査官は、チーフと私だけ、残りの一人は事務員ですから捜査能力に限界がありますす」

サンドイッチを頬張りながら、パーカーはスプリンガーをさりげなくかわした。上司からの非難に慣れているようだ。

「彼女とデートできないと文句を言いたいのだろう。応援のことは、分かっている。そんなことはな！」

スプリンガーは、鼻息荒くツナサンドに噛み付いた。

「それもありますが、今回の事件で被害者が、二人になったんですよ。そもそも私は猟奇殺人事件の捜査ははじめてです。正直言って、経験値が足りません。それにチーフだって、体力的に限界じゃないですか？」

ペプシコーラで口に詰めたパンを流し込んだパーカーは、声を潜めて言った。

「おまえが心配しなくても、本部ですでに人選しているはずだ。だが、言っておくが、本部から応援が来たら、間違いなく我々は使われる側になる。それにもし、本部の連中が犯人を捕まえたら、俺たちは能無しの烙印を押され、航空母艦勤務になるかもしれないぞ。覚悟しておくんだな」

渋い表情のスプリンガーは首を振った。

三月十六日にアプラ港海軍基地内のスーパー〝カミサリー〟のバックヤードで、ドミニカ共和国系米国人であるアーノルド・バラウナ二等水兵の首が切断されるという事件が発生している。凄惨でショッキングな事件ではあるが基地内で発生し、しかも被害者が軍人であるため箝口令が敷かれてマスコミにも一切知らされていない。

というのもグアムは観光で成り立っているため、事件が外部に漏れれば間違いなく悪影響を及ぼすからだ。ただでさえ米軍基地は市民団体から槍玉に挙げられているだけに、負の連鎖を押さえるべく、捜査は海軍憲兵隊とＮＣＩＳだけで秘密裏に進められて来た。

だが、五日後の二十一日、事件は再び海軍基地内で起きる。被害者はベネズエラ系米国人のロベルト・バルブエナ曹長で、基地内の映画館のトイレで首を切断されていた。どちらも手口が酷似している上に、死亡推定時刻が午後四時から六時の間という共通点があることから、同一犯人による連続殺人事件として捜査が進められている。

今回の一連の事件が海軍基地内で発生し、被害者が海軍兵士であることから管轄はＮＣＩＳとなり地元警察は一切介入していない。

米国には逮捕権を有する捜査機関が数多くあるため、どこが担当するかで揉めることが多い。そのため、被害者の所属により、担当捜査機関が決まる。それでも犯罪が州を跨ぐような場合はＦＢＩ、国家の安全保障に関わることなら国家安全保障局（ＮＳＡ）、他国の諜報機関が関わっていればＣＩＡなどが平気で横槍を入れて来るのだ。

「見栄を張っている場合じゃ、ありませんよ。現場は我々が仕切り、憲兵が徹底的に事件の揉み消しを図っていますが、現実問題として我々の体力が持ちません」

ハムサンドを平らげ、ポテトを口に押し込むように食べているパーカーの姿は、食を楽しむどころか悲壮感すら覚える。彼が言うように体力を維持しようと意識していつもより大食いになっているのかもしれない。

昨日の事件の現場検証は徹夜で行われ、死体を入れたコンテナと証拠品を分類して本部の鑑識ラボに送ったのは、今朝の七時過ぎ。昨日の夕食も今日の朝食も抜きで働き詰めなのだ。

「分かっている。それ以上言うな。飯を食ったら、本部に報告がてら連絡をしてみる」

スプリンガーは、一気にコーヒーを飲み干した。

2

ハインズはデスクの一番下の引き出しに溜まっている書類をブリーフケースに入れ、キャリー付きのスーツケースに仕舞った。

「これで全部かな」

「用意できました」

ジェイソン・コンガーがスーツケースを押しながらやって来た。

ノースカロライナ州のキャンプ・レジューン海兵隊基地で捜査をしていたチャップマンから、麻薬の流通経路が判明したと午後になって連絡があり、ハインズは急遽(きゅうきょ)コンガーを伴って応援に駆けつけることにしたのだ。

麻薬の汚染は当初考えていたより、基地に広まっている可能性があり、マスコミに嗅ぎ付けられて公になれば、海軍のイメージ失墜に発展すると判断したからである。そのため、二人は一度帰宅して着替えなどを用意し、オフィスに戻って来た。

「午後十時十分発のコンチネンタル・エキスプレスだ」

ハインズは腕時計を見て言った。午後八時十八分になっている。クワンティコからワシントン・ダレス国際空港までは約一時間だが、国内線でもチェックインまであまり時間はない。

「やった。輸送機じゃないんですね」

コンガーはにやけた表情で、親指を立てて見せた。

「うん？」

エレベータホールに向かおうとすると、デスクの電話が鳴りはじめる。

「放っておきましょう。急いでいるんですから」

コンガーは自分のほうがデスクに近いくせに、両手を振ってみせた。

「いいから、電話に出て、当分帰らないと言うんだ」

ハインズは人差し指でコンガーを突き刺すように示した。

「はい。チーフの席です。……はっ、はい。ただいま」

途中でコンガーの表情が変わり、左手を振って手招きしている。

ハインズは舌打ちし、乱暴に受話器を取り上げた。

「ハインズです」

——ヘルマン、私だ。至急、作戦室に来てくれ。

ＮＣＩＳの中でハインズを名前で呼ぶのは、局長のフランク・ゴードンだけである。

「分かりました」

ハインズは首を捻りながらも受話器を下ろした。

作戦室というのは通称で、正式名称は通信司令室である。世界中の分局をネットワークで繋いで、テレビ会議ができる。また、ＮＣＩＳの特別捜査官なら個人のパソコンでもテレビ通信ができるため、海外に勤務していても局長から直接命令を受けることができた。とはいえ民間企業なら十年以上も前から採用しているシステムで、人手不足を既存のネットワークでカバーしているに過ぎない。

「自席で待っていてくれ」

コンガーに言い残すとハインズは、エレベータではなく非常階段で三階に向かった。近道だということもあるが、局内の職員にも作戦司令室に向かうところを見られたくないからである。なぜなら、作戦司令室への入室は、セキュリティレベルの高い職員に限られるからで、他の職員にも話せないような極秘の命令を受ける場合もあるからだ。

三階に上がったハインズは、廊下を見渡し人がいないことを確認すると、正面にある出入口の脇にあるセキュリティボックスに自分のＩＤカードを差し込んでドアを開けた。後ろ手にドアを閉め、薄暗い部屋の中で目を閉じてからまた見開いた。

「ふむ」

暗闇（くらやみ）に目を慣らしたハインズは、奥へと進む。

「早かったな」

右手にある壁面のソファーにゆったりと座っているのは、局長のフランク・ゴードンである。

作戦司令室は五十平米ほどの広さだが、通信員が二十四時間交代で常時二名待機し、世界中の分局や特別捜査官から情報を集める役割も担っていた。

「急な要件とは、なんですか？」

ハインズは、焦（あせ）りを隠しきれないまま尋ねた。

「どうした。苛立っているようだな」

ゴードンは首を竦めてみせた。

「キャンプ・レジューンに行くところです。急がなくては午後十時十分発の航空券が無駄になります」

ハインズは毅然（きぜん）とした態度で答えた。

「例の麻薬汚染事件だったな。捜査は継続するが、君は新人のコンガーと別の所に行って欲しい」

「どういうことですか。緊急を要する事件ですか？」

ハインズは訝しげな視線をゴードンに送った。

「麻薬問題は、軍のイメージを損なう。だからといって大きなスキャンダルに発展することはないだろう。我が国で麻薬事件など、取るに足りないからだ。だが、今回グアムで起きた事件は、軍のイメージを貶めるだけでなく、対日的にもまずい問題に発展する可能性がある。来月の四日には日本の首相の訪米が控えているので、一刻も早く解決する必要があるのだ。まずは、三十分ほど前に現地の特別捜査官がもたらした報告の録画を見てくれ」

ゴードンが指先を鳴らすと、正面中央のモニターに目の下に隈がある男の顔がくっきりと映った。クワンティコとグアムは十三時間の時差がある。三十分前だとしたらグアムは、午前七時半ごろ。彼は徹夜したのかもしれない。

出口と反対側の壁面に七〇インチのモニターが三台並んでいる。大きなサイズで高解像度モニターを使用するのは、証拠品などを画面でも確認できるようにするためだ。

「ルイス・スプリンガーです。前回の事件は報告書をお読みいただければ、分かると思いますが、今回の事件も手口が似ていることから、連続猟奇殺人事件とみていいと思います」

スプリンガーの報告はグアムで昨日起きた事件を中心に五分ほど続き、最後にこの手の殺人に詳しい特別捜査官の派遣を要請するものだった。疲れているせいかもしれないが、報告は淡々としておりあまり切迫しているようには感じられない。

「直接スプリンガーと話をしたいのなら彼を呼び出しても構わないが、一昨年の事件を解決した君に行ってもらうことに変わりはない。この手の事件は、犯人が捕まるまで続くと見ていいだろう。早急に対処したいのだ」

ゴードンは両手を膝の前で組んで沈痛な面持ちで言った。表情からして反論は受け付けないとでも言いたそうだ。

「手口は似ていますが、私が担当した日本の事件が、参考になると思われているようでしたら、買いかぶりです。それに現場で手に負えないのなら、私一人じゃなくて別のチームを派遣したらどうですか？」

ハインズは苦笑を浮かべた。人手不足だからと言って、部下と二人で応援に駆けつけたところでどうにかなるとも思えない。ゴードンは口で言う割りに切迫した状態だと認識していないのだろう。そもそも一昨年の事件を直接解決したのは、朝倉だとハインズは認識している。自分の手柄だと主張したことは一度もない。

「君だけじゃなく、コンガーは猟奇殺人事件を解決したことがあるそうじゃないか。新人だが、戦力になる。それに君一人でも、一チーム派遣するのと同じだと評価しているのだ。それとも、私の評価は間違っているとでも言うのかね」

ゴードンはソファーに深く腰をかけて足を組み直した。顔には出さないが、ハインズが反論したことに驚いているようだ。

「日本の事件の真相を解明したのは、朝倉という一人の日本の警察官です。もし、私にこの事件を担当させるのであれば、彼の協力を裏の外交ルートでも構いませんから、日本政府に要請してください。有能な捜査官で、必ず役に立つはずです」

ハインズは眉間に深く皺を刻み、険しい表情で答えた。人の手柄を自分の成果とするような真似はできない。ドイツ系特有の頑迷さでこれまで随分敵を作って来たが、他人にも自分にも妥協（だきょう）を許さない性格なのだ。

「ＮＣＩＳは文民だが、米国海軍の秩序を守るという誇りがある。たとえその日本人が、米国籍でニューヨーク市警に勤務していたとしても、一警察官に捜査協力を要請することはあり得ない」

ゴードンは首を大きく左右に振った。ＮＣＩＳ職員は、ＦＢＩと違って連邦の権力があるわけではない。現場では地元の警察官に冷遇されることもしばしばだ。ゴードンは、よほど警察官に対するアレルギーがあるのだろう。

「確かに……」

呟きとは裏腹にハインズは、頑固者と心の中でゴードンを罵っていた。

3

三月二十四日、午前九時十二分、東京。

警視庁二階の小会議室には重苦しい空気が漂っていた。

折り畳み式の長テーブルがコの字型に置かれており、出入口から一番離れたテーブルを挟んで二人の男が額を付き合わせている。捜査一課の課長である桂木修と、朝倉のかつての先輩である捜査一課十二係の部長刑事である佐野晋平であった。

「呼び出された理由は、分かっています。残念ながら、まだ何の確証も得られていません」

佐野は声を落として言った。部長刑事は役職ではなく捜査課で叩き上げのベテラン刑事に与えられる呼称で、課のまとめ役であり現場のトップでもある。

「それは、私も同じだ。敵はしぶといな。黒い噂はあるのに、まるで表も裏もないと言わんばかりに振舞っている」

桂木は忌々しげに相槌を打った。

二人が言うところの敵とは、警察庁の幹部である只野克典のことである。只野はその地位を利用し、何かと警視庁に政治的な圧力を掛けてくるのだ。

一昨年、自衛官を標的にした連続殺人事件で捜査一課十二係が担当になり、当時係長だった沖山宏明が陣頭指揮を取ったが、朝倉は彼の捜査方針を的外れだと批判した。自衛隊出身者であった朝倉には、犯人のイーサン・マリク海兵隊一等軍曹の行動パターンが読めたからである。だが、自分の捜査方針に異を唱えた朝倉を、沖山は上層部の許可を得ずに謹慎処分にした。事情を知った桂木は、朝倉を復帰させて逆に沖山を捜査から外し、事件は解決された。さらに沖山にはその後、左遷を命じている。

だが、これを知った沖山の親戚である只野は、朝倉が本庁に勤務できないよう警視庁に圧力をかけた。他にも理由はあったものの、朝倉の離島勤務は主にこうして決まったのだ。

桂木はなんとか朝倉を呼び戻したいと上層部に掛け合っているが、只野の影響下にある現在の警視庁では身動きが取れないでいる。しかも只野は政界関係者と太いパイプを持っている強みがあり、警察庁でも抵抗することができないのだ。

一方で只野と関係する政治家は何かと黒い噂が絶えない。そこで、桂木は信頼できる佐野に、密かに只野の身辺を洗い出し、不正があれば暴き出すように命じたのだが、簡単にしっぽを出すような相手ではなかった。

「実は、晋平さんを呼び出したのは、他でもない朝倉のことだ。一時間前に部長から直接呼び出しを受けたのだ」

桂木は俯きかげんに話しはじめた。いかにも弱ったと言いたそうである。

「Tの捜査は朝倉を一課に呼び戻すためにはじめたことですが、問題でも起きたのですか」

佐野は首を傾げた。Tとは只野のことである。

「米国のNCISから、警視庁総監あてに極秘で朝倉君に捜査協力を要請されたのだ。総監は刑事部部長に相談され、部長は私に手順は任せると一任されたのだが、そもそも総監は先方の要請の意味を理解されていないようで、私も部長も正直困っている」

桂木は腕組みをして渋面になった。

「NCIS？　ああ、海軍犯罪捜査局のことでしたね。そう言えば、朝倉が一昨年関わった事件で、NCISも関係していました。まさか、あの犯人が生きていたというのですか！」

話の途中で腰を浮かせた佐野は声を上げ、慌てて手で口を塞いだ。

「それはあり得んだろう。ただ先方からは、重大な事件と言われただけで詳細は教えてもらえなかったようだ。直通電話で通訳を介しておこなったらしいから、ちゃんと聞いていないだけかもしれない。手口が酷似している連続殺人事件ということなのだろう」

暑くもないのに桂木は微かに額に汗を浮かべている。それほど、一昨年の事件はショッキングな出来事であった。

犯人のイーサン・マリクは、フォース・リーコンと呼ばれる海兵隊武装偵察部隊に所属していたが、イラクの山岳地帯でアルカイダ系武装組織に襲撃されてチームは全滅している。唯一生き残ったマリクは、それがもとで精神的な疾患を患い、特殊部隊勤務から海兵隊遠征隊に転属させられて沖縄勤務となった。そしてマリクは米国人と日本の自衛官を次々と襲い、警視庁をパニックに陥れたのだ。

朝倉と高島平警察署の野口、NCISのハインズ、それに中央警務隊の国松は、マリクを伊豆半島の黄金崎に追いつめたが、逮捕寸前でマリクは岬から身を投げた。死体は未だに発見されていないが、真冬の現場の状況から考えて犯人の生存は考えられず、被疑者不明として捜査は終了している。

当時、国会は集団的自衛権採択で紛糾していた。専守防衛の日本が武力を行使することを可能にする法案である。米国が一方的に日本を守っているという不満に対して、首相が独断で米国政府に約束したという曰く付きの法案だ。

米兵が自衛官を殺害したとなれば、審議に影響が出ることは間違いなく、政府は事件を闇に葬った。そのため、事件解決の一番の功労者である朝倉をマスコミの目の届かない場所に移す必要があった。その状況を悪用し、朝倉を離島勤務に追いやったのが警察庁の只野である。

「もし、犯人が生きていたとすれば、大変なことですよ。朝倉が協力するのは、望ましいことだと思いますが、何が問題なのですか？」

佐野は事件に関わっただけに恐ろしさを知っている。

「ＮＣＩＳでは、我々に協力要請を出しておきながら条件を付けてきた。協力者である朝倉は軍人、あるいは軍人に相当する身分が望ましい、つまり警察官は不可だというのだ」

腹立たしげに桂木は答えた。

「条件を付けるとは、米国らしい」

眉を寄せた佐野は、わざとらしく笑った。

「軍のくだらないプライドがあるのだろう。そこで、彼らは妙案を出して来た。朝倉にバージニア工科大学への留学手続きをし、同時に予備役将校訓練課程、ＲＯＴＣ（Reserve Officers' Training Corps）と呼ばれているらしいが、その申請も行うというのだ。手続きはすべて向こうがする。私にはよく分からないが、ＲＯＴＣは大学卒業後に士官になるため、米軍入隊と同じような扱いになるらしい」

バージニア州ブラックスバーグにあるバージニア工科大学は、ＲＯＴＣを積極的に勧めている。

「よくもまあそんな奇策が思い浮かぶものだ。軍人候補なら民間人でも構わないということですか？」

相槌を打ちながらも、佐野は首を捻った。

「ＲＯＴＣは国籍の問題があるはずだが、特別枠を使うらしい。米国人の入隊希望者が減少しているために抜け道はあるようだ。私が心配しているのは、昨年も同じようなことをして朝倉を中央警務隊に出向させている。どういう手続きを自衛隊でとったのか知らないが、彼は警務官として捜査に協力した。だが、事件が解決しても自衛隊では朝倉をなかなか手放そうとしなかった。幸い、彼自身が警察官への復帰を願ったために戻ることができたが、一時は冷や冷やしたよ」

桂木は大きな溜め息を漏らした。当時の状況を思い出したのだろう。

「なるほど、心中お察しします。米国で朝倉がまた活躍したら、今度はＮＣＩＳが朝倉を欲しがると心配しているのですね。小細工してまで朝倉を呼ぶのですから、その下心はあるのでしょう。警務隊ならまだしも、米国に行かれたら我々では手も足も出ません」

佐野は大きく頷いた。

「私もそれを危惧（きぐ）している。国籍の壁があるから難しいと思っていたが、能力次第ではＮＣＩＳへの入局も可能らしい。そもそも、警務隊やＮＣＩＳも認めている男を肝心の警視庁で冷遇していることが問題なのだ。離島勤務は立派な職務だが、朝倉は刑事として第一線で働くことを願っている。それをいつまでも無視すれば、彼自身が挫けてしまうだろう。朝倉だって、求められる場所で働きたいはずだ」

「そうなれば、朝倉はＮＣＩＳに転職を……。米国の要請を断ることはできませんか」

佐野は両眼を見開いた。

「今にはじまったことじゃないが、米国に従属する日本がNOと言えないから困っているんだ。だが、漫然と従えば、朝倉を失う。百歩譲って彼が求められる場所で働くのは仕方のないことだが、断じてそれは米国ではない！」

桂木は拳でテーブルを叩いた。

4

午後七時、虎ノ門の路地裏にある居酒屋〝桜〟の奥座敷に四人の男が座っていた。カウンター席が五つ、テーブル席が二卓に六畳の座敷と、こぢんまりとした店である。客は座敷の四人だけだが、貸し切りと入口に札が掛かっていた。

「お忙しい中、お呼びたてして、本当にすみませんでした」

下座に座っている桂木は、テーブルに両手をついて頭を下げた。隣りで一緒に頭を下げたのは、部長刑事である佐野だ。

「何をおっしゃいます。昨年大変お世話になった捜査一課長の桂木さんからのご連絡、何はさておき駆けつけました」

上座に座って恐縮したのは、中央警務隊隊長後藤田一等陸佐である。その隣りで神妙な顔をしているのは、同じく中央警務隊の国松であった。

「差し支えがないようでしたら、お茶というのもなんですからビールを注文しますが、よろしいですか？」

桂木は笑顔で尋ねた。

「一杯だけなら大丈夫です。顔は確かに笑っているのだが、目が射るように鋭い。

後藤田は首の後ろに手をやり、苦笑を浮かべた。下戸ではありませんが、これからまだ仕事がありますので」

生き抜いて来ただけに生半可なことでは動じないが、キャリアとはいえ、彼も厳しい環境で泣く子も黙る捜査一課長の勧めとあっては断り切れなかったようだ。

「勝さん、大瓶とりあえず二本、それからおつまみは適当に頼みます」

桂木は座敷口で声を張り上げた。

「あいよ！」

カウンターの厨房から威勢のいい返事が戻って来る。

「常連なんですね」

後藤田が壁に貼られている品書きを見て言った。とりわけ、変わった品はない。どこにでもある赤提灯のメニューが並んでいる。

「この店の主人は勝山英治といって、元警視庁捜査一課の刑事でした。我々の先輩ですよ。定年退職後にこの店を居抜きで借りて店を出したのです。だから客の大半は警察関係で、早い時間は混みません。密談にはもってこいです」

「なるほど、とすると店名の〝桜〟は、桜田門から取っているんですね」

後藤田が膝を叩いて頷いた。一課長と言えば、警視庁の幹部である。馴染みの店というには少々うらぶれているとでも思っていたに違いない。

「お待たせしました。ビール二本にお通しね」

勝山はテーブルに大瓶のビール二本とグラス、それに山盛りの肉じゃがの小鉢を四つ置くと、さっさと厨房に戻って行った。邪魔をしないように気を遣っているのかもしれないが、愛想はまったくない。

「刑事はいつも腹を減らしていると、勝さんは思っているんですよ。実際そうですが。これじゃ、商売にならないだろうと、いつも言っているんですがね。儲けるつもりはないようです」

桂木は苦笑いを浮かべ、自らビール瓶を持って後藤田のグラスに酌をした。佐野も目の前の国松にビールを注ぐ。連携の取れた動きだ。

「これは、申し訳ない。……ところで、相談とは、なんでしょうか？」

酌を受けながら、後藤田は尋ねた。

「これからお話しすることは、トップシークレットだとご理解ください。実は米国海軍犯罪捜査局から、名指しで朝倉に協力要請がありました」

桂木はＮＣＩＳが予備役将校訓練課程を使ってまで、朝倉を軍人として招喚しようとしていることを詳しく説明した。

「予備役将校訓練課程……苦し紛れにそんな妙な提案をしてきたのですか」

トップシークレットと聞き後藤田と国松の顔に緊張が走ったが、話を聞いて後藤田は複雑な表情になった。

後藤田は昨年の捜査で、朝倉を警務官にするべく同じような奇策を用いたからだ。書類を一部誤魔化し、陸自だけの制度である〝即応予備自衛官〟として元自衛官だった朝倉を登録した。そのため警視庁勤務からの出向という形にし、朝倉は二等陸尉に復職して中央警務隊に編入され、警務官になったのだ。そういう意味では、ＮＣＩＳの策よりも一枚上手である。

「確かに妙案ですが、朝倉の手腕を彼らがそれだけ認めている証拠です。それに引き換え、我々はあまりにも無力で朝倉は未だに離島勤務のまま。情けない話ですが、みすみす優秀な人材を腐らせているのが現状です」

桂木は拳を握り締めて悔しげに語り、佐野も苦しげな表情になった。彼らがいかに朝倉のことを思っているかがよく分かる。

「それで、米国の要請にどう対処される予定なのですか？」

話の本筋がなかなか見えないため、後藤田は苛立ち気味に尋ねた。

「すでに総監が返事をしているので米国の要請を拒絶することは難しいのですが、一昨年の事件と関係がないのなら他に適任者を推薦すると逆に提案して時間稼ぎをしています。それでも先方がどうしても朝倉を指名するようなら、またそちらでお世話になることはできませんか？」

言葉は丁寧だが、桂木は後藤田を睨みつけるように見ていた。苦渋の選択をした結果だと見てとれる。

「というと、彼をまた自衛官の身分に戻せと、おっしゃるので？」

後藤田は、思わず国松と顔を見合わせた。後藤田は一切表情を変えていないが、国松の目が笑っている。

「もし、ＮＣＩＳに予備役将校訓練課程の手続きを任せて、取り返しのつかないことになったらと心配しているのです。先方から、手続きに必要な書類として、パスポートのコピーや写真などを要求されています。何に使われるか分かったものじゃない」

桂木は眉間に皺を寄せて激しく首を振った。

「そうですよ。彼らに朝倉君を委ねてはいけません。万が一、予備役将校訓練課程ではなく勝手に朝倉君をＮＣＩＳに入れられたら大変です」

後藤田は桂木と息を合わせるかのように口調を強めた。その様子を国松はじっと見つめている。

「我々はそれを危惧しています。しかし、彼が警務官という身分を持てば、米軍人でなくても文句は言われないでしょう。捜査が終了すれば、問題なく帰国できるはずです。どうか、朝倉をよろしくお願いします」

桂木と佐野は、後ろに下がると揃って畳に手をついて頭を下げた。二人とも朝倉の未来を警察という枠では捉えていないのかもしれない。後藤田は彼らの必死の姿に困惑の表情を浮かべ、返答に窮（きゅう）した。鴨（かも）がネギを背負って来たと思うには虫がよすぎる。

「お任せください」

後藤田に代わって国松が、ちゃっかりと返事をしていた。

5

三月二十五日、午前八時二十四分、米空軍輸送機C17が、ダークグレーに塗装（とそう）された機体に小雨をまとわりつかせ、グアム・アンダーセン空軍基地の滑走路に降り立った。

「ふう、やっと着いたか」

ハインズは大きな溜め息を漏らすと、機体壁面の折り畳みシートのベルトを外した。

「エコノミーでいいですから、今度は民間の飛行機で移動したいですね」

隣りの席でコンガーがぼやいている。

「文句を言うな。連れて来ただけでもありがたいと思え」

ハインズもできれば民間機に乗りたかったが、空軍の定期輸送機があったため乗らざるを得なかったのだ。むろん経費節約のためで、事務上の手続きで緊急でない限り輸送機があれば優先されてしまう。結局、車でクワンティコから同じバージニア州にあるラングレー空軍基地に移動し、輸送機に乗った。途中でハワイ州のヒッカム空軍基地で給油のため着陸した時間も含め、グアムのアンダーセン空軍基地まで約二十時間以上掛かっている。

「また怒られそうですが、我々は本当に望まれているのですか？　ニューヨークでも猟奇殺人事件は珍しいです。もし、事件が起きたら管轄の警察官だけでなく、特別捜査チームを組織するでしょう。それにＦＢＩも出動するような騒ぎになるはずです。それなのに助っ人が我々二人って少なすぎませんか？」

コンガーの質問は妥当である。

「本部はまだ切迫していると思っていない。それにニューヨーク市警と違って、我々は常に人手不足だ。まあ我々が捜査に加わって、援軍の判断をして来いという局長の意図なのだろう」

ハインズは肩を竦めた。局長を庇うわけではないが、ＮＣＩＳの台所事情は幹部だけに分かっている。

輸送機後方のハッチが開き、薄暗かった機内に光が射す。同時に湿り気を帯びた熱風が吹き込み、汗腺が開いた。上空の冷気を閉じ込めていた機内の温度が一気に上がったのだ。

「雨ですよ。ついてないな」

椅子(いす)から立ち上がったコンガーが、ハッチの外の風景を見て不満を漏らした。ラテン系はおしゃべりだが、文句も多い。

グアムは海洋性亜熱帯気候で、六月から十月までが雨季で十一月から五月までが乾季とされている。だからといって乾季に全く雨が降らないかというと地面を湿らせる程度の雨はよく降る。

ハインズとコンガーは、軍事物資の積み降ろし作業がはじまる前に他の空軍兵士とともに後部ハッチから急いで降りた。軍隊だけに怠慢(たいまん)な行動は許されない。まして二人は同乗させてもらっただけで、客ではないのだ。

「さて、ツアーコンダクターはどこですか？」

コンガーはわざとらしく手をかざして周囲を見渡している。

「俺たちは乗客として認識されていないんだ。とりあえず、近くの格納庫に行くんだ」

小雨なので気にするほどでもないが、ハインズは脇目も振らずかまぼこ型の格納庫を目指した。輸送機は軍事物資を積み替えるためか、司令部の建物とは反対の滑走路からほど近いエプロンに停まっている。人員を運ぶ輸送機なら基地の南部にあるパッセンジャー・ターミナルで下ろされるが、ハインズらは物資のおまけとカウントされたらしい。

「格納庫って、タクシー乗り場はないんですか？」

横並びになったコンガーが、質問してきた。軍隊経験がないので、今度は本気で尋ねているようだ。

「まずは気のいい兵士が乗った作業車に乗せてもらってパッセンジャー・ターミナルまで行き、車の手配をするか、基地内のファストフードの店に行って朝飯を食うか、どちらかだ」

ハインズはファストフードの店に直行するつもりである。この二十時間、食事は給油で立ち寄った空軍基地で食べたハンバーガーだけだ。

背後からクラクションが鳴らされた。

道を空けようと立ち止まって振り帰ると、フォードのSUV、白いエクスプローラが二人の目の前で停まった。助手席のウインドウが下りる。

「クワンティコからか？」

助手席から顔を出した男は、唐突に尋ねてきた。クワンティコの通信司令室のモニターで見たスプリンガーである。実物も疲れきった顔をしていた。

「そうだ」

ハインズも短く答える。愛想を振り撒く必要はないらしい。

「グアム分局のルイス・スプリンガーだ。急いで後ろに乗ってくれ。警備の兵士がうるさいんだ」

　スプリンガーは、右手の親指を立てて後ろに振った。降りて挨拶する気もないらしい。

「荷物を載せたい。ハッチバッグを開けてくれ」

　ハインズは、淡々と受け止めて言った。地方の分局に長く勤務すると、人付き合いが悪くなるか、あるいは人恋しさに人なつこくなるかのどちらかだ。太平洋の孤島に勤務するスプリンガーは前者なのだろう、気にすることはない。ハワイのパール・ハーバー太平洋艦隊司令部に勤務する同僚を知っているが、反対に底抜けに明るい連中だった。

　機械音がしたかと思ったら、ハッチバックが自動で開いた。最新のパワーリフトゲート搭載のリミテッドカーのようだ。

「パワーリフトゲートか、こいつはいい」

　それまでふてくされた顔をしていたコンガーが、嬉しそうにハインズと自分の荷物を荷台に載せた。車が好きなのだろう、ラテン系は単純でいい。

「ブレッド・パーカーです。よろしく」

　後部座席に収まると、運転席に座る体格のいい男が愛想笑いを浮かべて、ハインズに握手を求めて来た。スプリンガーが無愛想なので気を遣っているのかもしれない。

「よろしく、パーカー。こいつは、ジェイソン・コンガーだ」

「ブレッド・パーカーです」

ハインズが紹介すると、パーカーは嬉しそうな顔をしてコンガーに手を伸ばして来た。この男は分局勤めで、人なつこくなったタイプかもしれない。

スプリンガーが汗臭いのに比べて、パーカーはコロンを付けているらしく、いい香りがする。日本人と違って欧米人は毎日風呂に入る習慣がなく、シャワーですませる。そのため、体臭を消すのに男女を問わず香水やコロンが普及している。

コンガーも微かにコロンを香らせているが、彼の場合は単純におしゃれで、パーカーは汗臭さを消すためだろう。体臭とコロンが混ざった独特の匂いがする。

「こちらこそ、よろしく」

コンガーも慌ててパーカーと握手した。

「第一の現場に行こうか」

スプリンガーが、不機嫌そうにパーカーの肩を叩いて促した。彼のバカ丁寧な挨拶にうんざりしたらしい。

「その前に飯を食わせてくれ。機内サービスがなかったんだ」

ハインズは舌打ちした。捜査は前途多難と決まったようなものだ。

6

自衛隊の警察機関である警務隊には、コンピュータの知識を必要とするＩＴ犯罪についでは専門のハイテク捜査班がある。だが、その他の犯罪に関しては専門のチームがあるわけではない。また、警務官は鑑識活動や聞き込み捜査から証拠品の分析まで、捜査の一から十までこなさなければならない。自衛隊という巨大な組織でも、警察のように仕事を専門的に分業できるほど予算や人員を割けないという現実的な問題からである。

米国海軍犯罪捜査局もまったく同じ理由から、特別捜査官といえど鑑識から捜査まで行うのだが、証拠品の扱いは別だ。

クワンティコ米海兵隊基地にあるＮＣＩＳ本部の地下一階に鑑識ラボがあり、世界中の特別捜査官が収集した証拠に対する科学的に高度な鑑定や、検屍解剖（けんしかいぼう）を行う専門のスタッフが働いている。

オレンジ色の作業服を着た男が、ＮＣＩＳ本部のエレベータから鑑識ラボのある地下一階に、樹脂製の大きなコンテナを載せたストレッチャーを運び出した。コンテナの横には操作ボタンや液晶パネルがあり、４℃と表示されている。冷蔵コンテナだ。

男は口笛でサンバを吹きながらストレッチャーを押して廊下を軽快に進む。顔立ちからしてブラジル系なのかもしれない。エレベータホールから数メートル先にあるステンレス製の両開きドアの前で立ち止まり、出入口横のインターホンのボタンを押した。

「お届けの品です。サイン、もらえますか？」

男は基地内の専属運搬業者だが、宅配便の業者のように軽い調子である。

ステンレスのドアの電子ロックが外れる音がした。

「コンテナを中に入れてくれ」

ドアを開けた銀髪の中年男が、手招きした。年齢は五十一歳、アイルランド系のライアン・フェルドマン、鑑識ラボの総合責任者であり、優秀な監察医でもある。

「こちらにサインを」

男はフェルドマンにボードに挟んである書類を笑顔で渡してきた。この手の業者にしてはサービス精神があるらしい。

「中身が何か分かっているのかね。ミスター・ゴメス」

フェルドマンはちらりと男の首にぶら下がっている身分証を見ると、サインした。

「兵士の死体ですよね、多分。何日か前にも同じコンテナを運びました。ここで解剖するんでしょう。テレビでよくやっていますから、知っていますよ」

ゴメスは自慢げに答え、手術台を指差した。米国では科学捜査班が主人公のテレビドラマが人気で、検屍解剖シーンはおなじみである。

「運搬途中に死体が傷ついていないか心配だ。たまにぶつけたショックで鼻や耳がもげていることがある。調べてみるかね」

フェルドマンは、書類を挟んだボードを返しながらにやりとした。だが、部屋が薄暗いために笑ったようには見えない。

「とっ、とんでもない。それじゃ」

激しく首を振ったゴメスはボードを受け取り、一目散(いちもくさん)に部屋から消えた。

「ドクター、悪い冗談ですよ」

部屋の奥から白衣を着た男が現れ、ストレッチャーを動かした。エレック・コリンズ、三十四歳、フェルドマンと同じく検屍解剖を担当しており、彼の助手である。

「死体に対する敬意が足りないから、からかってやったんだ」

フェルドマンは白衣を着ながらむっつりとした表情で言った。

「それは言えてましたが、テレビの影響でしょう。現実が分かってないだけですよ」

コリンズは笑いながらストレッチャーを手術台の横に置き、コンテナのロックを解除して上部の蓋を外した。現れた黒い死体袋に入れられているのは、グアムのアプラ港海軍基地内の映画館のトイレで殺されたロベルト・バルブエナ曹長の死体である。現地の鑑識捜査が終了した時点で、送られて来た。そのため輸送機で現地に向かったハインズとは、入れ違いになっている。

手術用のラテックスの手袋をはめたフェルドマンは、死体袋のファスナーを下ろした。頭部は切断されているためにビニール袋に入れられて、胴体の上に載せられている。

「口元から血が滲んでいるが、保存状態はいいようだな。……まさかな」

フェルドマンは頭部をひょいと持ち上げ、しげしげと見て首を傾げた。まるで珍しい動物でも見るような目付きは、端で見ていると薄気味悪い。

「お楽しみ中すみませんが、今日中に終わらせますか？」

コリンズは冗談を言ってフェルドマンを促した。こうした光景は見慣れているのだ。

「移動してくれ」

フェルドマンは切断された首から目を離さずに頷いた。

「引っ張ります」

コリンズは手術台の反対側から死体袋を引っ張って、死体を手術台に載せた。頭部がないため、死体は一人でも充分移動できた。もっとも腕力も相当ある。

「二〇一五年三月二十四日、午後七時十四分、これより、ロベルト・バルブエナ曹長の検屍解剖を行う」

フェルドマンは天井に備え付けられているカメラに向かって呟いた。

フェーズ３：グアムへ

1

三月二十七日、午前十一時四十二分、太平洋上空。

朝倉は米空軍輸送機Ｃ１７の壁面の折り畳みシートに目を閉じて座っていた。

「離陸してから、ちょうど三時間半が経過した。そろそろ着陸のアナウンスが入ってもいいんじゃないかな、腰が痛くてかなわん」

隣席の国松が腕時計を見てぼやいている。

二人は陸自の迷彩戦闘服である〝迷彩服３型〟にタクティカルブーツ〝半長靴３型〟を履いていた。少し離れた席に迷彩の〝デジタルブルー〟の戦闘服を着た米海兵隊の兵士が、十人ほど座っている。Ｃ１７は横田(よこた)基地で米軍兵士や資材を積み込んでいた。

朝倉らの迷彩はブッシュを想定したものなのでグリーンやカーキを基調としている。一方米兵らの迷彩は青みがかったグレーのため、朝倉らは浮いていた。とはいえ、米軍との合同演習や研修目的で同乗する自衛官もいるため、米兵らが気にすることはない。

「あと十分か、二十分というところだ」

目を閉じたまま朝倉は答えた。

昨日の朝までK島で駐在の警察官として勤務していた朝倉は、今は中央警務隊の二等陸尉として戦闘服を着ている。落ち着いているように見えるが、実際は心の整理がついていなかった。

「えっ、またですか！」

警視庁二階の小会議室で朝倉は、声を張り上げた。

前日の朝、朝倉は南駐在所の柏原勇夫警部に本庁での長期研修を告げられ、スポーツバッグに着替えを詰め込んでジェットフォイル（超高速船）に乗り、久しぶりに島を離れた。本庁で彼を待ち構えていたのは、刑事部捜査一課の課長である桂木と捜査一課十二係の部長刑事佐野である。

「その〝また〟で、すまない。昨年に続き、中央警務隊に短期出向という形になる。今回も捜査協力だが、米国のＮＣＩＳからの要請なのだ。彼らは海軍犯罪捜査局という建前上、警察は国籍にかかわらず民間と同じとみなし、一緒に捜査ができないと言うのだ。そのため、警務隊に出向することで、自衛官としての身分を君に与えるのが一番ということになった」

桂木は米国の捜査で身分を変える必要性を淡々と説明した。

「ＮＣＩＳも文民のくせに妙なことを言いますね。一昨年一緒に働いた特別捜査官は、ヘルマン・ハインズだったな。まさか……」

朝倉は目を見開いた。真冬の岸壁から自ら身を投げたあの米兵の姿が脳裏に浮かんだのだ。

「先方からは、事件の概要さえも通知されていない。要請を出しておきながら、詳細も知らせずに身分を変えろという勝手さに対しては、正直言って腹立たしく思っている。だが、一昨年の事件をよく知らない総監が、米国の圧力に押されてオーケーを出してしまったのだ。私は事件の関係性がはっきりしなければ断るべきだと進言したが、却下されたよ」

結局桂木の意見は受け入れられなかったという。身分が高いほど政府のトップと接するため、政治的圧力に弱いのかもしれない。

「しかし、ＮＣＩＳと私との接点は、イーサン・マリク容疑者の事件だけです。もし、あの男が生きていて新たに事件を引き起こしたのなら、悪夢の再来です。身分を変えることは不本意ですが、協力は惜しみません」

イーサン・マリクを逮捕するためなら朝倉は手段を選ぶつもりはない。あの男の恐ろしさを誰よりも知っているからだ。

「君の言うように、もし、あの事件に関係しているのなら、君が捜査に加わるのが最適だと思う。ただ、心配なことは協力する期間について先方から何も言われていないことだ。殺人事件の捜査だけにすぐに片がつくとは思えない。さりとて、半年や一年というのも困るのだ。我々としては、一ヶ月が限度だと思っている。君の口からもそう伝えてくれないか」

桂木は苦い表情で言った。話を聞いていると、どうもダイレクトに米国とやり取りしていないらしい。おそらく、上層部を通じているからということもあるのだろうが、結局のところ幹部は誰も英語で直接話ができないからだろう。

朝倉は自衛官時代に特殊部隊に所属していた関係で、英語は自由に話すことができる。米軍と共同訓練する際も意思の疎通ができなければ、危険だからだ。警察官になってから英会話力が役に立ったのは、一昨年のイーサン・マリク事件の時だけであるが、それが今回の要請に繋がっている理由の一つであろう。

「分かりました。ただ、半端なことはしたくありません。協力を要請された以上、事件の解決に向けて全力で働くつもりです」

捜査ははっきり言って水物である。人手があれば解決できるとは限らない。時の運も関係してくるため、一ヶ月と期間を区切ったところで意味はないだろう。さすがに半年、一年というのは困るが、二ヶ月、三ヶ月と時間が掛かっても朝倉は仕方がないと思っている。

「米国の違った環境で捜査を経験するというのも、警察官としてのいい肥やしになるだろう。本来なら、刑事としておまえを米国に送り込みたかったが、先方の身勝手さゆえできなかった。課長は何もおっしゃらないが、断腸の思いで中央警務隊に頭を下げられたのだ。ありがたく思えよ」

それまで黙って聞いていた佐野が、説教するように言った。中央警務隊に頭を下げたというのなら、屈辱的な思いをしたに違いない。

「そうなんですか。ありがとうございます」

朝倉は会議室のテーブルに両手をつけて頭を下げた。

「ついでに言っておくが、おまえを一課に戻すべく、課長も私も努力している。それを忘れないで欲しい」

佐野は沈痛な表情で言った。努力はしているが、実を結ばないということなのだろう。

朝倉はその足で市ヶ谷の中央警務隊に赴き、様々な手続きを済ませ、翌朝、国松と一緒に米軍の横田基地まで行って輸送機に乗り込んだ。

英語もろくに話せない男が、一緒に行くことになったのは不思議ではあるが、イーサン・マリク事件で国松は中央警務隊の現場のトップだったため、お目付役を兼ねて選出されたとのことだった。だが本当のところは、あの事件で部下の永井三等陸曹をマリクに殺害されているからだろう。国松の気性を考えれば、犯人を逮捕し、亡き部下に代わって意趣を晴らしたいに違いない。

「降下をはじめたぞ。シートベルトを締めろ」

朝倉はベルトを外している国松に注意した。かなりの角度で降下をはじめている。民間機と違って、乗客への気遣いはないようだ。

「やれやれ、リクライニングもできないシートで移動するのがこんなに苦痛だとは思わなかったよ」

溜め息交じりに国松はベルトをはめて座り直した。

旅費も宿泊費もすべて米国持ちと聞いていたが、米軍機で移動し、宿泊も米軍基地の兵舎らしい。捜査協力を要請したとはいえ、客とは思っていないようだ。

C17は軍用機らしく急角度で降下し、どんという衝撃と共に滑走路に着陸した。航空機は離着陸時が一番敵に狙(ねら)われやすい。平時の着陸でも訓練の一環なのだろう。

後方ハッチが開いた。

「むっ」

シートベルトを外した朝倉は顔をしかめた。外気は二十六度、湿度九十パーセント、ぐっしょりと湿った熱い空気の塊が、ハッチから押し寄せて来たのだ。

「土砂降りだ。グアムは雨季だったっけか」

国松は激しい雨音を立てる外の光景に渋い表情をしながら、金文字で〝ＭＰ〟と刺繡(ししゅう)

された紺色（こんいろ）のキャップ帽を被（かぶ）った。

「降りるぞ」

朝倉は国松の肩を叩き、バックパックを担ぎ上げた。

2

叩き付けるような雨は、ものの数分で小雨に変わった。

一緒に乗り込んでいた海兵隊の兵士らは迎えに来た軍用トラックに次々と乗り込んでいる。

「あれか？」

朝倉は頭から滴（したた）る雨を気にすることもなく、近付いて来る白のフォード・エクスプローラを指差した。空軍基地だけに一般車は目立つ。

目の前に車が停まると助手席のドアが開き、背の高い男が降りて来た。朝倉の身長は一八三センチあるが、それよりも高い。

「元気そうだな。朝倉。わざわざすまなかった」

笑顔を浮かべたハインズは、大きな掌（てのひら）を前に伸ばした。この男とは追いつめたイーサン・マリクを捕えるために一緒に闘っている。そういう意味では戦友のようなものだ。

横田基地で輸送機に乗る手続きをしてくれたＮＣＩＳの事務官から、事件の担当官がハインズだと聞かされていた。やはり、朝倉を招喚したのは彼だったようだ。

「だいぶ頭が白くなったな。苦労しているのか？」

差し出された手を朝倉が固く握り締めると、ハインズも力を込めて握り返してくる。二年ほど音信不通だったが、変わりはないようだ。

「苦労はしていない。歳をとっただけだ」

肩を竦めてハインズは笑った。実際は部外者である朝倉にまで声を掛けたのだから、苦労しているのだろう。

「歌うＭＰもよく来たな」

ハインズは国松にも握手を求めた。歌うＭＰというのは、朝倉とハインズと国松の三人が拉致された際、敵の目を惹き付けるために国松が監視カメラに向かって演歌を歌ったことを言っているのだろう。

「久しぶりだ。ハインズ。私は元気だ。君はどうだい？」

握手をしながら国松は、英語の教科書に出てくるようなフレーズで答えた。一昨年の捜査では、国松はほとんど英語を口にすることがなかったため驚かされた。

「えっ、ああ、元気だったよ。英語を話せるようになったのか？」

ハインズは両手を広げ、本人ではなく朝倉に尋ねた。

「いや、初耳だ。いつの間に勉強したんだ？」

朝倉も昨日半年ぶりに会ったばかりで、何も聞いていない。

「イーサン・マリクの死体はまだ見つかっていない。だから逮捕するまでと思って、この二年間英会話の勉強をしてきたのだ。歳が歳だから、大して上達していないが、日常会話ならなんとかできる」

発音は多少おかしいが、はにかむように国松は笑ってみせた。

「国松さん……」

朝倉は絶句した。事件のことははっきり覚えているが、朝倉にとって過去の出来事になっていたのだ。死体は確認されていない。だからといってマリクの死を疑う者はいないと思っていたが、例外がいたらしい。

「とりあえず、昼飯をごちそうする。車に乗ってくれ。訓練のためかもしれないが、警備の兵士がうるさい。長居をしていると、怒られるんだ。運転しているのは、私の部下のジェイソン・コンガーだ。現地の特別捜査官は後で紹介する。コンガー、朝倉と国松だ」

ハインズは運転席の窓をノックした。

「ジェイソン・コンガーです。よろしく」

コンガーは機敏に運転席から下りると電動ハッチバックを開け、朝倉と国松のバックパックを押し込むように車に積んだ。気は利くようだが、少々雑である。

「コンガー、昼飯を食べに行こう」

「分かっています。ピカズ・カフェでしょう」

ハインズの言葉を遮ったコンガーは首を振った。あまり乗り気でないらしい。

「私は食事に関しては保守的でね。ファストフードはあまり好きじゃないんだ。それに気に入った店には常連になるまで通うことにしている。コンガーは水着の美女が見られるホテルロード周辺のレストランが好みらしいが、遊びに来たわけじゃないからね」

コンガーが不機嫌になったわけをハインズがおかしげに説明した。タモン湾のビーチに沿ったホテルロード周辺は、ホテルやショッピングセンターが建ち並ぶグアムの中心街である。

「昨日と今日の朝飯もピカズ・カフェだったんですよ。たまには目の保養ができるレストランで食事をしたって罰は当たらないでしょう。チーフと違って、どうせ私は俗物ですから」

コンガーは自嘲ぎみに間の手を入れて、車を走らせた。

島の北東にある基地を出た車は1号線を南下し、3号線と合流する交差点を過ぎてタモン方面に向かっていた。ドライブインレストランやファストフード店の脇を通り過ぎるたびにコンガーは舌打ちしている。

「俺を呼んだのは、犯人がイーサン・マリクと決まったからなのか?」

朝倉は助手席のハインズに怪訝そうに尋ねた。最初に話を聞かされた時は生存の可能性を疑ったものの、マリクは死んだと朝倉は確信を持っているのだ。

「まだ、分からない。少なくとも昨日までは関係ないと思っていた。私のチームは他の事件を担当している最中だったし、今回の捜査に乗り気がしなかったのだ。それで君にはすまないが、無理を承知で君の招喚を条件に出した。それにマリクの死亡を私は疑っていない。断崖から飛び下りても生きていると考えるのは非論理的だと思っていたのだ」

ハインズは淡々と答える。この男はいつも論理的であったことを朝倉は思い出した。ドイツ系はみなそうなのだろうか。

「俺が来るのは計算外だったのか？」

朝倉は呆れ気味に笑った。

「少々無理を言えば断れると思ったのだ。だが意外にも、軍人ならという条件付きでオーケーが出たというわけさ。もっとも君は有能だから、大歓迎だよ。先ほどの話の続きだが、本部の鑑識ラボで新たな事実が判明し、正直言って今は戸惑っている」

「新たな事実？」

朝倉は体を起こし、助手席のハインズを見た。

「マリクが日本で何人殺害したか覚えているか？」

バックミラーで朝倉を見返したハインズは質問で返してきた。

「六人だ」
朝倉は即答する。

3

マリクが日本で殺害した人数は六人である。最初の被害者は沖縄の海軍病院で働いていたフィリピン人ジョン・エミリオ、彼が唯一の民間人だった。マリクは、この時亡くなった上官であるルイス・エルバード大尉（たいい）がまだ生きており、彼から指令を受けているという妄想に基づいて行動していた。まずエミリオをテロリストだと断罪して殺害し、その後短期間で、マリクは連続して殺人を犯す。朝倉は今でも被害者全員の名前を言うことができた。片時も忘れたことはない。

朝倉らを乗せたエクスプローラは、ホテルロードの一本東側を走る幹線であるマリンドライブを走り、セント・ジョンズ・スクールの向かいにあるローカルのコンプレックス（複合店施設）の駐車場に入った。

コンプレックスといっても映画館やボーリング場があるわけではなく、二階建てのL字型ビルに様々な店が入居している小型ショッピングモールという感じだ。目的のピカズ・カフェはマリンドライブ側の端にあった。

「一昨日、といってもクワンティコだから日付は三日前の夜になるが、グアムで二番目に殺害された死体の検屍解剖が鑑識ラボで行われた。検屍解剖だから当然のことだが、切断された首の口内も調べてみた。すると上顎の前歯が死後に抜かれていたことが分かったのだ。実は最初の被害者の死体も上顎の左の前歯が同じように抜かれていたが、監察医も理由は分からなかったそうだ。だが、二件連続したことで、犯人の意図的な行為だと分かった」

ハインズは自分の口を開けて、指で前歯を指してみせた。分かったかと言わんばかりの得意げな顔をしている。

「……それで？」

朝倉は堪らず聞き返した。

猟奇殺人事件の犯人の九十九パーセントが、〝サイコパス〟という精神的な疾患者と言われている。特徴はその残虐性にあるが、共通しているのは他人の気持ちや痛みを全く理解できないことだろう。事例として、殺害した死体の一部を持ち帰ってコレクションしたり、時には食したりと異常な性癖も報告されている。グアムで起きた二件の事件の犯人がサイコパスなら、歯のコレクションをしていたとしてもおかしくはない。

「分からないのか。歯の番号だよ。七番、それに九番を抜き取られていたんだ」

ハインズは大きな溜め息を漏らした。

「歯の番号？　米国では前歯は七と九番になるのか？」

日本の歯科では、前歯である中切歯を一番とし、順番に一番奥の第三大臼歯を八番と数えるので、グアムの死体の状態は、日本式なら右上二番と左上一番となる。

「日本じゃ数え方が違うのか。犯人を米国人だと想定したうえでのことだが、日本での被害者六人の次と解釈することもできるはずだ」

米国の場合は、ユニバーサル・ナンバー・システムでカウントするため、右上の第三大臼歯を一番とし、左上の第三大臼歯が十六番、左下は第三大臼歯の十七番からはじまり、右下第三大臼歯の三十二番で終わる。左右上下にかかわらず、一つ一つの歯に番号が付いているため、混乱はない。

「確かに死体の人数に符合する。だが、七番はともかくどうして九番と飛ぶんだ。まさか、八番目の被害者がどこかにいるというのなら、論理の飛躍だ。そもそも犯人が被害者の歯のコレクターだったとしても、前歯は抜きやすい。偶然の一致だろう」

七という番号を聞いて朝倉も一瞬鳥肌が立ったが、それだけで判断するには早計過ぎる。

「もちろんそうだ。偶然という可能性も充分ある。そこで、一昨年日本で起きた事件の被害者の歯はどうなっていたのか、私はそれを知りたい。サイコパスは殺害方法を確立させると、変えることはめったにない。なぜなら、殺害は儀式だからだ」

ハインズは車から降りようとせずに振り返って尋ねてきた。犯人がイーサン・マリクなら、日本でも同じことをしていたと、考えるべきだからだ。

「検屍解剖では口内の検査もしているはずだ。当時歯が抜かれていたという報告は受けていないが、念のためにすぐ聞いてみる」

　朝倉は大きく頷くと、ポケットからスマートフォンを出して、警視庁の佐野刑事に電話した。例によって朝倉の出向、及びＮＣＩＳへの捜査協力は極秘のため、佐野と捜査一課長である桂木だけと連絡を取ることになっている。

「よろしくお願いします」

　佐野に事情を説明した朝倉は、電話を切った。

「どうだった？」

　ハインズはバックミラー越しに尋ねて来た。期待していないという感じである。

「検屍解剖を依頼した大学に問い合わせてもらっている。ここで一つ、日本の事件のおさらいをお互いしてみないか。というのも、最初の沖縄で起きた事件は、米軍で扱っているからな」

　朝倉もバックミラーでハインズを睨むように見た。事件は日本で起きたと一言で片付けられたら、責任はまるで日本の警察にすべてあるように聞こえるからだ。

「オーケー。最初の被害者は、海軍病院の薬局で働いていたフィリピン人ジョン・エミリオだ。彼は抗うつ薬〝プロザック〟をマリクに闇で売っていたが、値段を二倍に吊り上げたために殺害されたようだ。頭部だけボイラーで焼却されていたため、首なしの死体で発見されている」

死体を発見したのは朝倉である。事情は知っていた。

「次に殺されたのは、陸軍MPのブライアン・ジョンソン三等軍曹だ。マリクはジョンソンを殺害することで、彼に成り済ました。ちなみに頭部を手榴弾で爆破されている。検屍した陸軍の報告書では、ミンチ状態だったと記載されていた。二つの事件では口内は調べようがなかった」

最初の殺人はおそらく衝動的なものだったのだろう。だが、ジョンソンを殺すことでマリクは、殺人の味を覚えた。というか、戦場で鍛えた殺人技法を思い出したのかもしれない。

「三番目は、……私の部下だったエドガー・アバーノだ。私がジョンソンの殺害現場を調査している間にマリクに喉を切断された。検屍は海軍の軍医がしている。報告書では死因は書かれていたが、口内までは調べていない。というのも遺族が宗教的な理由で検屍解剖を拒否して葬儀を急いだのだ。そのためラボには持ち込まずに現地で死の確認だけしたに過ぎない」

ハインズは一瞬だが声を詰まらせた。彼は遺族と会って訃報を知らせ、葬儀にも参列しているだけに辛い思いをしたのだろう。

「日本人の被害者はすべて火葬にされている。アバーノは、土葬なんだろう？」

朝倉は遠慮がちに尋ねた。警察機関に勤めているとはいえ、人の死が辛いのは同じである。

「彼の死体は故郷のミネアポリスの墓地に埋葬（まいそう）してある。墓を調べることは可能だ。気は進まないがね」

ハインズは大きな溜め息をついた。

「四番目は、練馬駐屯地業務隊の窪塚真治（くぼづかしんじ）陸士長だ。彼は倉庫の天井近くにロープで吊されていた。発見した自衛官が助けようとすると陸士長は落下し、絡み付いた鋼線（こうせん）で首が切断されたのだ。五番目は、朝霞駐屯地警衛隊所属の田川義則（たがわよしのり）三等陸曹だった。木工所の工作台に縛り付けられ、電動ノコが彼の頭上に吊るされていた。助けようとした警察官が、電動ノコの電源コンセントを引き抜くと、それはトラップで電動ノコが作動し、三等陸曹の首を切断した。三等陸曹の検屍解剖は警視庁が委託している大学病院で行われた。口内の異常という記載はなかった」

朝倉は一通りハインズに説明すると、隣りの国松の顔を見て日本語で説明する。窪塚陸士長の事件は警務隊で処理されているからだ。

「田川三等陸曹は防衛医大で検屍されている。検屍報告書は私も見ているが、歯が抜かれていたという記載はなかった。それから最後の被害者は、……私の部下だった永井三等陸曹だ。私と永井は、聞き込み捜査をした帰りにマリクが運転するトラックに衝突され、永井は死亡した。検屍は警視庁が行っているが、事故死だから検屍解剖はされていない。だが、直接マリクと接触していないため、歯が抜かれたはずは断じてない」

文法も発音も間違いは多かったが、国松は胸のうちを吐き出すように最後まで英語で話した。犯人逮捕ができない悔しさを紛らすために、必死で英会話を勉強してきたに違いない。

「交通事故で亡くなった永井を除いて、検屍報告の記載漏れということはないのか。改めて担当した監察医に調べてもらって欲しい。それで確認できればいいのだが……」

ハインズは言葉を濁した。その先は部下だったアバーノに繋がるからだろう。

朝倉のポケットのスマートフォンが鳴った。

「はい、私です。……なるほど、……そうですか。ありがとうございました」

スマートフォンを耳に当てた朝倉は頭を下げた。佐野からの連絡である。

電話を切ると、全員の視線が朝倉に集まっていた。

「監察医は首や胴体の切断面は詳しく調べ、血液等の解析もしている。もちろん口内も調べたが、撮影までは行っていないらしい」

朝倉のトーンが落ちた。死因は明らかなため、犯行を立証する検査は入念にされたのだろう。決して手抜きではないのだが、死因と関係のない口内は目視の記録に留めたようだ。

「口内の写真はないのか。しかも死体は日本の慣習で火葬とはね。監察医が見落としたと言われても仕方がないな」

ハインズは大袈裟に肩を竦めてみせた。

「日本は国土が狭いんだ。仕方がないだろう」

朝倉と国松の視線が、今度はハインズに向けられた。

「唯一調べることができるのは、アバーノの死体ということか」

ハインズは額に手をやり絶句した。部下を死なせ、その上その墓を暴かなければならないのだ。嘆きたい気持ちも分かる。

「アバーノは優秀な捜査官だったんだよな」

朝倉はハインズの肩を叩きながら尋ねた。

「そうだ」

「だったら、アバーノは喜んで捜査に協力してくれるんじゃないのか？」

「……そうだな」

朝倉の慰めにハインズは、深く頷いてみせた。

4

マリンドライブ沿いのコンプレックスにあるピカズ・カフェで昼食を食べた朝倉らは、アプラ港海軍基地に向かっている。

エクスプローラのハンドルを握るコンガーがワイパーを作動させた。午後一時四十分、止んでいた雨がまた降り出したのだ。

ピカズ・カフェは米国料理と地元のチャモロ風の料理で人気があり、味も量も米国人好みである。朝倉はフライドライスの大盛りを食べて満足した。ちょっと辛めのチャモロソーセージ入りの焼き飯の上に、フライドエッグが豪快に載せられたものだ。国松はチャモロソーセージをたっぷりと使ったベネディクト・チャモロを注文したが、ポーチドエッグが固まっていたと不満を漏らしていた。米国ではこの手の店の料理人がアバウトだということを理解していないようだ。

ハインズはステーキを注文し、コンガーはサラダが付いたクラシックバーガーを食べて二人ともそれなりに満足している。車内は誰しも腹が満たされて口が重くなっていた。ワイパーの音だけが規則正しく刻まれ、眠気を誘う。

海岸線沿いを走る1号線の右手に建物がなくなり、どんよりとした鈍色(にびいろ)の空を映すアガナ海岸が広がる。

「南国に来たというのにこの空じゃ、デトロイトと変わりありませんね」

欠伸をしながらコンガーが沈黙を破った。他の三人と違い、運転しているため眠ってしまうわけにはいかないからだろう。

「デトロイト出身だったな。私もデトロイトに仕事で行ったことがある。あの街の排ガスに染まった空に、確かに似ている。随分昔の話だがね。ニューヨークも曇りの日は変わりばえしないがな。そう言えば、先月デトロイトに行ったと聞いたが、まだ実家はそこにあるのか？」

ハインズは海岸線を眺めながら聞いた。彼らはグアムに来て三日目らしいがずっと雨続きのようだ。

「いいえ、家族はもういませんよ。私は、デトロイトの退廃的というか寂れた雰囲気が好きなだけです。子供の頃はそこそこ活気のある街でしたが、今の方がむしろ好きですよ」

コンガーは懐かしそうに言った。

「話し中すまないが、君たちは私服だが、我々は、ユニフォームのままでいいのか？」

国松は二人の会話に割り込んだ。朝倉を介して聞くこともできるのだが、英会話に馴れようという意識を感じる。レストランで見慣れない制服に気が付いた客に、じろじろ見られたのが気になっていたようだ。

「輸送機は自衛隊の制服の方がよかったが、捜査は主に海軍基地と関係施設で行われるから着替えて欲しい。他国の軍服は目立つからな。後でＮＣＩＳのオブザーバーＩＤを渡すが、エンブレムが入ったキャップ帽も貸す。それを身に付ければ、基地の出入りも自由だ」

ハインズはすまなそうに言った。朝倉には軍人と同じ資格を求めながらも、捜査では一般人になるように要求するのだ。身勝手が過ぎる。

「俺たちは、一体何をすればいいのだ。金魚の糞のようにあんたたちに付いていればいいのか？」

朝倉は憮然とした表情で言った。

「宿泊先の兵舎で話すつもりだったが、先に説明しておこう。今回の捜査には、様々な問題があるのだ。まず、朝倉が警察の身分のままでは、招喚することができなかった。ＮＣＩＳが米国内で日本の警察と合同で捜査した前例は、皆無だからだ。だが、本当の理由は、私のボスが米国の警察と過去に捜査上のトラブルがあったためらしい。ＮＣＩＳは文民だ。本来なら日本の警察官とも協力するべきだと、私は個人的に思っている」

ハインズは渋い表情をみせたが、彫りが深いドイツ系なので似合わない笑顔よりはいいかもしれない。

「上司の問題か」

　自分と同じ境遇に、朝倉は鼻から息を漏らして相槌を打った。

「しかも現段階では、大規模な捜査を展開できない。理由は、マスコミに嗅ぎ付けられたくないからだ。この島は観光でもっている。殺人事件という最悪のマイナスイメージを公開し、住民を敵に回すような真似はできない」

　基地は住民の理解があってこそ成り立つ。沖縄のように住民の多くが反対しているにもかかわらず存在するのは、世界的にも珍しい。

「被害者が軍人でしかも犯行は基地内で起きているが、事件が基地の外に拡散する可能性は考えないのか？」

「一般の住宅街の方が、はるかに犯行は楽だ。にもかかわらず犯人は基地の軍人を殺害している。そこに犯人からの何らかのメッセージがあると、私は思っている。今後基地の外でも被害が出る可能性はなきにしもあらずだが、標的は軍人のはずだ。軍人に恨みがあるのかもしれない」

　ハインズは迷うことなく答えた。

「メッセージか」

　犯人が意図して二人の軍人を殺害していることは間違いない。メッセージは、怨讐（おんしゅう）、復讐、あるいは反戦などが考えられる。ハインズが言うように民間人が標的になる可能性は極めて低いだろう。

「朝倉と国松は、私と再度現場検証をして欲しい。なんせ我々は、マリクを知っている生き証人でもある。他の捜査官とは違う視点があるはずだ」

ハインズは親指を立てて見せると、英語が理解できたのか国松も親指を立てて答えた。

車はアプラ港海軍基地のゲートに到着した。他に車はない。

ゲートのボックスから警備兵が二名出て来た。急ぐわけでもなく、運転席側と助手席側にひとりずつ立つ。

「NCISだ」

ハインズが身分証と書類を提示した。書類には朝倉たちのことが書いてあるに違いない。

「後部座席の兵士の所属は？」

自衛隊の制服の迷彩柄は、米軍と似ているようでも明らかに違う。書類も見ずに警備員は詰問(きつもん)してきた。この分では、制服を脱がなければテロリストに間違われる可能性もあるだろう。

「手元の書類を見てくれ。許可証だ」

苛立ち気味にハインズは答える。ホームグラウンドともいえる海軍基地でNCISは絶対的な存在のはずだが、警備兵の態度はどこかよそよそしい。

「書類ですか……」

警備員は訝しげな表情で書類に目を通すと、無線でどこかと連絡を取りはじめた。司令部に連絡をしているようだ。

「今書類を受け取った警備兵は、マックスと呼ばれている札付きの警備兵で、いつもああいう態度をとるんだ。聞くところによると、ボクシングが少々できて乱暴者らしい。仲間内からも嫌われているようだ」

ハインズが耳打ちするように言った。マックスはあだ名らしい。身長は一九〇センチ前後あり、逞しい体をしている。

「日本のMPですか。……中国人かと思いましたよ」

しばらくして警備員は書類を返してきた。丁寧な言葉遣いとは裏腹に鼻の頭に皺を寄せている。どこの世界でもMPは嫌われるのだ。

「先が思いやられる」

朝倉は苦笑を漏らした。

5

アプラ港海軍基地がある半島の付け根に位置する場所に、ショッピングセンター〝ネイビーエクスチェンジ〟や〝ネイビーアウトドアストアー〟、〝ネイビーホームセンター〟、それにスーパーの〝カミサリー〟などがあるショッピングエリアがある。

エリアの中心に位置するカミサリーは、今日も何事もなかったかのように営業していた。

宿泊する兵舎で私服に着替えた朝倉と国松は、ハインズからＮＣＩＳのキャップ帽を借りてさっそく一件目の事件現場となったカミサリーに来ている。

「事件の影響で、客が来ないのか？」

店内が閑散としているのを見て、国松は独り言のように呟いた。といっても英語で話しているので、近くに立っているハインズに尋ねたのだろう。つたない英語をなるべく他人に聞かせたくないのかもしれない。

「どこの基地でもこんなものだ。店は米兵の福利厚生施設的な役割がある。単独で事業を成り立たせているわけじゃないから、これでいいんだよ。そもそも事件は関係者しか知らない。影響が出ることはないんだ」

ハインズは笑顔で答えた。

「一般のスーパーに比べて、極端に監視カメラが少ない。軍の施設だからということか」

店内を観察していた朝倉は、首を捻った。出入口でＩＤの提示を警備員に求められる。そこの天井には監視カメラがあったのだが、店内の天井にあるのは火災報知器とスプリンクラーだけだ。

「そういうことだ。出入口は基本的に一つ、入場ゲートがある東側だけだ。監視カメラもゲートに向けられている一台だけで、他にはない。基本的に軍人とその家族しか利用できないため、ゲートでＩＤのチェックをすれば高度なセキュリティは必要がないと考えられている。殺害現場を見る前に店内を見せた理由は、基地の環境を知って欲しかったからだ」

ハインズは険しい表情になったが、それがこの男の常である。

「基地に入る時点で、すでにセキュリティチェックは受けている。当然だろうな」

自衛官である国松は大きく頷いた。イーサン・マリクの殺人事件は、基地内に監視カメラがなかったことで、解明に時間が掛かった。自衛官に不審者はいなくとも、外部から殺人者が簡単に塀を乗り越えられるようではセキュリティも糞（くそ）もないのだ。

ちなみに朝倉と国松は、海軍基地内と関係施設だけで通用するＮＣＩＳのオブザーバーＩＤを渡されている。入場許可証のようなもので、ＮＣＩＳの捜査官と同じ権限を持つものではない。二人とも立場は傍聴者（オブザーバー）に過ぎないのだ。

「甘いな。そもそも基地や駐屯地で事件が起きるから、警務官やＮＣＩＳが存在するんだろう。たとえ正規のＩＤを持っている軍人や自衛官だとしても、盗難や殺人事件を起こす可能性はあるんだ。違うか？」

朝倉は国松とハインズを交互に見て、首を振った。自衛官や米軍人がすべて善人なら誰も苦労はしないのだ。

「反論するつもりはない。監視カメラを増やすことは犯罪の抑止力にもなる。もっとセキユリティを高めるべきだと私も思う。微々たる予算を軍は惜しんでいるのだ。それじゃ、現場を見に行こうか。コンガー、案内してくれ」

ハインズは眉間に皺を寄せて頷いてみせると、部下を呼んだ。

「はっ、はい。こちらです」

レジ台の近くの棚に置かれている女性ファッション雑誌に目を通していたコンガーは、慌てて雑誌を戻し、付いてくるように手招きした。戻された雑誌は斜めに入っている。雑な男だ。

「相棒は仕事ができるのか？」

先頭を歩くコンガーを見て、朝倉はハインズの耳元で囁いた。

「ラテン系で雑だが、仕事はできる。今年入ったばかりでＮＣＩＳでの実績はないが、大学では犯罪心理学を専攻し、前の職場のニューヨーク市警では検挙率が高い刑事として表彰されている。それに猟奇殺人事件を解決した実績もあるんだ」

ハインズも小声で答えた。

「意外だ。あの手のちゃらついた男は、事件を解決するよりも女をカモにするような仕事が似合っていそうだがな」

朝倉は訝しげな目でコンガーの背中を見た。身長はさほど高くないが、外見はモデルのように整っており、髪型も少し長めで妙に似合っている。朝倉にとって苦手なタイプだ。

「私も彼の外見を見た時は、違和感を覚えた。君もそうだと思うが、軍隊出身者は他人にも厳格さを求めてしまうからだろう。ちなみに一昨年の我々が解決した事件のことをあの男は、ファイルナンバーから嗅ぎ付けた。ファイルはトップシークレットだから見せてはいないが、今回の捜査のために事件のことは大雑把(おおざっぱ)に説明した。頭は切れる」

ハインズはコンガーに聞かれないようにさらに声を落とした。

「外見がちゃらついていると信用する気になれないからな」

朝倉はハインズの髪型を見て、自分の頭を叩いた。朝倉は五分刈り、ハインズはサイドが極端に短い、昔で言うＧＩカットという髪型である。まるでモデルのようなコンガーの髪型や容姿に反発を覚えるのは、むしろ世間の感覚からずれているのかもしれない。

コンガーを先頭に店の奥に進み、バックヤードに入った。

「ふーむ」

朝倉はバックヤードが意外に狭いので首を傾げた。

閑散としてはいるが店自体は広いため、バックヤードも広いと思ったのだ。

奥に進むと、〝KEEP OUT！〟と書かれた黄色の警告テープが張り巡らされている。

「ここにも監視カメラはないのか」

朝倉は天井を見上げて言った。バックヤードは無人になる可能性が高い。しかも、シャッターがあり、外部から侵入できる可能性があるからだ。

「私もそう思った。だが、ここで働く人間は誰も疑問に思っていなかったようだ」

シャッターの脇にあるボタンをハインズが押すと、シャッターは微かな音を立てながらスムーズに巻き上がっていく。

「以前このシャッターは、大きな音を立てて上がったらしい。バックヤードの近くなら、店内にいても開閉音は聞こえたそうだ」

ハインズの説明に首を傾げた朝倉は、シャッターに近付いた。

「開閉音が、警報機代わりになっていたのか。……うん？」

シャッターの溝の下に液垂れした跡がある。反対側を見てみたが、同じだ。朝倉はしゃがんでコンクリートに染み込んだ液の跡に人差し指を擦り付けて匂いを嗅いでみた。

「滑走剤だな。犯人は、音を立てないように滑走剤のスプレーを溝の隙間から吹きかけてからシャッターを開けたんだ。シャッターは高さが三メートル近くある。脚立を使ったとしても目立つな」

開いたシャッターから、朝倉は外に出た。

道を挟んで五十メートルほど先にかまぼこ型の倉庫があり、さらに百メートル先はサブウェイなどのファストフードがあるレストラン棟が建っている。見通しはきくが人が頻繁に出入りする場所は、かなり遠い。

「たとえ、脚立を立てて何かをしてようが、遠目では誰も関心を持たないだろう。開閉ボタンは外にもある。取引業者以外に使う者がいないために日中のロックは解除してあったらしい」

ハインズは説明した。

「わざわざ脚立を立てなくても、バンやピックアップトラックの屋根に乗れば、可能だ。堂々としていれば誰も怪しまないだろう」

朝倉はシャッターの溝を見ながら言った。

「犯行日を含めて、このシャッターを使った者から別のチームが聞き取り捜査をした。十五日の夕方に納品した業者は、いつもと変わらなかったが、十六日の午後三時に納品した業者は、シャッターが軽く開いたので驚いたと証言している。犯行の当日に滑走剤は使われていたということだ」

「犯人の侵入経路は分かった。被害者は客だから、店内からバックヤードに連れ込まれたはずだ。ここで殺害されたとしても、一体どこで犯人と遭遇（そうぐう）したのだ」

朝倉は第一の犯行現場を知りたかった。

被害者はアーノルド・バラウナ二等水兵、二十五歳、所属は補給部隊のため射撃や格闘技の訓練を日常的にするような部隊ではないが、年齢が若いだけに簡単に倒せるとは思えない。身長は一七九センチ、体重九十一キロ、気絶させたとしても運ぶのに労力はいる。

「すまない。まだ分かっていない。ただ、被害者は店のゲートで午後五時十分にチェックインをし、第一発見者は、午後六時五十分に死体を見つけている。ただ、この男は第二発見者が午後七時二十分すぎに彼を見つけるまで気絶していたらしい」

店内に防犯カメラがないために第一の犯行現場は分かっていないようだ。

「犯行時刻は午後五時十分から午後六時五十分までの一時間四十分ということか」

朝倉は腕組みをして大きな溜め息をついた。

6

三月十六日の午後六時五十分、ジェーク・フェグリーは仕事をさぼるためにバックヤードの奥に行き、バラウナ二等水兵の首なしの死体を発見して気を失った。そのため、第二発見者であるエバン・ストロームが午後七時二十分すぎに死体と気絶しているフェグリーを発見して通報するまで、一時間近く無駄にしている。

しかもフェグリーが死体を発見した時点で、犯人はまだ現場にいたらしい。というのも、フェグリーが見つけたのは胴体のみで、首はなかった。その後ストロームが発見した時は、フェグリーの頭のすぐ横にバラウナの切断された首が置かれていた。犯人は悪戯で、気絶しているフェグリーとバラウナの首を並べて配置したようなのだ。

「フェグリーは気を失っていたことが幸いしたのか」

現場を撮影した写真を見て、朝倉は苦笑した。

カミサリーのバックヤードで現場検証は続いている。死体は搬出されているため、初動捜査を行ったスプリンガー特別捜査官らが撮影した写真と現場を見比べているのだ。

朝倉は写真で死体と首が置かれていた位置を確認した。もっとも、第一発見者のフェグリーが目覚めた際、真横に置かれていた首に驚いて転がしてしまったらしい。

「首なし死体ではなく、犯人と遭遇していたら、間違いなく第一発見者は殺されていただろうな」

ハインズは鼻から息を漏らした。

「それはどうだろう。顔を見られたのなら別だが、軍人だけ狙っているとしたら民間人まで殺すのはポリシーに反するはずだ。背後から頭を殴られて気絶するのが関の山じゃないのか」

朝倉は首を捻りながらも反論した。ただ、判断する材料が少な過ぎることは事実である。

「今回の犯人がもしイーサン・マリクだとしたら、容赦なく殺していたはずだ。猟奇連続殺人事件は、米国では珍しくない。だが、軍人の首を切断する連続殺人犯は、これまでマリク以外に例はないんだ」

ハインズは両手を大きく動かした。マリクなら目的を達成するためには平気で人を殺すと言いたいのだろう。

「私もそう思う」

国松が自分のデジタルカメラで写真を撮りながら相槌を打った。ハインズと国松の二人の部下はともに犠牲者である。彼らは同じ土俵に立ち、マリクに復讐を誓っているのかもしれない。

「確かにそうかもしれないが、イーサン・マリクという色眼鏡をかけて捜査をするのは危険だぞ。先入観に過ぎない」

朝倉はハインズと国松を交互に見てゆっくりと首を横に振った。

「むっ!」

ハインズと国松は同時に口をへの字に曲げた。

腹を立てた二人を無視するように朝倉は、写真を見ながら尋ねた。被害者の胴体はシャッターの左奥にあり、その手前に首は置かれていたらしい。胴体は荷物の陰になっていたようだ。血溜まりがあるため、首を切断する作業は、ここで行われたに違いない。死因は失血である。被害者の後頭部に鈍器で殴られた痕があったが、致命傷ではなかった。

「凶器は犯人が現在も持ち歩いているのだろう。切断面は滑らかで、かなり鋭利な刃物で一気に切断されたと鑑識から報告されている。斧のような肉厚の刃ではなく、比較的薄い刃らしく鉈や日本刀のような切れ味があるものと考えられる。また、首の関節で切断されていることから、犯人は被害者をうつぶせにして関節を狙い定めて刃を振り下ろしたんだろうな」

国松はまだ不機嫌そうな顔をしているが、ハインズは普段の顔に戻って話しはじめた。

「その辺のホームセンターで売っているような切れ味の悪いナイフや斧ではない。犯人は大事に使っているということか。それに首を一刀で切断できるのなら、刃先は長いはずだ。人目に付かないように隠し持っているだろうな」

斧のような重量がある道具は別として、刃物は引くか押しながら切る。首の直径が十七、八センチなら刃の長さはその一・五倍の三十センチはないと一度に切断することは難しい。おそらく犯人はうつぶせにした被害者の首の骨と骨のつなぎ目に刃を置き、利き腕と反対の掌で刃の背を押さえ、体重を載せて切断したのだろう。

「この現場は、許される限りこのまま保存される。気になることがあれば、いつでも案内する。現段階で質問や感想はないかな」

ハインズはまるでツアーコンダクターのように朝倉と国松の前に立って尋ねてきた。

「俺は、シャーロック・ホームズじゃないんだ。遺跡のような現場を見て即座に犯人を当てたりはできない」

朝倉は死体もなく荒らされた現場を遺跡だと揶揄した。この先いくらこの現場を保存したところで、新たな物証は出て来ないだろう。

「文句はいつでも聞くが、目撃者がパニック状態だったんだ。現場が荒らされていることは大目に見てくれ」

殺人現場の目撃者は、パニックのあまり現場を走り回って犯人の指紋や足形などの物証まで破壊するケースもある。バックヤードにスプリンガーが駆けつけた時には、発見者らの血の付いた足跡がそこら中にあったようだ。現場が目撃者によって荒らされたため、捜査は一段と難航しているらしい。

「次の現場を見せてくれ。二つの現場を見ることで、何かが見えてくることもある」

現場が荒らされていることは、想定内だった。それでも見られただけましなことは分かっている。刑事時代はありきたりな言葉だが「現場百回」と言われたものだ。しかし現場を見られるのは、捜査を担当している刑事でもごく一部である。残りの刑事は捜査会議で配布された資料を見るだけだ。「現場百回」とは、自分の担当地区を取りこぼしなく捜査しろという意味が強い。

「オーケー。君たちがいつでもこのスーパーに入れるように第二発見者でもある店の販売責任者に引き合わせよう」

ハインズも朝倉の意図が分かっているようだ。素直に頷いた。

朝倉らがバックヤードを出ようとすると、プロレスラーのような大男を連れた白人の中年男と鉢あわせした。二人とも私服であるが、民間人でない雰囲気を出している。

「これはこれは、捜査ツアーのご一行は、こちらでしたか」

中年の男が、ピエロのように大袈裟な身振りで言った。口元は笑っているが、目は怒気を秘めて鋭い。

「日本から来たアドバイザーに現場を見せていたのだ。紹介する。グアム支局のルイス・スプリンガーとブレッド・パーカー特別捜査官だ」

ハインズは表情を変えることもなく、嫌みを言った中年男と大男を紹介した。

「俊暉・朝倉だ。自衛隊のＭＰでサイコパスのエキスパートだ」

朝倉はでまかせではないが、少々脚色(きゃくしょく)した。欧米では自己主張が重要である。

「良樹・国松です。私もです」

国松は朝倉の英語を理解したのか分からないが、ちゃっかりと同じ仕事だと言った。

「ふん、エキスパートか。それならさっさと事件を解決してみせてくれ。ハインズ、いつになったら援軍が来るんだ。二件の殺人事件にいつまでも捜査官が我々二人じゃ、話にならない。寝る暇もないんだぞ」

スプリンガーは挨拶をした朝倉らには目もくれずに捲し立てた。

「我々だって仕事はしているぞ」

それまで黙っていたコンガーが、真っ赤な顔をして前に出た。朝倉らはともかく自分たちまで数に入れていないスプリンガーの皮肉に腹を立てたらしい。

「よせ、コンガー」

ハインズはコンガーの腕を摑んで引き寄せた。

「犯人探しどころか、新たな殺人事件が起きたら、あんたらの責任だからな」

スプリンガーは捨て台詞(ぜりふ)を吐くと、朝倉らに背を向けた。背後の大男は恐縮した様子で頭を掻いている。

「海軍に限らず基地というのは閉鎖的で、聞き込みは彼らに任せている。寝る間もないと言うが、聞き込みを夜中にするやつはいない。大袈裟なんだよ。本部から捜査の規模を大きくするゴーサインがまだ出ていない。だから、苛ついているようだ。当分今のメンバーで捜査は継続することになる」

ハインズはバックヤードを出て行くスプリンガーらを苦々しい表情で見送った。

「捜査上の問題は、まだまだありそうだな」

朝倉は鼻先で笑った。

フェーズ4：頭蓋骨の証

1

米国中西部ミネソタ州の州都ミネアポリスの郊外にあるキャルフーン湖とハリエット湖、その中間に位置する広大な森の中に墓地があった。観光スポットにもなっているレイクウッド墓地である。

杉の木立（こだち）に囲まれた墓地の一角にある墓の前で、黒いコートを着た神父が白い息を吐きながら聖書を読んでいた。

午前七時四十分、ミネアポリスはカナダに近いだけに三月というのに氷点下五度と冷えきっている。牧師の前でスコップを持った二人の男とサングラスをかけたシェリフ（保安官）は、ダウンや革のジャケットを着込み、冬の服装であった。

四人が囲む白い墓石には二〇一三年二月十二日と記されている。どうやら葬儀ではないらしい。

「祈りは終わりました。はじめてください」

聖書を閉じた牧師は胸に十字を切ると、ゆっくりとした足取りで立ち去った。

「まずは芝生を剝がして移動させよう。現状復帰をすることが、遺族の条件だからな」

自らスコップを握り、芝生を土ごと掬ったのは、NCIS鑑識ラボの総合責任者であり、監察医でもあるライアン・フェルドマンである。ハインズの部下でマリクに殺害されたエドガー・アバーノの墓をこれから掘り返すのだ。

グアムで起きている殺人事件の被害者は、歯を抜き取られていた。犯人がマリクで歯を集めているのなら、一昨年の事件でも同じ行為をしていた可能性がある。それを唯一確認できるのは、アバーノの遺体だけだった。二人はハインズの要請を受けて、前日にミネアポリス入りしていた。

「この土、かなり手応えがありますね。ドクターは、墓掘りの経験はあるんですか。私は正直言って戸惑っています」

助手の監察医エレック・コリンズは、スコップを握り締めた。

「寒さで表面が凍っているんだ。長年ラボで働いていると、墓掘りの経験もするものだ。いかんせんNCISは、人手が足りない。有名大学で博士号を取得したからといって、肉体労働はできないなんてことは言えないんだ。むしろ他の捜査機関では味わえないと気持ちを切り替えればいい」

フェルドマンは慣れた手つきというか腰つきで、芝生を移動させていく。

「ドクターの助言、ありがたくて涙が出そうですよ」

コリンズは苦笑を浮かべながらもスコップを振るっているが、フェルドマンほど要領はよくない。

それでも十五分ほどで墓石の前の芝生は四角く、切り取られた。二人とも額に大粒の汗をかき、コリンズは肩で息をしながら天を仰いでいる。

「ばてるには早いぞ。……何！」

フェルドマンが勢いよく土にスコップを下ろすと、弾き返された。

「下の土まで凍っていますよ」

コリンズも挑戦したが、同じである。

二人は額に流れる汗をジャケットの袖で拭って手を休めた。

「真冬から比べれば、だいぶ柔らかくなっているはずだが、やはり堅かったか」

それまで二人の作業を見守っていたシェリフは無線機を手ににやりと笑った。この墓地では墓を掘り返す行為は、たとえ捜査であってもミネアポリス郡の許可が要る。しかも、シェリフが立ち会わなければならない。

シェリフが無線機で応援を要請すると、待つこともなく小型のバックフォーを搭載したピックアップが現れた。

「ずいぶんと早いお出ましだな」

コリンズと顔を見合わせたフェルドマンは肩を竦めた。墓地の近くにピックアップは待機していたのだろう。土壌が凍って手掘りは無理だと分かっていたに違いない。

「一応手配はしておいた。そもそもこんな朝早くに作業するものじゃない。昼過ぎだったらスコップでも掘れるんだがな」

悪びれることもなくシェリフは答えた。地方の警察機関は、他の組織が入り込むことを極端に嫌う。NCISの協力要請を素直に受け入れたわけではなかったのだ。

「エリック、さっさとすませてくれ」

シェリフはバックフォーに乗って来た男に声をかけた。胸にバッジを付けているので部下なのだろう。

エリックと呼ばれた男は、ガムを噛みながらバックフォーを巧みに操り、二十分ほどで六十センチほど掘り下げた。

「あとは棺桶を疵付けないように手掘りでやってくれ」

シェリフはそう言うと、墓から離れて背を向けた。帰るつもりらしい。

「どこに行くんだね？」

首を傾げたフェルドマンは尋ねた。

「ここまで手伝えば充分だろう」

シェリフは背を向けたまま手を振った。最後まで立ち会いは必要ないらしい。

「こっちもその方が都合はいい」

フェルドマンは穴に梯子をかけると、スコップを握って降りた。

「そうですね」

コリンズも穴に降りると、さっそくスコップで土を穴の外に放り投げた。ものの二、三回スコップで掘ると、埋もれていた棺桶は顔を覗かせた。二人はさらに四十分ほど棺桶の周囲の土を綺麗に払った。

厳格なキリスト教徒であるアバーノの遺族からは墓を元通りにすることと、遺体の確認はその場で行い、ラボに持ち帰らないことを条件に出されている。もっともハインズの必死の懇願でようやく許しを得ただけに、許可が下りただけましだろう。

コリンズがバールで棺桶の蓋をこじ開けはじめると、フェルドマンは一旦墓の外に出て作業を見守った。

「ロープを使うんだ」

フェルドマンはロープの端を持って、コリンズに渡した。経験に基づいた手順がある。棺桶の蓋の上部にロープを結わえたコリンズはフェルドマンと反対側の墓の外に這い出した。

「カウント３だ。ワン、ツウー、スリー」

フェルドマンは左手にロープを巻き付け、コリンズとともにスリーで思いっきり引っ張る。

軋み音を立てて棺桶の蓋は開いた。途端に異臭が鼻を突く。

二人はロープを手繰り寄せて蓋を持ち上げると、穴の横に置いた。

「棺桶の隙間から虫が入り込んだようだね。虫と微生物がしっかりと仕事をしている」

フェルドマンは、白骨と化した遺体をしげしげと見て呟いた。遺体の周囲には小さな虫が群がっている。人肉を食いつくした虫の住処になっているようだ。

死体は湿った土中であれば一ヶ月で白骨化するが、密封された棺桶の中では、当然年月を要する。遺族の希望にもよるが、近年欧米ではエンバーミングと言って、遺体を消毒して防腐剤処理を施すため、年数を経た遺体も保存状態がいい。エンバーミングされた死体が、たった二年で白骨化するのは異例と言える。

「遺族が見たら、悲しみますね」

コリンズは穴の外から遺体の写真を撮りはじめた。

「さて仕事をするか」

フェルドマンは梯子を降りて棺桶の横に跪くと、頭蓋骨をゆっくりと左に倒した。右上顎の奥から二番目の歯がなくなっている。

「ふむ」

フェルドマンはポケットから歯形が記された紙切れを出した。アバーノのかかりつけの歯医者から取り寄せたカルテの写しである。

「アバーノの第三大臼歯は虫歯で欠損している。従って抜けているのは、第一大臼歯、番号は三番だ」

沈痛な表情になったフェルドマンは、呻くように言った。

「彼はマリクに三番目に殺されたはずですよね」

フェルドマンの背後から頭蓋骨を撮影していたコリンズは、シャッターを切りながら生唾を飲み込んだ。

「神は正しき者を天国に追いやり、悪しき者を地獄から蘇らせたというのか」

半眼になったフェルドマンは、頭蓋骨をそっと棺桶の中に戻した。

2

アプラ港海軍基地がある半島の中央部から西部の海岸線にかけては、水兵クラスのアパートから上級将校用の一戸建ての家まで、階級に応じた住宅街が広がっている。半島の中央部の住宅街にある三階建ての兵舎の一室に、短パンとTシャツ姿の朝倉がいた。グアムに来て二日目の夜である。部屋は十畳のリビングに八畳ほどのベッドルーム、それにシャワールームとトイレ、キッチンはないが備え付けのテレビと冷蔵庫があった。

独身の下士官用の部屋らしい。

リビングには安物の応接セットがテレビの前に置かれており、朝倉はテーブルにハインズから渡された捜査資料を広げていた。前日から二件の殺人現場に何度も足を運んでいる。改めて資料を見ながら記憶の整理をしていたのだ。

一週間前に起きた二件目の事件では、基地の中央部にある〝ザ・ビッグ・スクリーン〟という映画館のトイレでロベルト・バルブエナ曹長が殺害された。土曜日ということもあり、映画館は賑わっていたのだが、男子用トイレは二ヶ所あり、そのうちの一ヶ所は故障のため当日は使われていなかった。バルブエナはなぜか使用禁止のトイレで首を切断されていたのだ。発見者はトイレの故障を修繕しにきた海軍の業務隊の兵士だった。

首の切断面は第一の犠牲者とほぼ同じだと、死体を解剖したＮＣＩＳの監察医であるフエルドマンは報告している。また、被害者の首に何かで締め付けられた痕があった。首を絞め気絶させられてから、切断されたのだろう。この現場は目撃者に荒らされることはなかったが、不特定多数の人間が使用するトイレでの犯行だけに指紋の検出作業は容易ではなかったようだ。また、二件の被害者ともスマートフォンがなくなっていた。犯人が犯行後に持ち去ったらしい。

ドアがノックされた。

下士官用だからかもしれないが、一般のアパートと違ってインターホンなどない。軍隊は階級社会である。下士官までの兵士と上級士官の待遇には天と地の差があり、住宅も上級士官はまるで別荘のような一戸建ての住宅が支給されるのだ。

「開いている」

朝倉は出入口を見ることもなく答えた。

「邪魔するよ」

隣室に泊まっている国松が入って来るなりテーブルに置かれている資料を勝手にどかし、ノートパッド型ＰＣを置いた。画面が十・一インチタイプのものだ。

「どうした？」

朝倉は首を傾げただけで、顔色は変えていない。見てくれはどこにでもいる中年男なのに、国松は時おり突拍子もないことをする。最近では慣れてきた。

「一昨年の事件で、私が現場検証をした際の写真をまずは見てくれ」

国松はＰＣの電源を入れて、画面に血なまぐさい殺人現場の写真を映し出した。練馬駐屯地で起きた事件である。犠牲者は自衛官の窪塚真治陸士長だった。この事件は、駐屯地内で発生したため都内で起きた一連の事件の中で唯一警視庁の現場検証が行われなかった事件である。

「まだ生きている自衛官の首を鋼線で切断するという衝撃的な事件だった。他の被害者もそうだが、マリクはなんらかのトラップを用いて殺害している。だが、グアムで起きた二つの事件は、いずれも犯人が直接手をくだしているようだ。この違いはなんなのだろう。私には理解できない」

国松はベッドルームから勝手に椅子を持ってくると、腰を下ろして腕組みした。

「ハインズの話では、軍人だけをターゲットにした首切り連続殺人事件を起こしたのは、これまでイーサン・マリクだけだったらしい。今回の事件もまだ二件だが、確かに首を切断するのは同じだ。だが、俺から言わせれば結果が同じだけで、マリクのような技巧的、あるいは儀式的な匂いはない。それに奴は潔癖性で、他人の血で汚れるのを嫌っていた。今回のような殺し方をすれば、返り血を浴びるはずだ。別人だ。全くの別人が犯人だと断定していい」

朝倉はマリクと直接会って話もしている。頭がよく彼の作り話を信じたぐらいだ。唯一気になったのは潔癖性であった。マリクが直接手を下さない理由は、その潔癖性に原因があると朝倉は分析している。

「ストレートに言われると、私としては立つ瀬がない。確かに日本では偶発的な殺人を除いてマリクは直接手を出すことはなかった。だが、精神疾患の症状が重くなり、首を切るという目的にこだわっていると考えられないか。精神分析のプロじゃないから断言できないが、潔癖性の症状が重くなれば、自分の存在すら疎ましく思うそうだ。だが、彼はそうじゃなかった。むしろ、死んだ上官にテロリストを殺害するように命じられる妄想が激しくなり、犯行を重ねていたのだ」

国松はあくまでもマリクに執着しているようだ。時としてマリクは、幻覚に従い自分の行動を決める統合失調症の症状があり、極めて凶暴だった。

「犯人はマリクだと決めつけるのは、止めないか。たしかにやつの死体は見つかっていない。なぜならとっくの昔に白骨化し、岸壁に打ちつけられて砕け散っているからだ。分かっているんだろう、本当は。とにかくマリクのことは一旦忘れろ」

海中の死体は腐乱し、冬でも一ヶ月で一部は白骨化する。まして魚などに食害されれば、あっという間に骨となり、浜でなく断崖に打ち寄せれば人骨と判別が付かないほど砕かれてしまうだろう。

「それは無理だ。マリクに襲われて永井は死んだ。だが、あの時死んだのは私だったかもしれない。永井が私の身代わりになったとさえ思っている。死体が見つからないことで、私の中で決着はついていないのだ」

国松は苦しそうな表情で吐露(とろ)した。普段は決して見せないが、事故で部下を失った時から苦しみ続けていたのだ。

「うん？」

再びドアがノックされた。時刻は午後十一時を過ぎている。

「入れ」

朝倉が返事をすると、いつもの気難しいハインズが顔を見せた。彼は上の階に宿泊している。片手にジャックダニエルのボトルを持ち、反対側の手に紙コップを握っていた。遅れて、部下のコンガーが、袋詰めのロックアイスとホテルに備え付けてあるような電気式の湯沸かしポットを手に現れた。

「まだ仕事をしていたのか、頭が下がるな。本来なら、パブで歓迎会をするべきだろうが、地元の同僚の手前できなかった。報告がてらやって来たのだが、少し飲まないか」

ハインズがテーブルのPCを勝手に端に寄せてボトルと紙コップを四つ配置すると、コンガーはロックアイスを紙コップに入れて、残りをテーブルに置いた空の湯沸かしポットの中にぶちまけた。この男の雑さは、生来のものに違いない。

「おっと」

氷がポットから溢れたために朝倉は資料をどかし、国松は慌てて自分のPCを取り上げた。

「資料とにらめっこは、今日は止めといた方がよさそうだな」

ハインズはコンガーの失態を咎めることもなく、紙コップにジャックダニエルを注いだ。

「らしいな」

憮然とした表情で朝倉は資料を整理してベッドに置いて立ち上がった。

「乾杯しよう。最初に二人に捜査に加わってくれたことに改めて感謝する」

ハインズは紙コップを掲げた。

朝倉も無言で自分の紙コップをハインズのコップに当てると、一気に飲み干す。ジャックダニエルが喉から食道に心地よく染みていく。

ハインズは飲み干した紙コップになみなみとジャックダニエルを注ぎ、早くも二杯目を口にしている。

「次は報告だ。ついさきほど監察医のフェルドマンから連絡をもらった」

二杯目のウイスキーも飲み干したハインズは、大きく息を吐き出した。まるでしらふでは話せないという感じだ。

「ひょっとして、エドガー・アバーノの墓を調べたのか？」

朝倉は両眼を見開いた。

頷いたハインズは、答える代わりにポケットからスマートフォンを出して画像を表示させた。

「これがアバーノの遺体なのか？」

朝倉は唖然（あぜん）とした。アバーノとは面識はないが、同じように捜査に携（たずさ）わった者の白骨死体を見るのはなんとも言えない空しさを覚える。

「棺桶が完全に密封されていなかったらしい。アバーノの遺体は防腐処理がされていたそうだが、無駄だった。見てくれ、右の三番の奥歯がなくなっている。アバーノは、最初の被害者から数えて三番目にマリクに殺されている。我々捜査陣も知らなかった事実で、一昨年の事件と今回の事件は繋がったようだ」

ハインズは画像を拡大させて頭骸骨の歯を朝倉と国松に見せた。

「だが、八番が抜けている説明にはならない。それに日本人の被害者の歯は抜かれていないはずだ」

日本の監察医の報告が絶対とは言い難いが、都合良く解釈するべきではない。

「口内の写真はないんだろう。前にも言ったが、検屍した医師の見落としの可能性もある。そもそも日本の警察機関の検屍解剖は、民間に委託しているじゃないか。地方に行けば米国でもあり得るが、民間人の医師は検屍解剖に慣れていないはずだ」

朝倉の反論にハインズは猛然と反発した。

「犯人が間違って抜いた可能性もあるんじゃないのか。八番と九番じゃ、隣り同士なんだ。間違えた可能性もある。絶対に偶然じゃない！」

国松はハインズの脇から画面を食い入るように見つめて言った。二人の言い分は正論である。現段階では反論は難しい。

「…………」

複雑な表情を浮かべて朝倉は、首を傾げた。

3

ガン・ビーチロードに面したグアム・リーフ&オリーブ・スパ・リゾートの最上階に、落ち着いた雰囲気のバー、〝トップ・オブ・ザ・リーフ〟がある。

タモン湾を一望できるとあって人気のあるカクテルバーだ。席数は五十八あり、フロアには四人席が多いが、オーシャンビューの窓際の二人席がカップルに人気だということは言うまでもない。

ちなみにグアム一の繁華街であるホテルロードは通称で、ウェスティン・リゾートホテルの前の交差点を境に北側をガン・ビーチロード、南側はサン・ビトレス・ロードというのが正式名称である。

午後十一時五分、花柄のサンドレスを着た金髪のショートカットの女が二人席に座ると、ポーチから小さなミラーを出して髪型を整え、溜め息をついた。急いで来たのか、あるいはふだんあまり化粧をしないのか、アイシャドーの左右の濃さが若干違っている。胸の谷間が見えるいかにも南国らしい服装をしているが、身長は一七五センチあり、かなり鍛えているらしく露出している首や二の腕は男のように引き締まっていた。

数分後、女の向かいの席にレスラーのような体格のいいアロハシャツを着た男が慌てた様子で座った。ＮＣＩＳグアム分局特別捜査官のブレッド・パーカーである。

「遅くなって、すまない。ジェーン」

パーカーはハンカチを出して額に浮いた汗を拭った。いつものコロンより、汗の匂いが少々勝っているようだ。

「実は、私も来たばかり、最近忙しくて」

ジェーンと呼ばれた女は、はにかむように笑った。

「君もか。僕は珍しく事件続きで、正直言って参っているよ」

パーカーは格好を付けて指先を鳴らし、ウエイターを呼んだ。

「私もよ。ある事件で私の部署は、大騒ぎなの。今日抜け出すのも大変だったのよ」

ジェーンは口をへの字に曲げて相槌を打った。

「そうなんだ。僕は、マンハッタン。君はいつものでいいね。彼女には、ブルー・ラグーン」

パーカーは人差し指を立てた気取った仕草(しぐさ)でウエイターにカクテルを頼んだ。

「空軍でもパニックになるほどの事件があるんだ。僕が当ててみよう。基地内での大喧嘩？」

「そんなんじゃ、騒ぎにはならないわ。海軍だって一緒でしょ」

ジェーンは肩を竦めてみせた。彼女はアンダーセン空軍基地の保安中隊（SF : Security

Forces）の憲兵である。

「そうだよな。それじゃ、窃盗だ。軍事機密でも盗まれたんだな」

ラストオーダーは午後十一時四十五分だが、土曜日の夜とあって、店は賑わっている。テーブルの間隔は離れているので話し声を聞かれる心配はないが、それでも辺りを見渡したパーカーは声を潜めた。

「それも嫌だけど、殺人事件なの。これは内緒よ。箝口令が敷かれているの」

ジェーンも声を落とした。お互いに捜査機関に所属しているとはいえ、彼女は守秘義務を破ったことになるからだ。

「僕もさ。観光地にある基地だから、極秘に捜査をしなければならないんだ。お互いご苦労様だよね」

パーカーは気難しい表情になり、掌で額の汗を拭く振りをしてジェーンを笑わせた。

「お待たせしました。マンハッタン、それとブルー・ラグーン」

笑みを浮かべたウエイターが、マラスキーノ・チェリーが上品に入れられたマンハッタンと小さな傘の刺さったオレンジがグラスに添えられたブルー・ラグーンを二人の前に置いた。

パーカーとジェーンはそれぞれのカクテルを目で追いながら口を噤んでいる。

「まずは久しぶりの再会に、乾杯しよう」

ウエイターが立ち去ると、パーカーは自分のカクテルグラスを持って笑顔になった。手が大きいためにカクテルグラスが異常に小さく見える。

「本当に久しぶり、二週間ぶりよ。私たち付き合いは長いのにこの先どうなるのかしら。小さな島なのに所属が違うから、まるで遠距離恋愛をしているようね」

ジェーンは甘えた声で言うと、パーカーのグラスに自分のグラスを軽く当てて小首を傾げた。可愛らしさをアピールしたのだろうが、首の筋肉が強調されて見える。

「君のところも殺人事件か。だけど、こっちの犯人は異常者で、しかも連続して起きている」

「…………」

顔色を変えたパーカーは、咳払い（せきばら）をして話題を事件に戻した。

グラスを持ったジェーンが眉を吊り上げた。

「ごっ、ごめんよ。仕事の話は止めよう。もっと楽しい話題にしようか」

彼女の表情の変化に驚いたパーカーは、ハンカチを出して額を拭いた。

「異常者って、どんな？」

グラスをテーブルに置いたジェーンが、今度は辺りを見渡して尋ねてきた。先ほどとはうって変わって厳しい表情である。憲兵としての普段の顔なのだろう。

「どんなって、さっきは軽はずみに話したけど、箝口令が敷かれているんだ。仕事の話は止めようよ。君も憲兵だ。それぐらいのこと、分かるだろう」

　パーカーは憮然とした表情になり、マンハッタンをジュースのように一気に飲み干した。

「分かっている。だけど、大事な話なの。私も同じ守秘義務があるわ。だけど時と場合があるでしょう。私の扱っている事件も、異常者の犯行よ。いいから、事件の内容を話しなさい」

　ジェーンはパーカーの耳を摑んで引き寄せ、口調を荒らげた。

「乱暴は止めてくれ。こんなところで恥ずかしいだろう」

　パーカーは弱々しい声で言った。

「乱暴？　情けないことを言わないで。あとでたっぷりとお礼はしてあげるから、ね。ホテルの部屋はとってあるんでしょう？」

　打って変わってジェーンは甘えた声を出し、パーカーの耳元で囁いた。

「絶対、このことは僕が君に話したと他人には言わないと約束してくれ。さもないと僕の首が飛んでしまう」

　パーカーは生唾を飲み込んだ。

「当たり前でしょう。約束するわ。教えて、お願い」

　子供をあやすようにジェーンは、首を上下に振ってみせた。年齢はパーカーとさほど変わらないようだが、精神年齢は遥かに上なのだろう。

「事件は十六日と二十一日、どちらもアプラ港海軍基地内で起きているんだ。被害者は海軍の兵士で、二人とも首を切断されていた」

パーカーは聞こえないくらい小さな声で話しはじめた。

「犯行時刻は？」

まるで尋問するかのようにジェーンは厳しく尋ねる。

「どっ、どちらも夕方、日が暮れる前だよ」

パーカーは慌てて答えたあと、ボーイにカクテルのお代わりを頼んだ。

「オーマイガー。この島は大変なことになっているわよ。お代わりなんてしてる場合じゃないわ」

ジェーンは豪然と席を立った。

「そっ、そうなの？」

ジェーンのただならぬ様子を見たパーカーは、引き攣ったようにわずかに口の端を上げた。

4

アプラ港海軍基地司令部の北棟の一階にＮＣＩＳグアム分局のオフィスがある。分局と言っても、現地の特別捜査官のスプリンガーとパーカー、雑務を担当する事務係の計三人のデスクがある十二畳ほどの部屋と一回り広い会議室があるだけだ。

翌日の午前九時、朝倉と国松は会議室にいた。北側の窓からジャングルのような植栽が見える気持ちのいい部屋だ。東側に書類を収める棚とロッカーが並んでいる。普段は倉庫と更衣室の役割も兼ねるようだ。

窓を背にしてコの字型にテーブルが置かれており、朝倉と国松は出入口に近い西側に座り、ハインズとコンガーは反対のロッカー側の席に着いている。

スプリンガーとパーカーが遅れて入ってくると、憮然とした表情で窓際の席に座った。

「時間だ。はじめてくれ。新しい情報とはなんだ？」

会議室の時計を見たハインズは、スプリンガーを促した。会議は午前九時からとスプリンガーから連絡を受けており、朝倉らは十分前に入室している。

「内容に軍のトップシークレットが含まれる。日本人は外してくれ」

スプリンガーは朝倉らをちらりと見て、冷たい表情で言った。一昨日はじめて会った時と同じく朝倉らを軽く見ているようだ。

「何をいまさら。彼らは本部の許可を得て参加しているんだぞ！」

眉間に皺を寄せたハインズは激しく抗議した。その結果、部外者は捜査から閉め出すように命

「ここに来る前に局長と打ち合せをした。

令を受けた。嘘だと思うのなら、直接聞くがいい」

スプリンガーは鼻から息を漏らすように笑った。あえてふてぶてしい態度を取って、ハインズを挑発しているようだ。

「なんだと!」

ハインズがテーブルを叩いて腰を浮かした。

「分かった。国松さん、出よう」

朝倉は右手を上げてハインズに座るようにジェスチャーを送って席を立った。

「その方がよさそうだ」

国松も立ち上がり、二人は会議室を後にし、司令部棟からも出た。昨日は晴れ間も見えたが、今日は朝から曇っている。

二人は司令部の前のロータリー脇にある道路を徒歩で南に向かった。宿泊先の兵舎までは四百メートルほどしかなく、兵舎の近くにはサブウェイやカフェが入っているビルもある。

「雲行きが怪しくなったな」

しばらくして国松が呟いた。

「俺たちを呼んだのはハインズだ。本部の本意じゃなかったんだろう。事件は基地の内部で起きている。俺たち部外者に勝手に捜査されて困るのは当然だ。警務隊だって、警視庁の介入を喜んで許すか？」

　朝倉は淡々と答える。スプリンガーの態度は気に入らないがだと思っているのだ。

「そう言われると、答えに窮するな。基地の中では武器だけでなくない訓練も行っている。部外者を嫌うのは万国共通、腹を立てることじゃないのか」

　国松は頭を掻きながら苦笑を浮かべた。一昨年の事件で警視庁の介入を嫌っていたのを思い出したようだ。

「そういうことだ」

　朝倉はポケットからサングラスを出してかけた。Ｋ島にいる時は、オッドアイの異相で住民に不安を与えないように少し色のついたレンズの眼鏡をいつもしている。

「どうする？」

　国松は欠伸をしながら尋ねた。ＮＣＩＳの内部問題にほとほと嫌気がさしているのだろう。

「ハインズからの連絡を待つ。あいつも本部の意向に従うのなら、帰るまでだ。もっとも、せっかくグアムにただで来られたんだ、無駄に時間を過ごす手はないだろう」

それもそうだ。だが、釣りの用意はしてこなかったなあ」

り馬鹿の国松は、額に手を当てて残念がっている。

「誰が釣りだと言った。俺はグアムの現状を知りたい。犯人がグアムで殺人をする手掛かりが摑めるかもしれない。それに元自衛官として沖縄の米軍海兵隊のグアム移転問題も気になる。そもそも自国に他国の軍隊が駐留し、なおかつその移転に日本は土地や金を提供しているんだぞ。気にならないのか？」

朝倉は負傷がもとで退官したとはいえ、国を憂う一国民としての強い思いは変わっていない。中国が絶えず尖閣諸島沖に公船を派遣して、日本の領土を虎視眈々と狙う姿を見ていれば沖縄の基地問題に関心を持つのも当然であった。

「釣りは冗談だよ。私は現役の自衛官だぞ。米軍の基地問題は、気になるに決まっているだろう」

国松は目を吊り上げて反応したが、分かったものではない。

「会議の結果次第かもしれないが、とりあえず街に出てレンタカーを借りよう。車がなければ、この島では身動きが取れないからな」

朝倉はまっすぐ兵舎の自分の部屋に向かった。身分まで変えてここまで来ている。アクシデントは織り込み済みで、そのためにグアムに来たら何をすべきかあらかじめ調べてきているのだ。

およそ四十分後、会議を終えたハインズが部屋を訪ねて来た。

「何！　犯行は海軍基地だけじゃなかったのか」

朝倉は右眉を上げた。アンダーセン空軍基地で、十八日と二十五日に連続して殺人事件が起きたとハインズから説明を受けたのだ。

「犯行の手口は、やはり首を切断するという残虐なものだ。昨夜(ゆうべ)のうちに空軍では保管されていた死体の歯を調べたらしい。上顎の左、十番の歯が抜かれていることが確認されている。十八日に殺害された遺体は、すでに埋葬されているので、その結果も二、三日中に分かるだろう」

　ハインズは興奮気味に話した。空軍の検屍解剖は軍医が行ったため、徹底されていなかったようだ。海軍から歯のことを聞いて改めて調べたらしい。

「とすると、日時からして残る遺体は、八番目の歯が抜かれた可能性が高いということか。やはり、マリクは生きていたんだな」

　傍らで聞いていた国松が朝倉を見てにやりと笑った。

「……確かにな」

　ここにいたっては、朝倉も順番に歯が抜かれていることを認めざるを得ない。だが、それがイコール、マリクの犯行だとはどうしても納得できなかった。マリクが生きていることを信じられないのではなく、信じたくないのかもしれない。それほど、彼との闘いは強烈な記憶として残っているのだ。

「それにしても、海軍にしろ、空軍にしろ、箝口令を敷いていたのに両軍での連続殺人だとよく分かったな。誰かが情報交換したのか？」

「我々がグアムに来た時もそうだったが、君らを迎えに来た際も空軍基地はぴりぴりしていた。事件は国防総省に報告されているので、そこで情報が符合したのかもしれない。理由はスプリンガーが知っているようだが、教えてくれないんだ」

朝倉の質問にハインズは肩を竦めた。

「捜査はどうなるんだ？　ＳＦとの合同になるのか？」

朝倉には想像もできなかった。あまりにも特殊な事件である。

「日本ならそうなるな。それを想定して中央警務隊には、陸海空から人材を集めている」

国松は自慢げに日本語で言った。英訳するにはちょっとハードルが高かったようだ。

「互いに捜査資料の交換はされるそうだが、合同捜査にはならない。両基地とも、憲兵を本国から百人ほど招喚して警戒に当たらせることになった。また空軍は、別に空軍犯罪調査局のチームも呼ぶらしい。事件はすべて基地内部で起きている。互いに自分のテリトリーに部外者を入れたくないんだ」

ハインズは渋面を横に振った。

「軍は閉鎖的ということか。これじゃ、捜査は進展しないな。ついでに陸軍にも問い合わせた方が、いいんじゃないのか？」

朝倉は冷めた目でハインズを見た。捜査から弾かれれば、所詮他人事に過ぎないのだ。

「上司に問い合わせるように進言しておいたよ。それよりも少し困ったことが起きた」

ハインズは窪んだ目で見返してきた。

「俺たちの処遇か？」

「スプリンガーが強固に君らの介入を反対している。現地の駐在員は無視できない。しばらく様子を見て説得するつもりだ。手に入る資料は君たちにも見せるつもりだが、手持ち無沙汰ならグアム観光でもしていてくれないか」

ハインズは言い辛そうに答えた。

「そうだな」

朝倉は不満ながらも頷いた。

5

名もなき雑草が生い茂る緩やかな丘に、海風がざわめく。丘を下れば、その先に紺碧の空を映し出す海原に突き出たアプラ港の防波堤が見える。

かつて日本軍はこのニミッツヒルの丘の上に司令部と通信所を設け、アサンの海岸から上陸せんとする米軍を迎え撃った。だが、米軍の圧倒的な戦力の前に日本軍はあっという間に壊滅する。グアム奪還のため米軍は約七千名の死傷者を出し、対する日本軍は約二万名の兵力を持ちながら、収容所に入れられたのは戦後発見された横井庄一を含めてたったの千二百五十名余り。ほとんどの兵士は敵の銃弾や砲弾に倒れ、追いつめられた将兵は自らの命を絶つ、玉砕であった。

朝倉は太平洋戦争国立歴史公園内にある指定戦争跡地〝アサン展望台〟に立ち、アプラ港海軍基地を眺めていた。基地の埠頭に巡洋艦が停泊しているのが見える。

「美しい眺めだ。ここがかつて屍が累々とする戦場だったのか」

朝倉は海軍基地から丘に視線を移し、溜め息を漏らした。

「一九四四年七月二十一日のアサンビーチの闘いの緒戦で、日本軍の兵力は半減し、二十五日の夜襲でほぼ壊滅した。先人が守ったのは、グアムであったが、まぎれもなく日本のためであったのだ。彼らの屍の上に今の日本があることを肝に銘じなくてはな」

隣りに立つ国松はしみじみと言った。

「その通りです。戦死された一万八千人近い若者が、もし生きていたら、日本は今よりももっと素晴らしい豊かな国になっていたでしょう」

不意に背後から声を掛けられた。

振り返ると痩せた中年の男が、なぜか左手に鉄片を持って立っている。

「芳賀建介さんですか？」

朝倉は尋ねた。

「芳賀です。朝倉さんに、国松さんですね」

芳賀は満面の笑みを浮かべて右手を差し出してきた。彼はグアム在住の日本人で企画会社を経営しており、グアムの戦跡を自ら案内して亡くなった兵士を慰霊するツアーを組んでいる。

朝倉はツアーだけでなくグアムの現状も聞きたいと申し込んだところ、急な申し込みにもかかわらず芳賀は快く引き受けてくれた。彼はグアムの歴史を研究し、地元民とも太いパイプを持っている。当然グアムの現状に詳しかった。朝倉は出発直前にあらかじめインターネットで調べてきたのだ。

ＮＣＩＳの捜査から外された朝倉は、闇雲に行動するのではなく、様々な地域の情報を取り込むと同時に地域住民とのパイプを得ようと考えていた。

「お電話した朝倉俊暉です」

朝倉は芳賀の右手を力強く握った。

「国松良樹です。よろしくお願いします」

国松は丁寧に頭を下げた。

「まずは、この錆(さ)びた鉄片を持ってみてください。何だか分かりますか？」

芳賀はいきなり左手に持っていた歪(いびつ)な鉄の塊を渡してきた。ずっしりと重い。数キロはあるだろう。

「意外に重いな。戦車の部品ですか？」

首を捻りながらも鉄片を持った朝倉は、国松に渡した。

「鉄の塊ですね。速射砲か高射砲の台座の一部かな」

国松も分からないようだ。

「お二人とも不正解です。これは米軍の艦船から発射された砲弾の破片です。かなり回収されたのですが、この辺りの丘にはまだ大小の破片がごろごろしていますよ。米軍は待ち構える日本軍に対し、地形が変わるほどの猛烈な艦砲射撃を行って上陸しました。沖縄戦の鉄の雨と同じです。砲撃で絶えず地面が弾むように揺れるため、日本兵は塹壕を掘ることすらできなかったそうです。こんな塊が炸裂するんですよ。人の命を奪うのは簡単なことだったのでしょうね」

芳賀は悲しげな表情で語った。

「砲弾か」

朝倉と国松は同時に声を上げた。

「二十五日に第二十九師団長は、総攻撃を命じました。夜襲と言っても敵の照明弾が昼間のように丘を照らし、曳光弾が吹雪のように舞っていたそうです。出発した第十八連隊行岡大隊百二十名は、アサン岬に到達した時点で八十名に、その後米軍師団司令部の直轄部隊と交戦し、彼らは撃たれても撃たれても前進し、全員戦死しました。そのため米軍は二千名の日本兵が押し寄せて来たと錯覚し、恐怖を覚えたそうです」

しみじみと語る芳賀の口調が、朝倉らの胸を締め付ける。前進は死あるのみ、想像を絶する過酷な闘いが目に浮かぶ。

話を聞き終えた朝倉と国松は、丘に向かって黙禱を捧げた。芳賀に促されたわけではない。そうしなければここから立ち去ることはできない気持ちだったのだ。

「お車でいらしたようですが、私の車でご案内します。またここに戻ってきますので、車は置きっぱなしにしてください」

芳賀は朝倉が借りてきたレンタカーのランドクルーザーを見て言った。通常は芳賀の会社の社員がホテルまで迎えに来てくれるらしいが、宿泊先が米軍基地のため、ツアーのスタート地点で待ち合せたのだ。

二人は芳賀のレクサスの後部座席に乗り込んだ。

アサンの展望台がある丘を下りた芳賀は、ルート1を西に向かってアプラ港海軍基地の前を通り越してアガット地区にある海に面したガアン・ポイントという戦地公園を最初に案内した。当時の日本軍が使用した高射砲や対空機関銃が置かれていて、野ざらしではあるが、保存状態は極めていい。

この後、来た道を戻り、昼食を挟んでハガニア市内にある日本軍の基地として使われたサン・ラモンの司令壕や日本軍が現地人であるチャモロ人を処刑したマンガン強制収容所跡を案内してくれた。芳賀は日本軍の悲劇だけでなく、現地人に対する日本軍の蛮行も隠すことなく解説する。彼は戦跡を紹介することで、戦争の悲惨さと愚かさを後世に伝え、同時に犠牲者の慰霊を続けているようだ。

グアム島の南から北までくまなく戦跡を巡り、最後に多くの自決者を出したと言われる又木山戦闘司令部壕跡がある南太平洋戦没者慰霊公苑に到着する頃には夕闇が迫っていた。

芳賀はジャングルに飲み込まれようとしている又木山戦闘司令部壕跡の前にある石碑に線香を手向け、煙草を出して火を点けるとその脇に置いた。生前煙草を吸っていたと思われる兵士への思いやりである。続いて朝倉と国松も石碑の前で手を合わせた。いつもは多弁な国松も終始無言である。現役の自衛官としての強い思いがあるのだろう。

「今生きていることのありがたみが分かり、改めて日本人であることを考えさせられました。本当に有意義なツアーでした」

駐車場に戻る途中で、朝倉は深々と頭を下げて心から礼を言った。

「お二人とも自衛官でしょう？」

唐突に芳賀は尋ねてきた。

「えっ！」

二人は同時に声を上げた。朝倉は申し込む際に会社員だと言っている。極秘捜査のため、身分を隠したのだ。

「やはり、そうでしたか。戦跡ツアーには自衛官の方が大勢見えるので何となく分かるんですよ」

芳賀は顔を綻(ほころ)ばせた。

「故あって身分は名乗れませんが、おっしゃる通りです」

朝倉はあっさりと認めたが、今の身分はどのみち複雑すぎて説明できない。

「私は今の日本を守る方が、戦跡をご覧になられるのは非常に意義があることだと思っています」

芳賀は嬉しそうに言うと、車に乗り込んだ。

「実は我々は少々困っていまして、力になってもらえませんか？」

後部座席に乗り込んだ朝倉は、遠慮がちに言った。

「何でもおっしゃってください。私にできることなら、何でもお手伝いしますよ」

芳賀は右手で胸を叩いてみせた。

「ありがとうございます」

朝倉と国松は顔を見合わせて頷いた。

6

午後八時、上半身裸の朝倉は、海軍兵舎の自室で腕立て伏せをしていた。二百回までは数えたが、まだ限界ではない。汗が光り、顎から滴り落ちる。

朝は六時に起床し、広大な基地の中をジョギングした。身分は警察官だろうと警務官だろうと関係なく、いつでも闘える体にしておくべきだと思っている。

NCISの捜査に参加できなくなったが、ハインズは兵舎の利用を制限するようなことはしていない。現状は一時的であるということだろう。

今月の十八日に空軍基地で殺害された被害者は、やはり八番の前歯が抜かれていたとハインズを通じて連絡を受けている。犯人は日本で六人もの命を奪ったイーサン・マリクの可能性がますます高まった。

ドアがノックされた。どうせ、ハインズか国松だろう。

「勝手に入れ」

腕立て伏せをしたまま答えた。

ドアが開き、複数の靴音。

「むっ」

朝倉はびくりと体を起こして身構えた。

「元日本の特殊部隊員だからって、不用心じゃないのか」

ドア口にどこか見覚えのある男が二人立っている。一人は白髪（しらが）の白人で、五十前後、もう一人は黒人で三十代前半か。

「見た顔だ。だが名前は思い出せない」

警戒しながらも朝倉は、ソファーに掛けてあるタオルで額の汗を拭った。二人とも一昨年日本で会っている。朝倉の捜査を邪魔して来た連中だ。

「ギャレット・スウェーザクだ。残念だよ。私は君のことを一度も忘れたことはなかったのに」

舌打ちしてスウェーザクは、人差し指を左右に振った。

「思い出した。CSS（米国中央保安局）の確か日本のボスだったな。それに後ろの黒人は、俺に叩きのめされた間抜けな部下だ。復讐にでも来たのか？」

首にタオルをかけた朝倉は、首をぐるりと回した。

彼らは密かにマリクを抹殺（まっさつ）して事件を揉み消すため、朝倉と国松とハインズを監禁するという暴挙に出たが、朝倉らは反撃して彼らの拘束から逃れている。

「相変わらず血の気の多いやつだ。勘違いするな。一昨年マリクが起こした事件は、結果的にどうなったか知っているはずだ。最後は我々が尻拭いをした。今回は無駄なトラブルは避けて最初から協力し合った方がいいんじゃないかと思ってね」

スウェーザクは表情も変えずにしわがれた声で言った。

「また事件を揉み消すつもりだな。被害が一般市民にまで広がった場合のことまで、考えていないのか」

隠密(おんみつ)に行えば捜査は限定的で動きも鈍(にぶ)くなり、結果的に犯人の自由度が高まるうえに、逮捕までに時間が掛かる。

「事件を表面化させないのは、市民に不安を与えないという思いやりだ。特にこの島は観光で成り立っている。影響で観光客のキャンセルが続出した場合の損害額は計り知れない。だが、海軍と空軍にまたがる連続殺人だというのに、両軍は独自に捜査するという。しかも愚かにも海軍は君を捜査からはずしたそうじゃないか」

「二言目にはこの島の産業を守るためだというのが、俺は気に食わない。それを理由に事件を揉み消せば、犠牲者の死も闇に葬られるんだ。だが、あんたたちの狙いは別にあるんだろう」

朝倉は体の汗を拭き取ると、ベッドの上に置いてあったTシャツを着た。

「別の狙い？」

スウェーザクはわざとらしく首を捻ってみせた。

「問題は犯人が元海兵隊だということじゃないのか。海兵隊が世にも恐ろしい事件を起こしているという事実を揉み消したいんだろう。違うか？」

朝倉と国松は、芳賀の戦跡ツアーが終了した後で、彼からグアムの基地問題や海兵隊の移転問題について話を詳しく聞いた。

二〇〇六年五月、日米両国は日米安保協議委員会において在日米軍再編の合意に至った。一つは、普天間飛行場を日本側に返還するために名護市のキャンプ・シュワブを大改修して移転する。もう一つは二〇一四年までに第三海兵遠征軍の八千人とその家族九千人をグアムに移転するという二つの巨大プロジェクトを中心に考えられていた。

辺野古への移転は、基地を最も多く抱える沖縄がまたしても負を抱えるとして地元で猛反発を受け工事は停滞し、二〇一五年に政府が強行に工事の準備を進める形で進行している。

グアム移転に関しては、米国議会で計画が不透明であるとされ、執行は一時凍結となったが、二〇一四年末に予算の全額凍結解除が議会で合意されて再び動き出した。

これに対して受け入れるグアムではインフラの大規模な改修がなされ、基地の雇用が増え、消費も増えることで景気が良くなると単純に受け入れを喜んでいる。

だが、芳賀をはじめとした一部の地元住民は、大規模なプロジェクトに群がる金の亡者を喜ばせるだけで地域には還元されないと心配しているそうだ。実際、二〇〇六年の合意直後に韓国人投資家が、米軍用の住宅や建設労働者用の住宅を無数に建設して、ゴーストタウンと化しているエリアがあった。本格的にプロジェクトが始動すれば、イナゴのごとく建設関係の山師がグアムに群がることは目に見えている。当然治安も悪くなり、観光地としての品位を落とすであろう。

また、これは極秘扱いになっているらしいが、グアム既存の空軍や海軍が、海兵隊移転に異議を唱えたそうだ。というのも基地は地域住民の理解があって、成り立つものである。沖縄のようにフェンスの外で絶えず反対運動をされたら、兵士としてはモチベーションの低下に繋がる。粗暴な海兵隊員が事件を起こし、グアムの米軍全体のイメージを落とすことを恐れているのだ。

「意味が分かりかねる」

スウェーザクは肩を竦めた。どこまでもシラを切るつもりらしい。

「今回の事件が表面化すれば、海兵隊移転で浮かれている地域住民も恐怖を抱くだろう。犯人がマリクだった場合、マスコミが嗅ぎ付ければ、必ず海兵隊と結びつけるはずだ。基地周辺の住民どころか、グアム政府も敵に回すことになる」

朝倉は持論を述べた。グアム移転を問題視している住民が少ないからこそ、事件は逆に観光問題を超えて基地問題にまで発展する可能性があると考えたのだ。

「……日本人は、想像力が豊かだ。可能性がないわけではない。確かに海兵隊移転に影響が出るようなら、日米安保にまで関わる大問題になる。私に与えられた使命は、速やかに事件を解決することで、政治的背景は関係ない。私の権限は海軍にも空軍にも及ぶ。ハインズと違って地元の特別捜査官や上司の顔色を窺う必要はない」

しばらく間を置いて、頬をぴくりと動かしたスウェーザクは切り出した。朝倉の言ったことが当たっているに違いない。

「俺に協力しろというのか。断る。事件を早く解決したいのなら、俺を海軍の捜査に戻し、海軍も空軍と合同捜査するように働きかけることだな」

朝倉は腕組みをして睨みつけた。この男は目的のためなら、手段を選ばない。下手に手伝おうものならいいように利用されるだけだ。

「……素直に従うとは思わなかったが、海軍の捜査には協力するのだな？」

スウェーザクは鋭い視線を向けて来た。この男も人を欺く諜報の世界に生きる人間だけに、心底朝倉を信用しているわけではないのだろう。

「男に二言はない」

腕組みをしたまま朝倉は頷いた。

7

海軍兵舎は針を落としても聞こえるのではないかというほど、静まり返っている。

朝倉は短パンにTシャツ姿で眠っていた。朝は十キロほどのジョギング、夜は室内でストレッチや腕立て伏せに腹筋と、ストイックにトレーニングをしたが、K島にいた時は、その倍はこなしている。そのため午後十一時に横になったが、なかなか寝付けなかった。

室温は二十四度、窓を全開にしているので外気と変わらない。夜になって雲が垂れ込めてきたので、湿度は七十パーセントまで上がっている。不快指数が上がっても、寝苦しさを感じるほどではない。要は運動不足で疲れていないのだ。

「………」

夢うつつで朝倉は目を覚ました。

枕元の腕時計を見ると、午前二時十八分になっている。

首を二、三度回してベッドから下りると、リビングに置いてある備え付けの冷蔵庫を開けてミネラルウォーターの五百ミリのペットボトルを取り出し、一気に半分ほど飲み干す。眠る前にジャックダニエルをボトルの三分の一ほど飲んだために、喉が渇いていたのだ。

戦跡ツアーから帰って、基地内のショッピングセンター〝ネイビーエクスチェンジ〟でウイスキーやビールを買ってきた。NCISのオブザーバーIDは、基地内では米兵と変わらない資格があるようだ。

「うん？」

出入口のドアの下に小さな白い封筒が置かれていることに気が付いた。ドアの下の隙間から差し込まれたようだ。寝る前にドアは施錠してある。廊下に人の気配がしたため、目が覚めたのかもしれない。

ペットボトルを冷蔵庫の上に置いた朝倉は、洋6サイズの封筒を拾い上げた。封筒の表も裏も何も書かれていない。

封はされておらず、名刺サイズのカードが一枚入っている。

「なっ！」

カードに書かれている文字を見た朝倉は、息を呑んだ。

〝NEXT 11〟と手書きで書かれている。これまでの殺人事件の被害者が十人だったために、これは殺人予告と見ていいだろう。

「くそっ！」

眉間に皺を寄せた朝倉は、カードを握り締めた。脳裏にマリクの顔が過ったのだ。

フェーズ5：空軍保安中隊

1

三月三十日、夜明けの東の空を美しく彩った太陽は、午前六時を過ぎて早くも雲に覆われつつあった。

朝倉は真夜中に殺人予告ともとれるカードを受け取り、明け方まで起きていた。だが、二時間ほど仮眠し、基地内を昨日よりも距離を伸ばして二十キロほど走っている。

基地の南の端から海岸線沿いのショアライン・ドライブと基地の中央を抜けるルート1を走ればアプラ港のサンルイス・ビーチまで片道約四・五キロ、往復で九キロあるルートを二往復半したのだ。午前六時半で気温は二十四度、湿度は九十パーセントもあり、早朝だから快適に走れるというわけではなかった。

基地だけに自主的に体を鍛える兵士は大勢いる。ストイックに走る朝倉に対して負けまいと何人もの兵士が先を争う場面もあった。別に競争をする必要もないので、その都度朝倉は苦笑がてら先を譲る。海軍の兵士は一昨年輸送機の中で一緒になった粗暴な海兵隊員と違い、単純に負けず嫌いなだけで気性が荒いというわけではない。彼らはみな笑顔で朝倉を抜いて行った。

殺人予告カードを発見してすぐに隣室の国松を叩き起こし、ついでにハインズも部屋に呼び寄せた。事件の詳細を知っているのは、犯人と限られた捜査関係者だけで、悪戯でないことは確かである。同じ兵舎に朝倉をはじめ関係者は四人も泊まっているのにもかかわらず、カードは朝倉だけに届けられた。今回も日本の事件の続きと捉えるのなら、捜査陣をあざ笑うかのように朝倉にメッセージを送り続けるのだろう。

一昨年の事件で朝倉は迂闊（うかつ）にもＮＣＩＳの特別捜査官だと名乗ったマリクに自分のスマートフォンのアドレスを教えたため、殺害予告がメールという形で送られてきた。当時使っていたスマートフォンは、事件後破棄されている。だがメールアドレスはマリクが生存している可能性もあるためにまだ生かしてあり、送られて来たメールはすべて転送されるようになっていた。

マリクならメールで殺人予告を送ってきてもよさそうなものだが、実体があるカードの方がより現実みがあるということか。しかも兵舎に侵入するというスリルがあるのかもしれない。これまでマリクが死亡したと信じていた朝倉も、目に見える形で予告されたのでさすがに存在を否定できなくなってきた。

カードのメッセージを重く受け止めたハインズは、朝倉と国松の捜査への復帰を約束するとともに本部に特別捜査班の招喚を要請した。カードは憲兵の数を増やすだけでは事件は解決できないと分からせる材料になったようだ。朝倉は捜査を拡大するため、空軍で起きた事件も調べることができるようハインズに要求した。

ジョギングから戻って来た朝倉はシャワーを浴び、冷蔵庫からマンゴー&オレンジジュースを出すと、ボトルから直接飲んだ。これもネイビーエクスチェンジで買った。初日と違い、レンタカーがあるため、ショッピングにも重宝する。

ドアが三回、間を置いて一回ノックされた。国松である。昨夜のことがあったため、お互いノックの仕方を決めて、識別するようにしたのだ。

「開いているぞ」

ジュースを飲みながら、朝倉は答えた。

「元特殊部隊だからって、不用心だな。日中も鍵を掛けろよ」

国松は眠そうな顔をしている。朝倉が夜中に起こしたせいだと言いたげだ。

「同じことを昨日ギャレット・スウェーザクにも言われた」

飲み干したジュースの空き瓶をゴミ箱に投げ入れて朝倉は笑った。カードのことがあまりに衝撃的で、スウェーザクのことをすっかり忘れていたのだ。

「ギャレット・スウェーザク？　どこかで聞いたことがあるような」

案の定国松は首を捻った。

「今の役職は知らないが、ＣＳＳの日本支局長だった男だ。昨夜突然顔を見せた。国防総省は、今回の事件もマリク絡みと見て闇に葬るつもりらしい」

「何！　我々を監禁したやつか！　何しに来たんだ？」

国松が甲高い声を上げた。目が覚めたようだ。

「ただの挨拶だ。協力してくれと言って来たので、断った。一緒に仕事をすると、寝首を掻かれる心配があるからな」

朝倉はわざとらしく肩を竦めて笑った。

「俺たちを散々な目に遭わせておいて、協力してくれとは虫がよすぎるぞ」

国松は真っ赤な顔をして怒り出した。彼は交通事故で入院中の病室からスウェーザクの部下に拉致されている。怒るのも無理はない。

「忘れろ。それにここは米国だ。俺たちにとってアウェイ。むしろやつらを利用するつもりで、接触したほうがいい。一度は断ったが、今度接触して来たら改めて考えるつもりだ」

朝倉は過ぎたことと割り切っていた。

「ずいぶんと悟(さと)りを開いたようなことを言うものだ。会ったとき、よく相手を叩きのめさなかったな」

国松は朝倉のことを筋肉馬鹿と思っている節がある。体は鍛えているが、馬鹿ではない。

「くだらん。腹が減った。朝飯に行くぞ」

朝倉は国松を無視して、部屋を出た。兵舎から二百メートルほど南にレストランが入ったタイフーンビルという建物がある。二人は正面入口にあるC・ストリート・カフェに入った。白いテーブルクロスが掛けられたおしゃれな店である。

「一緒に食べてもいいですか？」

注文カウンターに並ぶと、背後からコンガーがやって来た。

「ハインズはどうした？」

「あの人はこの基地での朝食は、サブウェイでローストビーフサンドと決めているんです。ドイツ人は本当に頑固で理解に苦しみますよ」

コンガーは苦笑を浮かべている。頑固者の上司にまだ慣れていないのだろう。

朝倉は目玉焼きが載せられたブレックファーストピザとコーヒー、国松は野菜サンドと野菜ジュース、コンガーも朝倉と同じピザとミルクとコーヒーを載せたトレーを持ち、四人掛けの席に着いた。

「昨夜、ミスター朝倉のところに殺人予告カードが届いたんですって？」

コンガーはナイフでピザを切りながら、尋ねてきた。無視したわけではないが、必要を感じなかったため彼は部屋に呼ばなかったのだ。

「捨ててやろうかと思ったが、念のためにティッシュに包んでハインズに渡した。どうせ、俺の指紋しか残っていないと思うがな」

朝倉は素っ気なく言う。

「殺人鬼からの予告状なのに、落ち着いていますね」

眉を寄せたコンガーは幾分首を傾げた。どこか不満げに見える。

「ガキじゃあるまいし、犯人からの知らせに一々感情を乱してどうする」

朝倉は面倒くさいので、ピザを二つ折りにして手摑みで食べはじめた。

「しかし、無視すれば犯人を怒らせて、次の犯行をする恐れはないですか？」

コンガーはピザを綺麗にカットしながら食べている。粗雑な男の割りには繊細な食べ方をするものだ。育ちは案外いいのかもしれない。

「淡々と対応するだけだ。もし、今回の犯人がマリクなら、どこかで俺たちを見ているかもしれない。こっちが反応を示せば相手の思う壺（つぼ）だ」

朝倉は眉を上げた。ピザはまずくはないが大味で、二口目で後悔していた。

「なるほど、大人の対応ですか。しかし、マリクは完全にサイコパスですよね。刺激を求めて犯行を重ねているはずです。もっと大胆なことをしなければいいんですが」

コンガーは困惑した表情になった。彼の言っていることは正しい。サイコパスは注目を浴びたい欲求を持つ場合がある。軍人だけを狙っている場合、事件は簡単に隠蔽されるため、当然メディアの反応はない。この状態に犯人がいつまで堪えられるか疑問である。

「ベストを尽くす。それだけだ」

朝倉は自分に言い聞かせるように言った。

2

午前八時半、ハインズはアンダーセン空軍基地にあるサブウェイの二人席でホットコーヒーを飲んでいた。目の前のテーブルには、手付かずのローストビーフサンドが置かれている。

ハインズは部下であるコンガーにも知らせずにアプラ港海軍基地を抜け出していた。ただ、基地は違ってもサブウェイで同じメニューを食べるというのは、習慣的に変えていない。やはり根っからの頑固者なのだろう。空軍基地だけにＮＣＩＳのキャップやジャンパーは着ていない。

「失礼ですが、ヘルマン・ハインズ特別捜査官ですか？」

空軍の制服を着たショートヘアーの体格のいい金髪女が、小声で尋ねてきた。コーヒーの容器を右手に、バッグを左肩に提げている。胸に少尉である黄色の階級章を付けていた。

「グレーブマン少尉ですね。突然呼び出してすまなかった」

笑顔を浮かべたハインズは、席を立って少尉に前の席を勧め、テーブルの上に書類を入れた封筒を置いた。彼女はグアム支局の特別捜査官であるブレッド・パーカーの彼女であるジェーン・グレーブマンだ。電話で彼女に場所と時間、それにローストビーフサンドを目印にするように待ち合せていた。

「捜査資料をわざわざ届けてもらい、すみません。我々の捜査はＳＦの手を離れて、空軍犯罪調査局が担当することになりました。私から資料は彼らに渡します」

ハインズの出した封筒をジェーンは受け取ってぎこちなく笑った。

「君のところに匿名のたれ込みがあって、海軍でも連続殺人事件が起きたと、上司に報告したそうだね。だが、実際は、恋人のパーカーから聞いたんだろう？」

ハインズは声を潜めて尋ねた。

「なっ、なにを……」

啞然としたジェーンは目を泳がせた。

「捜査は極秘に行われていた。本当にたれ込みがあったとしても、関係者ということになる。我々もスプリンガーも間違ってもそんなことはしない。そこで君の恋人であるパーカーを呼び出して、ばれているぞと鎌をかけたら、あっさりと白状したよ。もっとも、これは誰にも言うつもりはない。心配は無用だ」

笑顔でハインズは続けた。パーカーはばれたと勘違いし、聞きもしないことをべらべらとしゃべったのだ。

「まったく、あの人は……」

鋭く舌打ちしたジェーンは、大きな溜め息を漏らした。

「彼を責めないでくれ。今朝、はじめて話したが、優しい人間だということがよく分かったよ。短時間でいろんな話をした。君との結婚も真剣に考えているそうじゃないか」

犯人に事情聴取をするのを得意としているハインズが、おしゃべりなパーカーから情報を引き出すのは実に簡単なことである。スプリンガーが非協力的なのは、ハインズに捜査のイニシアチブを取られたくないこともあるが、手柄を横取りされると左遷されてしまうと思っているからだと分かった。

「まあ、そんなことまで」

映像をリプレイするかのように、ジェーンは再び舌打ちして溜め息を漏らすと、首を左右に振ってみせた。

「彼が君との結婚に踏み込めないのは、君が今の仕事にとても打ち込んでいるかららしい。おそらく彼は二、三年で他の基地に配属が変わるだろう。君は、ＳＦにあき足りず空軍犯罪調査局に入局したいそうじゃないか。そしたら、会うことも難しくなるかもしれないと悩んでいるんだ」

ハインズは気難しい表情で言った。初対面のジェーンと立ち入った話をするべく、パーカーから詳しく事情を聞き出している。

「……確かに私は、空軍犯罪調査局に入局したいとは思っています。でも結婚と天秤に掛けられるとは思っていません。彼が煮え切らないので、モチベーションは下がっていますが」

何度目かの溜め息を漏らしたジェーンは、肩を落とした。

「おそらく、君から結婚を迫られるような台詞を聞くと、彼はかえって逃げ腰になるんじゃないのかな。結構男は臆病なんだよ」

ハインズは低い声で笑った。

「まったく、その通りです」

ジェーンは一生懸命頷いている。完全にハインズの術中にはまっているようだ。

「ところで、捜査を空軍犯罪調査局に持って行かれて、面白くないんじゃないか？」

ハインズはコーヒーを飲みながら尋ねた。

「そうですが、殺人はそもそも彼らのテリトリーですから」

ジェーンは俯きかげんに答え、一瞬鼻の穴を広げた。不満を持っているのだ。

「実は、今回の犯人と思われるイーサン・マリク元海兵隊一等軍曹と接触したことがある日本のMPを私はグアムに呼び寄せた。しかも、彼にだけ殺人予告が来ているのだ。彼と行動をともにすれば、マリクを逮捕できるかもしれない。会ってみないか」

ハインズはわざと声を落とした。

「本当ですか。その人は犯人と面識があるんですか？」

ジェーンは身を乗り出してハインズの声を拾うように耳を傾けた。周囲はざわついているが、会話が聞こえないほどではない。ハインズが睨んだ通り、彼女は捜査を続けたかったようだ。

「海軍と空軍は別々に捜査をすることになっている。だが、それでは捜査は進展するはずがない。君ならその日本人から情報を引き出して、犯人に迫れるかもしれない。会ってみないかね」

ハインズは両手を組んで、彼女の目を見据えて言った。彼女は美しいブルーの瞳を持っている。気持ちの揺らぎを見落とさないようにしているのだ。

「海軍との合同捜査はしないことになっています。見つかったら大変なことになります」

ジェーンはハインズから離れて首を横に振った。

「彼は海軍ではない。日本のＭＰだ。しかも証人として扱えばいい。彼に現場を見せて、マリクの手口を聞き出してみてはどうだろうか？」

朝倉を一証人として扱えば問題ないと、ハインズは考えたのだ。

「……しかし」

ジェーンは言葉とは裏腹に腕組みをして考え込んでいる。

「これを見たまえ」

ハインズはポケットから折り畳まれた紙を差し出した。朝倉への犯人からと思われるカードのコピーである。

「NEXT 11、……こっ、これは」

数字の意味がジェーンにも分かったらしい。

「犯人が先ほど話した朝倉という日本人の部屋に投げ込んだカードだ。我々がまごついている間に新たな殺人が起きる。捜査を進展させるために、我々はあらゆる手段を講じる必要があるんだ。違うか？」

ハインズは強い口調で言った。十一番目の被害者は順番から言えば海軍なのだが、海軍、空軍ともに二件ずつ事件は起きている。そのため次の新たな事件が、順番通りと考えるのは早計だろう。

「私も……そう思います」

戸惑いながらもジェーンは頷き返した。

3

明美(あけみ)・バーンズはリビングのソファーで横になり、人生相談番組である〝ドクター・フィル〟の録画を見ていた。番組は視聴者から得られる悩みを精神心理学者のフィル・マグロー医師が解決するというものだ。

相談の内容は、浮気や肥満など日常の取るに足りない問題から深刻なイジメ問題まで様々である。軽妙な口調は時として毒舌ではあるが、丁寧でそれでいて相談者に戦略的なビジョンを与えるために絶大な人気があった。番組自体面白いのだが、まだまだ日常会話にことかく明美にとって英会話の勉強にもなり、しかも人生を考える上でも役に立つと、毎回録画して寝る前に繰り返し見るのが習慣となっていたのだ。

「……あらっ」

いつの間にか眠っていたことに気が付いた明美は、目を擦りながら半身を起こした。録画番組は終了し、ダイエット食品のテレビショッピングがテレビに映し出されている。耳障りな商品名の連呼に目が覚めたようだ。

彼女は、米兵が多く住むアンダーセン空軍基地近くの住宅街にある一戸建てに、夫のダニエル・バーンズと暮らしている。ダニエルは基地に駐屯する第三十六航空団に所属する補給部隊の少尉を務めており、地上勤務のため基地の外で住宅を持つことが許されていた。夫婦は一年半前に結婚しているが、まだ子供はいない。ＯＬだった明美が友人と観光でグアムに来た時、ダニエルにナンパされたのがきっかけで、一年間の遠距離恋愛の末に結婚した。未だに新婚のようだと、近所でも評判の仲のいい夫婦である。

大きな欠伸をした明美は、リモコンでテレビのスイッチを切ってリビングの時計を見た。

「もう、こんな時間」

時刻は午後九時半になっている。ダニエルの仕事は、通常なら公務員のように午後七時には帰ってくるのだが、たまに輸送機の夜間訓練がある場合などは、後方支援の部隊だけに帰りが遅くなることがあった。今日は夜間訓練があると夫から聞かされていたので、明美はリビングでテレビを見ながら待っていたのだ。

テーブルの上に置いてあるスマートフォンを手にする。メールとワッツアップというメッセージ交換アプリも確認したが、夫からの連絡はない。

ダイニングキッチンで大きな物音がした。

「もう、ロンね。悪戯っ子なんだから」

ロンとは、夫婦が飼っているアメリカンショートヘアーの猫である。家に籠(こも)りがちな妻を気遣って夫のダニエルが一年前に購入したのだ。まだ一歳になっていないが成猫の大きさになっており、まだまだ遊びたがりの悪戯盛りである。

明美はワッツアップで夫にメッセージを送りながらダイニングキッチンに向かった。

「あれっ？」

照明をつけようとダイニングキッチンの出入口のスイッチを押したが、反応しない。だが、出入口の反対側には窓があり、庭に設置してある夜間照明の光が漏れてくるので、室内のシルエットでおおよそ分かる。

「あっ！」

ダイニングキッチンに入った途端、足を滑らせて転びそうになった。ロンが何かをこぼしたのだろう、床がぬるぬるする。

明美は手探りで配電盤を探した。結婚当初は、基地内にある兵舎に住んでいたが、周囲の目が嫌で一年前にこの家に移り住んでいる。家の中は目隠しをしても歩けるようになっていた。基地内では将校用の家族住宅ならば４ベッドルームの一戸建てであるが、同じ条件の家が基地から五分ほどの場所にあったので不便はない。

「レンジとエアコンが原因ね」

一人で過ごすことが多いので、明美は独り言が癖になっている。レンジを使って室温が上がりエアコンが急冷になったせいで、ダイニングキッチンの電圧が上がりブレーカーが落ちたのだろう。

「きゃー！」

台所のブレーカーを上げた明美は、悲鳴を上げた。出入口の床に真っ赤な液体が溢れているのだ。誰が見ても血の海である。

「ニャー」

悲鳴に呼応したのか、猫の鳴き声がした。ロンがキッチンカウンターの上に行儀よく座っている。

「……ロン。そうか」

瓶入りのトマトパスタソースをカウンターの上に出してあったのを思い出し、明美は一人で笑いはじめた。割れた瓶と蓋が床の片隅に落ちている。

「脅かさないでよ、ロン。床を見て。あなたのせいでまるで殺人現場よ」

明美は割れた瓶を片付け、キッチンペーパーで床のパスタソースを拭き取り、ビニール袋に汚れたキッチンペーパーをまとめて入れてゴミ箱に捨てた。

レンジのローストビーフを調べたが、途中で電源が切れていたにもかかわらず、余熱で充分出来上がっていた。明日の朝、サンドイッチに挟んで食べるつもりだ。さらに余熱を取るためにローストビーフを小型のバットに入れてラップをかけた。

「これでよし、三十分冷ませば充分ね」

明美はカウンターの上に置いてある時計で時間を確かめてから、キッチンタイマーを三十分にセットする。冷めたら冷蔵庫に入れるだけだ。

ダイニングキッチンの照明を消して、ロンが悪さをしても大丈夫か振り返った。床を汚したのは猫だが、その原因を作ったのは自分の過失である。猫は犬と違って怒ったところで聞き分けはしない。

「うん？」

首を捻った明美は、照明を点けずに窓の傍まで近寄った。

自分の家の庭を通して、窓から隣家の玄関が見える。ピザの宅配らしく赤いキャップに赤いシャツを着た男が出て来たのだが、家の電気が消えているのだ。

「まっ、まさかね」

明美の脳裏に猫がぶちまけたトマトソースの映像が浮かび、血の海を連想させた。彼女は頬が窓につくほど近づいて、男の姿を追った。

男は一度家を振り返ると、隣家の前に置いてあった黒いピックアップの荷台に脇に抱えていた荷物を放り込んで乗り込んだ。別に急ぐ様子もない。むしろ堂々としている。ピザを配達して一息ついているといったところか。

「さて、続きを見ようっと」

録画の再生中に眠ってしまったため、〝ドクター・フィル〟を途中までしか見ていない。キッチンカウンターに座っていたロンを抱き上げると、明美は軽い足取りでリビングに戻った。

4

ドアを連打する音で、朝倉は目を覚ました。

国松なら三回と一回、ハインズなら二回と三回、コンガーは一回、一回、二回とそれぞれノックすることになっている。

「誰だ？」

ベッドから飛び下りて朝倉は身構えた。時刻は零時三十三分である。

「ハインズだ。急いでいる」

どうやら叩き起こすために連打したらしい。

ドアを開けると、ランニングシャツにジーパン姿のハインズが立っている。

「どうした？」

朝倉は首を傾げ、ハインズを部屋に入れた。隣室の国松ならともかく、ハインズは一階上に宿泊している。急ぐなら電話をかければいいのだ。

「すまない。ＳＦのジェーン・グレーブマンから連絡が入った。折り返し電話すると答えたのだ。電話に出てくれないか？」

ハインズの顔が強ばっている。新たな事件が起きたに違いない。

「……分かった」

朝倉は理由も聞かずに頷いた。

さっそくハインズは、自分のスマートフォンで電話を掛けはじめる。

「ハインズだ。朝倉に電話を代わる」

そういうと、スマートフォンを朝倉に渡してきた。

「朝倉だ」

――私はジェーン・グレーブマン、空軍保安中隊の少尉です。昨夜、アンダーセン空軍基地にほど近い住宅街で空軍将校が殺害されました。隣家に目撃者がいたのですが、日本人の女性であまり英語が通じません。恐れ入りますが、通訳がてら捜査に協力してもらえませんか？

ジェーンは軍人らしいきびきびとした英語で尋ねてきた。言葉遣いだけで有能だと分かる。

「分かった。車で行く。俺の名前を出したら、分かるようにしておいてくれ。ところで、俺はＮＣＩＳの招待客だ、ハインズと一緒に行っていいか？」

一人で行くことに不安はないが、これを機に海軍と空軍での捜査を進展させたかった。

――本当はそうして欲しいのですが、上司の許可を貰っていませんので、それはお断りします。あなたは私の知り合いの日本のＭＰで、たまたまグアムに来ているということにしてもらえませんか。ご存じとは思いますが、海軍との合同捜査は、現状は難しいのです。

「分かった。今から行く」

先ほどとは違って、歯切れの悪い返事が返ってきた。

電話を切り、スマートフォンをハインズに返した。

「俺一人で来いと言われたよ。米国は面倒くせえな」

「同感だ。今電話を掛けてきたグレーブマン少尉は、ブレッド・パーカーの彼女だ。パーカーが空軍に捜査情報を漏らして、四人も殺害されていることが分かったらしい」

「そんなことだろうと思ったよ」

捜査情報が漏洩するのは、気の許す相手ということが多い。

「実は彼女に今回の事件の有力な証人だと、君を紹介しておいた。昨日はまだ乗り気じゃなかったようだが、新たな事件が発生し、君を使う気になったらしい。うちもそうだが、空軍の捜査陣も藁にもすがる思いかもしれないな」

ハインズは親指を立ててみせた。

アプラ港海軍基地は、犯人が未だに捕まっていないために前にも増して厳重な警備網が敷かれている。憲兵が要所を固め、一々IDのチェックを受けなければならない。また、犯行時間である夕方のゲートの警備は特に厳しくなり、一般人は許可証を持たなければ、基地内に知人がいても入場できなくなった。非常態勢ではあるが訓練の名の下に行っているため、捜査に関係のない兵士は誰も異常だとは思っていないらしい。

「そういうことか。被害者の隣家に日本人の目撃者が住んでいるらしい。とりあえず、俺を通訳として使ってみることにしたようだ」

にやりと笑った朝倉は、入口近くにあるクローゼットからシャツを出して着替えた。

「頭のいい女性だ。上司の目を誤魔化して一旦君を引き込み、なし崩しに捜査に協力させるつもりなのだろう。へたにＮＣＩＳや海軍の名前は出さない方が賢明だ。朝倉、すぐに行って状況を教えてくれ」

廊下に出たハインズが、右手を上げた。

「任せろ」

朝倉はその手に力強くハイタッチした。

5

午前一時十六分、日付は三月三十一日になっていた。

時おり北東の強い風が、ランドクルーザーのウインドウに雨を叩き付ける。

ハンドルを握る朝倉は、マリンドライブから1号線に入り北に進んでいた。

観光客が押し寄せるタモンは商業施設が密集している都会だが、その他の場所は南国のただの田舎（いなか）と言っても過言ではない。台風がくれば水道が止まり、停電することもある。住民はそういうものだと思い、ろうそくを灯（とも）して生活するというのが現状なのだ。

先日、グアム在住の芳賀に案内してもらった南太平洋戦没者慰霊公苑に入る道を通り過ぎた。日本人の観光客がバスを連ねてくる場所であるが、目印はＴ字路の角にキリスト教の教会があるだけである。近くにある落書きだらけのバス停の傍に手書きの小さな看板があるが、ドライバーが認識できるような大きさではない。

アンダーセン空軍基地はここから一・五キロほど先であるが、朝倉は車のスピードを落とした。事件があった住宅街に入る交差点は基地の六百メートルほど手前だが、分かり難いので見過ごす可能性があると、空軍保安中隊の少尉であるジェーンから聞いていたからだ。

右手に目印となるローカルのコンビニがあった。今の時間は閉店している。さらにスピードを落として進むと、百五十メートルほど先にY字路があった。よくみると交差点の片隅に手書きの赤いペンキで書かれた小さな立て看板がある。日中でも速度を落とさない限り気が付くことはないだろう。

「ここか」

ハンドルを右に切り、街灯もない道を二百メートルほど進むと比較的新しい家が建ち並ぶ住宅街に出た。

空軍の紋章がボディにペイントされた保安中隊のパトカーが、突き当たりの家の前に三台停まっている。警察のパトカーはない。事件の担当ははっきりしているようだ。

パトカーの後ろにランドクルーザーを付けた朝倉は、〝KEEP OUT！〟のテープが張り巡らされている家に近付いた。

「止まれ！　近付くな」

警備に立っている一九〇センチ近い空軍の若い憲兵が腰の拳銃のグリップに右手を当てて声を上げた。さすがに威嚇行為は迫力がある。

「俊暉・朝倉だ。グレーブマン少尉に呼ばれて来た」

朝倉は表情も変えずに立ち止まった。

「シュンキ・アサーサク？　日本人か？」

首を傾げた男は、無線機を口元に近づけて尋ねてきた。米国人に日本名を理解させるのは至難の業である。男は白人で、シニア・エアマンの階級章を付けている。他の軍隊なら伍長クラスだ。

「日本人の通訳が来たと、取り次いでくれ」

朝倉は顎を上げて促した。この手の相手には堂々とした態度を取るに限る。

「待っていろ」

ぴくりと頬を動かした男は威圧的な態度を変えることなく、無線で連絡を取りはじめた。動じることがない朝倉に苛立ちを覚えたらしい。

「ミスター朝倉ですか？」

待つこともなく、右隣りの家から女の憲兵が顔を見せた。年齢は三十代半ばか、ハインズが言っていた女だろう。

「グレーブマン少尉か？」

「そうです。こちらへ」

質問で返すと、ジェーンは手招きした。身長は一七四、五センチ、首が太いのは鍛えている証拠だ。腰のガンホルダーには無骨なグロック17Cが収められている。

頷いた朝倉は、隣家に入った。平屋だが敷地は百五、六十坪、建坪は九十坪近くあるだろう。ガレージは母屋とは別にある標準的な米国の中流家庭のサイズの家である。

「改めまして、ジェーン・グレーブマン……です」

ジェーンは玄関のドアを閉めると、握手を求めてきたが、目が合った瞬間ぎこちなくなった。朝倉のオッドアイに気が付いたのだ。

「俊暉・朝倉だ。捜査には全面的に協力する」

他人の視線に慣れている朝倉は、気にすることなく握手した。

「隣家のサム・バシット中尉が午後七時から十一時の間に殺害されました。午後十一時に帰って来た夫人のミレーネ・バシットが発見し、空軍保安中隊に通報。犯人と思しき人物をこの家に住む明美・バーンズが目撃しています」

ジェーンは小声で事件のあらましを説明した。背後はリビングで、明美と夫のダニエルが不安げな様子でソファーに座ってこちらの様子を窺っている。

「被害者は首を切断されていたんだな？」

朝倉も囁くような声で尋ねた。ただの殺人事件なら呼ばれるはずはない。

「これまでの事件と同じです。それにスマートフォンもなくなっている。明美は、三十分前にご主人のダニエル・バーンズが帰って来たのでかなり落ち着きを取り戻していますが、まだ動揺は治まらないらしく、英語が満足に話せない状態です。まずは証言よりも彼女が落ち着くように心がけてください。お願いします」

小さく頷いてジェーンは続けた。

「これでも昔は刑事だった。聞き込みは慣れているから心配するな」

朝倉はにこりと笑った。本当は刑事時代よりも島の駐在になってからの方が、フレンドリーに聞き込みをする方法を学んでいる。

「そうなんですか、それじゃ、ゆっくりでいいから、聞いてみて」

大きく目を見開いたジェーンは、明美たちに見えないように親指を立てた。

「こんばんは、朝倉俊暉と申します。日本人のＭＰです。大変な思いをされましたね。大丈夫ですか？」

朝倉は日本語で語りかけ、相手の視線に合わせるために明美とダニエルの前でしゃがんだ。明美は目を赤く腫(は)らしている。殺人事件と聞かされて、泣いていたのだろう。

「はっ、はい、落ち着いてきました」

明美は朝倉の顔を見て、はっとした。オッドアイに気が付いたのだ。

「私の目の色、変でしょう。事故で頭部を怪我(けが)してオッドアイになったんです。知っています？　ミュージシャンのデビッド・ボウイもオッドアイだったんですよ。彼の場合、ファッションになったけど、私の場合は洒落にもなりませんが」

朝倉は頭を掻いてみせた。ただでさえ強面の朝倉の顔は、オッドアイでさらに異相になり迫力がある。そのせいで、警視庁時代は暴力団専門の組織犯罪対策部、通称マル暴が朝倉を本気で欲しがっていたくらいだ。

「デビッド・ボウイも、……すみません。そんなつもりじゃないんです。ただ、はじめて見たので驚いただけです」

明美は顔を赤くして両手を振った。きょとんとしている夫に、朝倉が英語で簡単に説明すると、安堵のため息を漏らした。

「お隣りで事件があったことはご存じですよね。分かる範囲で構いませんから、お話ししていただけませんか」

朝倉はポケットから小型の手帳とボールペンを出して、片膝をついて尋ねた。

「今夜は、私、〝ドクター・フィル〟の録画を見ていたんですけど、あっ、このソファーで横になって見ていたんですけど、寝ちゃったんです。起きて時間を確かめると、午後九時半になっていたんです。そしたら、台所で大きな音がして、行ってみると、血の海になっていて」

日本語ということもあるのだろう、彼女はつかえながらも話しはじめた。

「血の海？」

　驚いた朝倉は聞き返した。

「あっ、違います。ロンがトマトパスタソースの瓶を床に落としたんです。それが、血の海に見えたんです。ロンは、猫です。すみません。それだけで、私、びっくりしちゃって」

　明美は朝倉の質問に苦笑いを浮かべて答える。確かに落ち着いて来たらしい。

「床に赤い液体が広がっていたのですか。そりゃあ、びっくりですよね。私でも悲鳴を上げるかもしれない」

「まさか！」

　朝倉の冗談に明美は、吹き出した。ほっとしたのか、彼女は堰を切ったように話しはじめた。日本語で話せない日頃の鬱憤もあるのだろう。ときおり、朝倉がゆっくり話すように注意する場面もあった。

「なるほど、午後九時五十分ごろ、隣家の玄関から、赤いシャツを着た男が出て来たのですね。時間の特定はどうされたのですか？」

　目撃者は、自分では冷静だと思っても後で確認すると、かなり記憶が曖昧になるものだ。

「床の掃除をした後で、ローストビーフの余熱を冷ますためにキッチンタイマーをつけたんです。冷蔵庫に入れるのを忘れないためです。その時、時計を見て確認しました」

明美はかなり几帳面な女性らしい。

「では、赤いシャツを着た男が、どうしてピザのデリバリーだと思ったのですか？　ひょっとしてすごくセンスの悪い男だったのかもしれませんよ」

朝倉はわざと意地悪な言い方をした。

「以前頼んだことがあるピザのデリバリーの人が着ていた制服に似ていたんです。それに赤いキャップも被っていたんですよ。普通の人がそんな格好してたら、おかしいでしょう」

明美は口元を押さえて笑った。

「シャツだけでなく、キャップもですか。顔は見ましたか？　それに何か変わった様子はなかったですか？」

「見たのは、後ろ姿だけです。そういえば、ゴルフバッグのような筒状の荷物を持っていました。ピックアップの荷台に放り投げていました。ピザのデリバリーじゃなかったのかしら」

明美は首を傾げている。最初にピザのデリバリーだと思い込んでしまったために、疑問を持たなかったのだろう。

「車のナンバーは見ましたか？」

朝倉はメモを取りながら、最後の質問をした。

「それが暗くてよく見えませんでした。ただ車は大型で、ＧＭＣの黒のピックアップだと思います。知人が乗っている車と似ていましたから」

「赤いシャツに、黒のＧＭＣのピックアップ、ですね」

朝倉は要点の下部に二重線を引いた。

6

午前四時五十二分、朝倉は目撃者の隣家の玄関前に張り巡らされている〝KEEP OUT!〟のテープを潜った。直前に空軍の保安中隊と空軍犯罪調査局の捜査官が乗った二台のパトカーを見送っている。

現場の鑑識捜査は五時間にわたって行われると一旦終了し、しばらくは再調査の可能性もあるため保全されることになった。朝倉は被害者の隣家で聞き込みをすませた後、彼らが帰るまで自分の車の中でひたすら待っていたのだ。

被害者サム・バシット空軍中尉の妻であるミレーネは、通報直後に気分が悪くなって倒れた。ほどなく駆けつけた憲兵に発見された彼女は、軍の病院に搬送されているため現在家には誰もいない。監視の許で現場を一切荒らさないという条件で朝倉は立ち入りを許されている。

玄関先でラテックスの手袋をはめ、靴にはビニールカバーをして家に入った。傍らには憲兵のジェーン・グレーブマン少尉がいる。外には、彼女の部下が二人見張りに立っていた。夜が明けて交代の憲兵が来るまで、彼女のチームは見張りを命じられているらしい。この期に及んで軍はまだ事件を伏せているようだが、いつまでマスコミに情報が漏れないか見物である。

玄関から入ると、二十畳近いリビングがあった。鑑識が物証を採取した場所を示す目印の札が、人工大理石の床の至る所に置かれている。

朝倉は札を踏まないように壁際を進んだ。ジェーンもそのすぐ後ろにいるのだが、終始無言である。実力を推し量るためだろう、朝倉の自由にさせているようだ。

「これまで、四件の殺人事件の資料では犯人の足形は一つも検出されていない。今回もそうなんだろう」

リビングが見渡せる階段に立った朝倉は独り言のように言った。

「鑑識は空軍犯罪調査局が行っていますが、私は保安中隊の現場のトップとして立ち会っています。足形を採取するシリコンテープは、使っていませんでした。外のアスファルトから玄関ポーチを経て、家の中まで足跡が残るような場所はどこにもないためと思われます」

ジェーンは淡々と答えた。

「昨日の明け方は雨が降っていたが、日中はずっと曇っている。午後九時から十一時までの気温は二十九度、湿度は八十パーセントあった」

朝倉はインターネットで事件があった日の詳細な気象情報を得ている。

「そうだったと思います」

ジェーンは頷きながらも首を傾げた。朝倉の言った意味が分からないようだ。

「湿度が八十パーセントもあれば、靴底に埃(ほこり)や砂は付着する。地面がなくても当然足跡は残るはずだ。事件があった三月十六日の犯行時刻の気温は二十五度、湿度九十五パーセント、十八日は気温二十六度、湿度八十四パーセント、二十一日は気温二十六度、湿度八十八パーセント、しかも雨が降っている。二十五日は気温二十八度、湿度は七十四パーセント、いずれの事件も犯行時刻の湿度が高いにもかかわらず、足跡は残されていない。おかしいとは思わないか？」

朝倉は自分のメモ帳の記録を読み上げた。

「犯人は拭き取ったのですか」

ジェーンはようやく気が付いたらしい。

「我々のように足カバーをしていたのかもしれないし、あとでモップのようなもので拭いたのかもしれない。犯人は衝動的に犯行を重ねているわけではなく、かなり計画的だということだ」

リビングを見渡していた朝倉は、階段を下りて部屋の片隅にある血溜まりに近寄った。直径一メートルほど血は広がっている。近くの壁に血痕が飛び散っていることから、被害者は生きながら首を切断されたということだ。

「今回も首があっさりと切り落とされていたのか？」

朝倉は血溜まりを自分のスマートフォンで撮影しながら尋ねた。

「そうです。私は三つの現場を見ていますが、いずれも同じでした。今回の被害者の歯も抜かれているかどうかは、検屍解剖の結果待ちです」

ジェーンはきびきびと答えた。おそらく切断された首を見ても、彼女なら目を逸らさずに見ることができたのだろう。

「派手に血を撒き散らしている。気に入らねえなあ」

首を捻った朝倉は、部屋の撮影を続けながらぼやいた。

「惨殺事件ですからねえ」

ジェーンは曖昧に相槌を打った。

「マリクは一昨年の一連の事件で、毎回殺害方法を変えていた。やつは潔癖性で直接血に触れるのが嫌だったらしい。それに、仕掛けがある殺人を楽しんでいたようだ。だが、グアムの一連の事件の殺し方はみな同じ、しかも犯人は血で汚れることも厭わない。やつが犯人なら何をもって楽しんでいるのだ？」

朝倉は腕を組んで天井を見上げた。これほど事件が続いているのに、朝倉の知っているマリクとどうしてもイメージが結びつかないのだ。

「相手はサイコパスです。我々常人が、理解できなくて当然じゃないですか？」

ジェーンは肩を竦めてみせた。

「俺が疑問に思うのは、他にもある。すべての事件の共通点は、首の切断と被害者から犯行順と同じ数字の番号の歯を抜くこと。しいて言えば、それだけだ。空軍で起きた事件の資料を見た限りでは、首の切断箇所以外に目立った外傷はない。一方、海軍の事件では、一件目は後頭部に鈍器で殴られた痕、二件目は首に絞められた圧迫痕があった。気絶させる方法が違うんだ。また、被害者は、海軍はヒスパニック系、空軍はすべて白人、人種のこだわりもあるようにも見える。犯行時刻もこれまでの四件はいずれも夕方だったのに、今回は夜中に行われている。疑問を上げたら切りがない。空軍ではおかしいと思っていないのか」

今回の被害者も白人だったことが、朝倉には引っ掛かった。海軍ではヒスパニック、空軍では白人というのは、偶然として片付けられないのだ。しかも、これまで、海軍、空軍の順に犯行を重ねてきた犯人が、どうして続けて空軍で事件を起こしたのかも謎である。

「確かに変ですね」

ジェーンは小首を傾げた。

「どうせ、この住宅街もこの家も監視カメラはないんだろう？」

皮肉を込めて朝倉は言った。犯人は周到な準備をしている。監視カメラの有無は確認しているはずだ。

「そうなんです。セキュリティは、個々人に任されています。この住宅街は、規模が小さく街と呼べるほど大きくはありませんので、監視カメラはありません。今後、グアムに海兵隊が移動することも考えれば、島全体のセキュリティを上げる必要がありますね。そういう意味では、今回の事件で警告を与えられたような気がします」

ジェーンは困惑した表情を見せた。

「うん？」

朝倉は右眉を吊り上げた。家の奥の方から物音がしたのだ。朝倉は人差し指を口に当ててジェーンに合図を送ると、忍び足でリビングから出た。幅が二メートル、奥行きも二メートルほどの廊下の左側にシャワールームがあり、突き当たりはダイニングキッチンになっている。廊下とリビング、それにダイニングキッチンにドアはなく、家全体は南国のリゾート風で開放的な作りになっていた。

ダイニングキッチンの照明を灯し、朝倉は耳を澄ませて微かな物音を頼りに進んだ。

「ほお」

部屋の一番奥にあった冷蔵庫の隙間を見た朝倉は、声を上げた。パグが震えながら冷蔵庫と食器棚の隙間に踞(うずくま)っていたのだ。

「おいで、怖くないぞ」

声を掛けながら跪いた朝倉は犬の首輪を摑んで引き寄せると、立ち上がった。

「まあ、犬がいたんですか」

ジェーンも知らなかったらしい。

「主人が殺されて、帰って来た奥さんもすぐに意識を失って病院に運ばれ、今度は憲兵と空軍犯罪調査局の捜査官が大勢やってきたんだ。こいつは、ずっとここで震えていたんだろう。……なんだ、これは……監視カメラじゃないのか」

犬を抱き上げた朝倉は、冷蔵庫の上に取り付けられている縦が約八センチ、横が四センチほどで冷蔵庫と同じ白い色の小さな機具に気が付いた。冷蔵庫の付属品かと思ったが、本体の中心に二ミリほどの穴が開いており、その上部にブルーのライトが点灯している。それに本体の脇に黒いカードが差し込まれていた。マイクロSDカードだろう。

「監視カメラ！　奥さんからは何も聞いていません」

ジェーンが甲高い声を上げた。

「奥さんはご主人が殺されたショックで、何も考えられない状態なのか、あるいは亡くなったご主人が設置したもので、奥さんは知らなかったのかもしれない」

朝倉は抱き上げた犬の頭をなでながら答えた。外見はごついが、朝倉は動物好きなのだ。

「同じ物がリビングにあれば、鑑識捜査で気が付いたはずです」

離れた場所から見上げていたジェーンは、困惑の表情を見せた。彼女の身長は一七五センチほど、監視カメラは一九〇センチほどの高さにある。ダイニングキッチンは犯行現場とは関係ないため、ほとんど調べられていなかったようだ。

「これはペット用カメラに違いない。留守中の犬の様子を見るためだろう。いずれにせよ、このカメラは台所だけ見張っているんだよな」

朝倉は冷蔵庫の前で背伸びをして、カメラのレンズの高さから部屋の外を見てみた。玄関は見えないが廊下を通してリビングの一部が見える。

「リビングまで映っていそうですか？」

ジェーンも背伸びをして同じ方向を見ながら尋ねて来た。

「意外にいけるかもしれない」

さりげなく監視カメラからマイクロSDカードを引き抜いた朝倉は、にやりとした。

フェーズ６：監視カメラ

1

　警備会社は現代社会において一般的な業態として根付いており、大企業から個人まで取引先の裾野は広がっている。近年は個人向けのセキュリティ商品が巷に溢れており、警備会社が提唱しているホームセキュリティの概念すら変わりつつある。

　一昔前は、個人の家に監視カメラを使ったシステムを構築しようとすれば、数十万の費用は最低必要だったが、最近は無線の監視カメラが一万円前後から購入できる。家庭の無線ＬＡＮと接続することで、手軽にパソコンやスマートフォンから操作することも可能で、ペットや別室の赤ちゃんの様子を見るという需要から、マイクやスピーカーが付いたものまであり、ペットカメラ、あるいはベビーモニターと呼ばれ普及しているのだ。

　朝倉がグアムで五番目の被害者であるサム・バシット空軍中尉の家で発見した監視カメラは、米国のルアックス社というベンチャー企業が販売しており、ペットカメラとしてよく売れているらしい。カメラは無線ＬＡＮで自宅のネットワークに繋がっており、パソコンに映像を記録し、スマートフォンに専用のアプリケーションをダウンロードすれば、外出先でも映像をリアルタイムで見ることができる優れものであった。

パソコンはバシット家の二階の主寝室にあったが、監視カメラの存在を知らされた空軍犯罪調査局の捜査官に回収された。現場を荒らさないという条件だっただけに、発見者である朝倉は指をくわえて見ているほかなかった。

現場検証を終えた朝倉は、車を飛ばしてアプラ港海軍基地に戻っている。腹は減っているが、まだやるべきことがあった。

ゲートの警備兵にＩＤカードを見せたが、五分経ってもまだ入場許可を得られていない。時刻は午前六時半になっている。殺人事件で警備が強化されたためだが、未明に基地を出るときも二分ほどＩＤの照合に時間が掛かった。入るにはさらに時間が掛かるらしい。

「ＩＤの照合は完了した。身体検査をする。車から降りろ」

警備兵は高圧的に命令した。たまたまであるが、三日前と同じマックスというあだ名の警備兵である。そもそも朝倉の顔も覚えているはずにもかかわらず、わざと時間を掛けているようにしか思えない。いつものように二人の警備兵が対処している。

「そういう命令があるのか？」

朝倉は車から降りながら尋ねた。ＩＤの照合に五分以上かかるわけがない。それにもう一人の警備兵は戸惑いの表情を見せている。おそらく命令外のことをしているに違いない。

「早朝勤務は、これだから嫌だ。面倒くせえやつが多い。後ろを向いて車に両手をつけろ！」

マックスは大声で怒鳴った。声を聞きつけて、ゲートボックスから他の警備兵も出て来た。

「喚くな。俺は耳がいいんだ」

朝倉は苦笑いを浮かべながら、マックスに背中を見せた。

途端にレバーに衝撃を受けた。

「うっ！」

マックスはボクシングをしているというだけあって、重いパンチだ。一瞬息が止まったが、振り返った朝倉は眉間に皺を寄せただけで平気な顔をしてみせた。

「マックス！」

他の警備兵が声を上げた。

「身体検査をしているだけだ。うるせえよ。そうだろう、日本人」

マックスは再びレバーを狙ってきた。

パンチを察知した朝倉は、体を捻って腹筋で受け止めた。鋼のように鍛え抜いた体だけにこの程度のパンチは痛くも痒くもない。

「なっ！」

予測していなかっただけにマックスは呆気にとられている。

「猫パンチじゃ、効かねえんだよ。気がすんだだろう。さっさとゲートを開けろ」

朝倉は別の警備兵を鬼の形相で睨みつけた。長年刑事をしていると、感情を外に出さないようになる。だが、この場合、怒りの表現をした方が相手には分かりやすいのだ。

「イエス、サー」

オッドアイの眼光に恐れをなした男は、ゲートボックスの警備兵に手を挙げて合図した。ゲートが跳ね上がった。他の警備兵らはさすがにまずいと思っているようだ。

「猫パンチだと！」

マックスは朝倉の胸ぐらを摑んできた。

「どうした。俺の顔面にパンチをしたいのなら、殴ってもいいぞ。俺は正当防衛でおまえを叩きのめすだけだ」

朝倉は真正面から男を睨みつけた。シルバーグレーの左目は視力こそ〇・一ほどしかないが、相手の心の奥底まで射貫くような鋭さを持っている。

「……いっ、粋がるなよ」

一瞬怯んだマックスは朝倉を両手で突き飛ばした。朝倉のオッドアイの眼光に抗える人間などめったにいないのだ。

「暇な時に相手になってやる」

背中を車にぶつけた朝倉は、中指を立てた。今度殴ってきたら容赦はしないつもりだ。

「サナバビッチ（Son of a bitch）！」

マックスは右拳を振り上げた。感情を抑えられないタイプらしい。

「止めろ！　相手はＮＣＩＳだぞ！」

傍らの警備兵がマックスを後ろから羽交い締めにして止めた。

「早く行け！」

ボックスから飛び出して来た警備兵が腕を回して急かせる。

「貴様！　ボクシングジムに来い！」

マックスはまだ吠えている。

「覚えておく」

朝倉はわざとらしい敬礼をして車に乗り込んだ。

2

兵舎に帰った朝倉は冷蔵庫の上に載せておいたクラッカーの封を切り、一緒に置いてあったコンビーフ缶を開けはじめた。

昨夜の睡眠時間は二時間ほどだが、眠くはない。腹が減っているだけで、むしろ頭は冴え渡っている。

ドアがノックされて隣室の国松が勝手に入って来た。朝倉がいつも「開いている」という返事しかしないためだろう。

「音が聞こえてね。ご苦労さん、今帰って来たのか？」

国松は悪びれる様子もなく、ソファーに座った。兵舎なので壁は薄いのだ。

「色々あったんだ。ハインズを呼んでくれ」

「もう呼んである」

国松が答えると、タイミングを合わせたかのようにノックもなくハインズが顔を見せた。

「おはよう。聞かせてくれ」

ハインズは、右手を軽く上げると、国松の隣りに座った。二人とも新たな事件のことが知りたくて、やって来たようだ。

「その前に飯を食わせてくれ」

朝倉はコンビーフ缶を、側面に付いている鍵型のオープナーで手際よく開けた。米国でもっともポピュラーなブラジル産のリビーの三百四十グラム缶である。

肉が崩れないように缶の上部を取り外すと、独特の匂いが鼻を突く。

「相変わらず臭せえなあ」

しかめっ面をした朝倉は、いきなりコンビーフにかぶりついた。口の中に塩漬けの脂っこい牛肉の味が溢れ、鼻腔に肉の臭みが逆流する。リビーのコンビーフは日本産と違い、品性の欠片もない。練り込んである牛の脂の品質の問題だろう。

だが、焼くと油が程よく融け、パンにサンドすると驚くほどうまくなる。要は生で食べるものではないということだ。だが、血糖値を上げるには、手っ取り早い。チョコレートも同じ効果があるが、腹が減っている時に甘い物は食いたくないのだ。

味と臭みを和らげるために、クラッカーを鷲掴みにして口の中に押し込み、勢いよく噛み砕いて飲み込む。胃の中にずんとコンビーフの重みが伝わり、食っているぞという実感が湧くのだ。朝倉は間を置かずに二口目を頬張った。

「うっ！」

暴虐とも言える朝倉の食べ方を見ていた二人が、同時にしかめっ面になった。気分が悪くなったのかもしれない。現役かどうかは別として、二人とも軍隊の訓練を受けたくせにひ弱な連中である。もっとも、過酷なサバイバル訓練をこなす特殊部隊に所属していた朝倉の感覚は常人とは違うのだが。

朝倉は冷蔵庫からグアバジュースのパックを取り出して封を開け、口の中のコンビーフとクラッカーのかすを胃に流し込んだ。

「これぐらいにしておくか」

口元を右手で拭った朝倉は、食べかけのコンビーフ缶とグアバジュースを冷蔵庫の上に置き、寝室から自分のノートパソコンを持って来た。

国松とハインズは、借りて来た猫のようにおとなしく朝倉の様子を見守っている。

「とりあえず、事件の報告だ」

朝倉はパソコンをテーブルの上に置いて電源を入れると、いつものメモ帳を取り出した。

「被害者は、第三十六航空団・補給部隊所属のサム・バシット空軍中尉だ。年齢は三十六歳、結婚して五年だが、子供はいない。奥さんと二人暮らし。隣家には被害者の同僚のダニエル・バーンズ少尉と目撃者である妻の明美が住んでいる。バーンズの階級は一つ下だが、家族ぐるみで付き合いがあったらしい」

メモ帳で確認しながら、朝倉は二人に事件の詳細を日本語と英語で話した。

「バシットの遺体に首の切断箇所以外の損傷はなかったのか？」

ハインズも朝倉と同じことを気にしている。

「なかったらしい。海軍と空軍では殺害する前の行動が違う。何を意味すると思う？」

朝倉はハインズと国松を交互に見て質問で返した。

「今回犯行時間が違うことも気になるが、マリクはその場の状況に応じて被害者を気絶させてから殺す。それが海軍と空軍でたまたま手段が違った。殺人は五件だが、海軍と空軍でそれぞれ、二件と三件、偶然だったとしてもおかしくはない」

ハインズは首を傾げながらも一つの可能性を言った。納得はしていないのだろう。

「あるいは、海軍と空軍では被害者に対しての接近の方法が違うんじゃないのか？」

国松は待ちきれないとばかりに口を出して来た。英語の文法がめちゃくちゃなので、改めて朝倉が英語でハインズに説明しなければならない。

「接近の方法？」

ハインズが国松に向き直って尋ねた。

「マリクの身長はおよそ一八〇センチ。米国人としては高い方ではないが、鍛え上げていたから体格はいい。当然、基地に出入りするのに目立たないようにしているはずだが、海軍は掃除夫、空軍ではピザのデリバリーというように変装が違うんじゃないのかなあ。空軍での変装は被害者にまったく怪しまれないため、背後から押さえ込んでざっくりと首を切断するとかね」

国松は右手を手刀の状態にして、自分の首の後ろを叩いてみせた。あり得ない話ではないが、被害者は軍人である。素直に殺されるとは思えない。

「俺の考えは、違うね」

朝倉は人差し指を立てて横に振った。

「どう違うんだ？」

ハインズと国松は訝しげな目で見ている。

「海軍と空軍の犯人は別だと思う。片方はマリクかもしれないが、もう一方は違う。約束事を決めて交互に殺人を犯していたのだろう。だが、空軍の犯人は約束を破って先に事件を起こしたんだ。あるいは殺人を競いあっているのかもな」

あえて朝倉はマリクかもしれないと言った。まったく否定する材料がないからだが、一度は信じかけたものの殺人現場を見た朝倉はマリク犯人説を再び疑いはじめている。

「自信ありげに言うが、サイコパスの犯罪者はつるんだりしない」

ハインズは苦笑を浮かべて肩を竦めてみせた。サイコパスはその性癖から、他人との共同作業を好まないのは確かだ。

「まあ、これは刑事の勘というやつさ」

今は刑事じゃないが、朝倉はなんとなく自信がある。

「あてにならない。今回の目撃者は犯人の顔をはっきり見たのか？」

国松もハインズの真似をして肩を竦めた。この男は時おり、妙に腹立たしいことをする。

「目撃者はこれだ」

朝倉はポケットからマイクロＳＤカードを親指と人差し指で挟んで取り出した。

３

朝倉がポケットから出したのは、幅十一ミリ、長さ十五ミリとフラッシュメモリーの市販の電子媒体としては最小（二〇一五年八月現在では）サイズのマイクロSDカードである。

「マイクロSDカードか？」

小さなカードを見て尋ねたのは、ハインズである。

傍らの国松は首を捻っているだけで、朝倉がマイクロSDカードを出した意図が見当もつかないらしい。

「被害者が殺されていたのはリビングだった。およそ二メートルの廊下を挟んでダイニングキッチンがあり、一番奥に冷蔵庫が置かれていた。その上にペット用と思われる監視カメラがあって、カメラの本体にこのマイクロSDカードが差し込んであったんだ」

カメラを調べる振りをして朝倉は、こっそりとカードを引き抜いていた。高い場所にあったため、同行したジェーンは近くにいたにもかかわらず朝倉の抜け駆けに気が付かなかったようだ。

説明しながらも朝倉はノートパソコンでインターネットに接続し、監視カメラを製造したメーカーのサイトを立ち上げた。

「待ってくれ。おまえ、証拠品を勝手に持ち出したのか？」

ハインズが声を裏返らせた。

「人聞きの悪いことを言うな。臨機応変と言ってくれ」

朝倉はメーカーのサイトで監視カメラの製品情報を読みながら、ハインズをちらりと見た。いつまでたっても海軍と空軍は合同捜査をする気配はない。空軍の証拠品が海軍に回ってくることなどあり得ないのだ。

「よくやったな。三十二ギガタイプか、監視カメラの映像データが入っている可能性があるんだな。さっそく、パソコンに接続してみよう」

国松はハインズとのやり取りを無視して、マイクロSDカードを手ににやついている。もっとも英語が理解できないからかもしれない。

「マニュアルを読んでからだ。大切な証拠品だからな」

朝倉は国松からカードを取り上げた。

「おっと、予想外の、慎重なハートだな」

国松がわざとらしく仰け反った。

「変な英語を使うな。一課の刑事だったんだぞ。証拠品を破壊するような真似ができるか。……なるほど、カメラの性能が分かったぞ。監視カメラは無線LANで繋がっているパソコンに映像データを蓄積する。また、パソコンがなくても本体にマイクロSDカードを差し込めば、三十二ギガなら約百九十二時間分の録画映像を保存できるそうだ。それとスマートフォンにアプリ（ソフト）をダウンロードすれば、外出先からでも映像を確認できるらしい。マイクロSDカードに保存された映像データが百九十二時間を越した場合、古い録画データを上書きする形で、常に新しい映像が保存される。したがって昨夜の画像データは残っているはずだ」

監視カメラは米国のメーカーで、朝倉は英語表記のマニュアルをかいつまんで説明した。

「グレイト、そいつはびっくりだ」

この手の単純な言葉は、国松はうまく発音する。

「君たちの会話には呆れるな」

ハインズは苦笑を浮かべて首を横に振った。国松の英語が支離滅裂なだけに、笑い話にしか聞こえないのだろう。

「俺のノートパソコンは、標準サイズのSDカードのスロットルしかない。二人ともマイクロSDカードのアダプターを持っていないか。なければ、ネイビーエクスチェンジで買ってくるまでだが」

「任せろ！」

いきなり立ち上がった国松は、部屋を出てすぐに自慢のノートパッド型PCを抱えて戻って来た。中年のくせに機敏な動きをする。

「スマートフォンのマイクロSDカードが読めるように、ノートパッドにはいつもアダプターを差し込んであるんだ」

自慢げに言うと、国松はノートパッド型PCにマイクロSDカードを差し込んで機動させた。

「釣りと浪花節だけと思っていたが、ＩＴに詳しいのか？」

国松の手慣れた操作を見て、朝倉は感心した。

「浪花節じゃない。演歌だ。警務隊の捜査官は鑑識から捜査までこなさなければならない。しかも最近の犯罪は仮想空間で起きることも多いから、いつもＩＴ勉強会を開くんだ」

自衛官の個人のＰＣから重要な軍事情報が中国やロシアに漏洩したことは、過去度々あった。そのため同盟国として信頼度が落ちた日本は、米国から最新兵器や軍事機密が得られないという状態に陥っている。また、その代償として、米軍でさえ忌避するオスプレイや時代遅れの水陸両用車〝ＡＡＶ７〟を購入するなど、米国の機嫌を取るために防衛費をどぶに捨てているのだ。

「あったぞ」

釣り好きの中年男と侮ってはいけなかったらしい。国松はマイクロＳＤカードに保存されているデータから、２０１５・０３・３０という映像ファイルを選んで画面をタップした。ムービープレイヤが立ち上がり、ノートパッドの画面にサム・バシット空軍中尉のダイニングキッチンが白黒で映し出された。左上に２０１５‐０３‐３０　００：００：４０とタイムカウンターが刻まれている。三月三十日の零時零分からの録画のようだ。

「ほお、意外に鮮明だな」

朝倉は思わず唸った。照明は点いてないが、室内の様子はよく分かる。

「640×480ピクセルの解像度で、フレームレートは毎秒十五フレーム。しかも、これは暗視カメラの状態だ。なかなかの性能だな。十倍速にして見よう」

国松はムービープレイヤを操作して、映像を早回しにした。

午前七時にダイニングキッチンの照明が点けられ、被害者妻のミレーネ・バシットと愛犬のパグが現れたので国松は再生スピードを標準にした。画面はカラー映像に切り替わっている。明るくなったので、監視カメラは通常カメラモードに自動的に変わったのだ。

三十分後に上半身裸のサム・バシットが姿を現した。二階でシャワーを浴びて来たらしく首にタオルを巻いている。

「相当鍛えているな」

ハインズは口笛を吹いた。大胸筋は堅く盛り上がり、腹筋は見事に割れている。

「こんなごつい男を油断させて殺すというのは、マリクは一体どんな変装をしていたんだ？　日本で自衛官を殺害するのに、マリクは女性名で呼び出し、力でねじ伏せていた。今回もそうだと言い切れるのか？」

朝倉は犯人マリク説にこだわる国松とハインズに尋ねた。

「確かめよう」

気難しい表情になった国松は再生スピードを上げた。

妻のミレーネは夕方近くにサンドレスに着替えて出掛けた。パグは主人を送り出すと、まっすぐにダイニングキッチンにやって来て出入口で寝てしまった。ダイニングキッチンで過ごすように躾けられているのだろう。

午後七時五十分にサム・バシットが帰って来たらしい。玄関は見えないが、パグが一目散にリビングに向かって走り去った。二十分後に首にタオルを巻いて上半身裸のサムが愛犬とともにダイニングキッチンに現れる。シャワーを浴びたようだ。

「仕事の汗を流すのは分かるが、この男はいつも上半身裸なのか」

国松は口をへの字に曲げてみせた。シャワーを浴びた後裸でいるのは、不自然ではない。朝倉もよくズボンだけ穿いて過ごすことがある。だが、何か不自然なものを感じた。

サムは冷蔵庫から冷凍食品と缶ビールを出して電子レンジで食品を温め、ダイニングキッチンのテーブルで食べはじめた。

「ありがちな夫婦だ。旦那は仕事、奥さんは基地の外で夜遊び。グアムでは誘惑も多いんだろうな」

ハインズは鼻で笑った。

食事を終えたサムはビールを飲みながらスマートフォンをいじっている。しばらく画面を見ていたサムは、指を盛んに動かしているようだ。メールでも打っているに違いない。

「奥さんの帰りを待つけなげな夫か。なんだか可哀相に思えて来た。他人事とは思えない」

国松は鼻から荒々しく息を吐いた。

スマートフォンにも時計の表示はあるはずだが、メールを打ったらしいサムはしきりにキッチンの時計を見ては溜め息を漏らしているように見える。

落ち着きがないサムの様子を見て朝倉は首を捻った。単に妻を待っているにしてはそわそわし過ぎではないのか。

タイムカウンターが２１：３４：５０、午後九時三十四分、サムが玄関を見つめて椅子から立ち上がった。この監視カメラには音声は録音できない。玄関でインターホンが鳴ったのだろう。

笑顔を浮かべたサムがスマートフォンを手にリビングに消えた。パグがダイニングキッチンの出入口で様子を窺っている。

まったく変化がない映像が二分ほど流れる。

「ちくしょう。肝心なところが映っていない」

国松は苛立ちを隠そうとしない。

「あっ！」

三人同時に声を上げた。

サムが両手を握り締めて後ろに崩れるように倒れたのだ。直後に細長いバッグを背負った赤いシャツの男が通り過ぎる。サムの体がひっくり返されて画面の右方向に引っ張られていた。画面では、サムの膝から下だけ見える。パグの姿はない。すでに冷蔵庫の隙間に隠れているのだろう。とんでもないことが起きていると察知しているのだ。

数十秒後にサムの足が一瞬ばたついたが、すぐにぐったりとなった。首を切断されたに違いない。赤シャツの男がまた画面を横切った。だが、監視カメラから離れているために人相を判別できるほど鮮明ではない。タイムカウンターは、21：52：30になっている。隣家の目撃者である明美・バーンズが赤シャツの男を目撃した時刻とほぼ一致する。

「終わったようだな」

国松がムービープレイヤを止めた。

4

朝倉と国松は、コンガーが運転するエクスプローラの後部座席に乗っていた。車はマリンドライブを北に向かっている。

午前中は雲が重くたれ込めて灰色に染まった空が南国の島を不快にしていたが、午後からは青空も見え始め、日が傾きはじめた海は赤く染まっている。

午後五時四十分、気温二十九度、湿度七十パーセント。海で泳ぐ者はほとんどいないが、海岸を散策するカップルや砂遊びをしている子供の姿が見える。殺人事件の捜査が、どこか非現実的に思えてくる光景だ。

コンガーは運転を楽しんでいるのか、窓を全開にして髪をなびかせている。アロハシャツを着てサングラスをかけている姿は、とてもＮＣＩＳの特別捜査官には見えない。

「昨夜空軍で事件があったことについて、コンガーは、どう思う？」

助手席のハインズがコンガーに視線を送った。コンガーは、彼も今日は明るいイエローのシャツにジーンズ素材の七分丈のパンツを穿いている。

四人は、これから昨日事件があった住宅街で聞き込みをするつもりなのだ。空軍のテリトリーだけにＮＣＩＳを前面に出すのはまずいと、全員ラフな格好をしている。ただし、住宅街は民間施設で空軍の管理下ではないので、ＮＣＩＳも捜査できるはずだ。

「私はマリクの事件は経験していません。それだけに客観的に見られる立場だと思います」

コンガーは咳払いをして自己アピールしてみせた。朝倉は彼を無視しているわけではないが、捜査の打ち合せは国松とハインズの三人で行ってしまう。そのため、疎外されていると思っているに違いない。ハインズが後でコンガーに報告するため彼を呼ぶ必要はないと思っているが、朝倉にはちゃらついた風体が生理的に受け付けないことが影響しているのかもしれない。

「海軍と空軍で、被害者の人種が違うという点は、やはり偶然だと思います。というのも今回のように被害者が個人宅の場合は、あらかじめ選択できますが、スーパーや映画館で人種まで選んで殺すというのは、かなりリスクが伴うからです。それともマリクはあえて被害者を選別し、ハイリスクのスリルを楽しんでいるのかもしれませんがね」

コンガーはその風貌(ふうぼう)に似合わず、論理的に話した。聞いていたハインズと国松は思わず頷く。

「それは、犯人が一人と想定した場合だよな。それにサイコパスは困難な状況で殺しを成功させた方が、より快楽を得るはずだ」

朝倉は納得していない。

「犯人が複数だという推理は、止めませんか。サイコパスの定義に反しますよ。犯人は猟奇的に快楽殺人をしているのです。そんな犯人が同じ殺し方をするやつと組んだら、面白みは半減してしまいます。殺しのオリジナリティーこそ、彼らの求めるところです。自分で言うのもなんですが、私は大学で犯罪心理学の研究室で助手まで務め、ニューヨーク市警では猟奇殺人事件を解決しています。サイコパスの複数犯なんて、聞いたこともありませんよ」

饒舌(じょうぜつ)に説明したコンガーは、肩を竦めてみせた。

「それじゃ、聞くが、ISが捕虜や住民の首を切るのはどうしてだ。処刑人は何人もいる。しかも最近じゃ、子供にまで処刑させているそうだ。あいつらは全員生まれつきのサイコパスなのか？」

ＩＳとはイスラム国を自称する、イラクとシリアでテロ活動をしているイスラム過激派である。

彼らはこれまでのイスラム過激派と違い、カリフ（預言者ムハンマドの後継者）が指導する国家の樹立を宣言し、従わない者は処刑するという暴力で支配地域を獲得していた。

また、首を切断する処刑に加わることで組織の一員として認められるというシステムによって、支配地域の子供たちを洗脳し、処刑人に仕立て上げている。

「ちょっと待ってください。それじゃ、犯人は洗脳されたサイコパスだとでも言うのですか？　それともＩＳのテロだとでも？」

コンガーはバックミラー越しに反論してきた。ナンセンスだと言いたいのだろう。

「ＩＳのテロ？　被害者は全員軍人だ。ありえない話じゃないぞ」

ハインズがテロ説に食いついた。意外にもマリクにこだわっていないようだ。

「テロならとっくの昔に犯行声明を出しているはずだ。犯行の手口は快楽殺人そのものなのだが、サイコパスの犯行だと簡単に決めつけてしまうのも抵抗がある。俺自身、まだ判断できないのだ」

朝倉は捜査が進むほど、これまで経験した殺人事件のカテゴリーに収まらない事件だと困惑している。

「それじゃ、ミスター朝倉は、犯人はマリクじゃないというのですか？　被害者の歯が抜かれていることで、日本とグアムの事件は繋がっていることはすでに証明済みです。その事実さえも覆（くつがえ）すつもりですか？」

コンガーは苛立ち気味に朝倉を振り返った。

「………」

朝倉は口を閉ざした、というより、反論ができなかった。被害者から抜かれた歯が、事件順に通し番号になっているのは、まぎれもない事実だからだ。

「私の質問は、あくまでも私見を聞いたまでだ。今議論しても仕方がない。それよりも聞き込みをして新たな証言を得るしかないだろう」

ハインズはコンガーに前を向くように右手で肩を押さえた。コンガーの眉が一瞬吊り上がった。いつもは陽気な男だが、ラテン系を自称するだけに激昂（げっこう）しやすいタイプなのかもしれない。もっとも、それだけ熱血だとも言える。朝倉も仕事熱心ゆえに上司ともよく喧嘩したものだ。

しばらくすると南太平洋戦没者慰霊公苑を過ぎて、目印のコンビニの前も通った。

「その先のY字路を右だ」

「………」

朝倉の指示にコンガーは無言で頷いた。まだ不機嫌らしい。

「ナビにもない街なんだな」

ハインズは、カーナビを見て笑った。画面にＹ字路などない。グアムは凍結された海兵隊の移転計画が再起動されたため、急速に変わりつつある。ジャングルを切り開き、新しい米軍住宅がいつの間にかできることなど珍しくないのだ。

「まだ、連中はいるのか」

コンガーが眉間に皺を寄せて、車を突き当たりの家の手前に停めた。〝KEEP OUT！〟の規制線のテープはまだ被害者の家の周囲に張り巡らされており、二台の空軍のパトカーがその前に停まっている。現場を保全するために派遣された保安中隊の憲兵だろう。

朝倉が車から降りると、停車しているパトカーから金髪の女性兵士が降りて来た。

「ハーイ」

ジェーンである。朝方現場の見張りは別のチームと交代したはずだが、戻って来たらしい。

朝倉は右手を軽く上げて答えた。

「あなたが、また聞き込みに来ると思って、張り込んでいたの」

勘のいい女である。聞き込みはなるべく空軍に悟られないように日が暮れるのを待ったが、無駄だったらしい。もっとも出る直前まで、被害者のダイニングキッチンに設置された監視カメラの映像を事件当日から遡って見ていたので、無駄に時間を潰したわけではない。

「ミセス・バーンズに聞き忘れたことがあってね。君には、後で知らせようと思っていたんだ」

朝倉は笑みを浮かべて言った。

「抜け駆けするつもりだったんでしょう。聞き込みは必ず私同伴という条件で、許可するわ。ここは民間の土地だけど、被害者も目撃者も空軍関係者ということを忘れないで。あなたも含めて海軍にも勝手にさせないという条件を上層部から出されているの」

ジェーンも笑顔で答えたが、目は笑っていない。ＮＣＩＳ特別捜査官であるブレッド・パーカーの彼女らしいが、彼女の方が数段出来は良さそうだ。

「まさかね。友人の日本人も連れて来た。その方がリラックスできるだろう」

朝倉は国松を紹介した。

「あの二人は？」

ジェーンが車に残ったハインズとコンガーを指した。空軍の憲兵がいた場合は、彼らは車から出ないことになっていたのだ。

「あいつらは、ツアーガイドと助手だ。気にするな」

見向きもせずに朝倉は返事をした。もともと朝倉は一人で来るつもりだったのだ。

「確かにそうね。ＮＣＩＳ特別捜査官には見えないわね」

　ジェーンは苦笑いを浮かべた。

5

　朝倉と国松はジェーンの監視の許で、バーンズ家に上がり込んだ。最悪追い返されることも想定していたので幸運ではある。彼女は朝倉の捜査の成果を欲しがっているのだろう。

「こんにちは、明美さん。やあ、ダニエル、落ち着いたかい？」

　真夜中の聞き込みで夫婦にかなり溶け込んでいる。朝倉は明美には日本語で、ダニエルには英語で挨拶をした。ダニエルは力なく、右手をあげた。仕事を休んだようだ。

「朝倉さん、おかげさまで落ち着きました。でも、まだお隣りさんが亡くなったという実感がないので戸惑っています」

　明美は前回深夜に会ったときより、数段顔色が良くなった。睡眠も取れたのだろう。もっとも死体を見たわけではないので、ショックは少ないはずだ。逆に同僚を亡くしただけにダニエルの方が影響を強く受けたらしく顔色が悪い。

「今日は浪花節がうまい友人を連れて来た。気分転換に一曲歌わせようか？」

「だから、浪花節じゃないって言っているだろう。演歌で心が休まるなら、披露しますよ」

紹介された国松は、マイクを握っているように右の拳を握りしめてみせた。事前に打ち合せをしたわけではない。

「まあ」

明美は口元を押さえて笑ったが、

「次回にしてくれ。聞きたいことがあるのなら、早くすませて欲しい。少しでも休みたいんだ」

首を振ったダニエルは真顔で答えた。精神的に相当疲れているらしい。

「でも立ち話もなんだから、座ってください」

明美は夫を遮って、日本語で朝倉らにリビングのソファーを勧めた。内心心細いのだろう。それに日本人と話がしたいということもあるに違いない。

「お時間は取らせません。聞きたいのは、亡くなった隣人のプライベートな問題です」

朝倉は日本語と英語の順に話した。ジェーンはソファーには座らず、少し離れてスマートフォンを手に成り行きをじっと見守っている。会話を録音しているのかもしれない。

「プライベート……なことですか」

明美は小首を傾げた。付き合いはあったのだろうが、英語が苦手な彼女は隣家に立ち入ることはなかったのかもしれない。

「お隣りのご夫婦は、うまくいっていましたか？」

日本語の次に英語で話した瞬間、ダニエルの表情が微妙に変化した。

「私の見る限りでは、うまくいっていたと思います。ただ、正直言ってアメリカ人ってよく分からないんです。亡くなった旦那さんも奥さんも個人主義というか自由だったから」

明美は少し首を傾げたまま答えた。正直な感想なのだろう。

「どう思われますか。あなたは？」

朝倉は明美の言葉を翻訳した上で、ダニエルに尋ねた。

「我々の部隊は仕事柄、軍人というより、ビジネスマンのような生活をしている。そういう意味では、バシット夫妻はアメリカの標準的なスタイルだったね」

ダニエルはすぐに答えたが、何か肚に持っていそうだ。

「そうですか。私の聞いた話じゃ、あまりうまくいってなかったみたいですよ。奥さんは旦那さんの帰りが遅いときは、パーティーやクラブに行っていたみたいだし、旦那さんは奥さん以外にも付き合いがあったようですが」

まさか監視カメラを見たとは言えないので、朝倉は脚色して質問をした。もっとも仲がよかったら、妻は一人で遊びに行き、夫に冷凍食品を食べさせるような真似はしないだろう。夫もそれを甘んじて受け入れていたのは、すでに夫婦仲は後戻りができないほど冷めていると朝倉は読んだのだ。

朝倉らはマイクロSDカードに収められた百九十二時間、八日分の映像を早送りで見ている。事件当日だけでなく、夫婦の生活はすれ違いが多かった。

「ちょっと待って、どこでそんな聞き込みをしたの？」

ジェーンが慌てた様子で聞いてきた。空軍ではまだペットカメラの解析は進んでないのかもしれない。

「まあいいじゃないか。続けさせてくれ。ダニエル、本当は知っているんだろう。隣人は、仮面夫婦だ。結婚したのも間違いだったんじゃないのか？」

朝倉はダニエルをじっと見据え、英語だけで尋ねた。こんな時、オッドアイは、蛇が獲物を狙うように残忍な光を帯びる。

「仮面夫婦？　一体なんのことだか、意味が分からない。そもそも捜査と関係があるのか？　犯人はサムの奥さんだとでも言うのか」

ダニエルは肩を竦め、朝倉から視線を外した。

「奥さんにはアリバイがある。サム・バシットは、奥さんを愛そうと努力したのかもしれない。あるいは結婚当初は、本当にそう錯覚したのかもしれない。だが、セックスができなかった。だろう？」

朝倉はなおも質問を続ける。

「馬鹿な。なんでそんなことが分かるんだ」

ダニエルは舌打ちした。この男は被害者の秘密を知っているようだ。

「サム・バシットは同性愛者だった。だから、愛されないことを知った奥さんは、遊び歩いていたんじゃないのか？」

朝倉は口調を強めて言った。こうなれば聞き込みではなく、事情聴取と同じである。自白させるのみだ。

「なっ！」

声を上げたダニエルは、仰け反った。

「図星ですね」

朝倉の推理は当たったようだ。映像で半裸姿の被害者に対する妻ミレーネの反応に違和感を覚えた。彼女は夫の裸を決して見ようとしなかった。というより避けているようにさえ見えたのだ。

「バシットは、同性愛者と見られないようにミレーネと結婚したのだろう。あるいは、女性は愛せなくても子供は欲しかったんじゃないのかな。奥さんもひょっとして、同意の上で結婚したのかもしれない。だが、所詮愛のないセックスはできなかった。本当のことを話してもらえませんか」

朝倉は口調を和らげて言った。

「……バシット夫婦の結婚式には、私も出席しました。美男美女で、誰もが羨むような結婚でしたよ。だけど、結婚して確か、一年目だったかな、サムから相談を受けたんです。

がんばってもセックスができない。どうしたらいいのかってね」

観念したらしくダニエルは、俯きかげんに話しはじめた。

「被害者の独身時代から、彼の性癖を知っていたんじゃないですか？」

朝倉はダニエルから少し視線を外した。いつまでも研ぎすましたオッドアイを向けていては、相手が話し辛くなるだけだからだ。

「知っていました。サムの恋人は同じ部隊にいたのですが、それに気が付いた上官は相手を転属させてしまったのです。それでサムは半ば自棄になって女性と結婚したのだと思います。私はサムと同郷なので、いつも相談相手になっていました。それだけに私は彼の死が残念でなりません」

ダニエルは頭を抱えて涙を流した。

「ありがとうございました」

朝倉は立ち上がった。聞き込みは自分の推理の確認だけでよかったのだ。

「待ってください。被害者の性癖を聞いて、何が分かったのです」

ジェーンは慌てて朝倉の前に立ち塞がった。彼女のスマートフォンの画面が見える。やはり会話を録音していたようだ。

「分からないのか。犯人は男だということだ」

「それは、目撃証言で分かっています」

　ジェーンは首を捻った。

「被害者が油断するような男だったということだ」

　朝倉は面倒くさそうに答えた。被害者は殺される直前まで気を許していたのだ。

「とすると、結婚前の恋人だというのですか？」

　ジェーンは両眼を見開いた。

「調べる必要は当然あるが、他の被害者が殺された理由にはならない。金でセックスできる女なら、娼婦という」

　サムはダイニングキッチンからスマートフォンでどこかにメールか何かで連絡をした。その後の様子はそわそわしているように見えたが、実は胸をときめかせていたのかもしれない。

「えっ！　それって、相手は男娼だった……」

　ジェーンは口をぱくぱくとさせた。

「おそらくな。空軍と海軍でグアムの男娼の組織があるか、調べることだな」

　朝倉は呆然と佇むジェーンを押しのけるように歩き出した。

6

バーンズ夫妻への聞き込みを終えた朝倉らは、タモンにあるブラジリアンＢＢＱであるシュラスコで夕食を摂った。ハインズがまた同じレストランで食べようと言い出す前にコンガーが提案し、朝倉と国松が賛成したために多数決で決まったのだ。不満そうにしていたハインズも店に行ってみると、三十八ドルで食べ放題ということもあるが、サラダバーが充実していたので満足したらしい。

ビーフ、ポーク、チキン、ソーセージに野菜やパイナップルなどを串に刺して、炭火で焼いたものを、ブラジルのカウボーイであるガウチョ風の格好をしたウエイターが席まで来て切り分けてくれる。テーブルにある〝ＹＥＳ〟のカードを裏返して〝ＮＯ〟にしない限り、サービスは続く。朝倉は肉だけでも一キロ近く食べた。隣席の国松が食傷ぎみになるほど休みなく食い続けたのだ。

帰りもコンガーが、車の運転をしている。片手でハンドル操作をして左腕は窓に掛け、仕事中とは思えないリラックスぶりだ。

時刻は午後八時を過ぎていた。車はアガナ湾を望むマリンドライブを走っている。気温は二十七度、湿度はまだ八十パーセント近くあるが、運転席と助手席の窓を全開にしているので、海風が気持ちいい。

「ところで、監視カメラの映像の解析は終わっているんだろう」

腹も膨れて睡魔に襲われている朝倉は、眠気を散らそうと助手席のハインズに尋ねた。

朝倉が手に入れた被害者宅の監視カメラの映像データは、ハインズがＮＣＩＳ本部の鑑識ラボに送っていたのだ。

「二人が聞き込みをしている間に、返事は来ていた。解析した画像データも送られてきたので、宿舎に戻ってから改めてみんなで見るつもりだったんだ」

ハインズは欠伸を噛み殺して答えた。腹が膨れて眠いのは、朝倉だけではないらしい。

国松は隣りで船を漕いでいる。

「ＮＣＩＳなら画像の解像度を上げる技術はあるんだろう？」

リビングの犯行時の様子は一瞬だけ映っていたが、監視カメラから距離が離れていたために粒子が粗く不鮮明だった。

「多少はできたようだが、所詮解像度は６４０×４８０ピクセルしかない。顔を判別できるほど鮮明ではなかった」

ハインズは小さく首を左右に振った。

「無理だったか」

元の画像がかなり不鮮明だったので期待はしてなかったが、捜査の決め手にはならないようだ。

「だが、収穫はあった。まず犯人の身長は一八一、二センチでマリクの体型と似ている。それと被害者を気絶させたのは、朝倉が推理したようにスタンガンだったらしい」

ハインズは振り返って右手を上げ、親指を立てて見せた。

「やはり、そうか」

朝倉は被害者が倒れる寸前に両手の拳を握りしめていたことに注目していた。外的な衝撃を受けて気絶する場合は、意識がなくなる寸前は弛緩した状態になる。だが、五十万ボルト以上の高電圧のスタンガンの場合、電撃ショックを受けると拳を握りしめて体を硬直させた状態になるのだ。ましてや百万ボルト以上の高電圧のモデルで攻撃を受ければ、どんな屈強な人間でも何も抵抗できず、気を失う場合もある。

「画像が不鮮明なので断言はできないが、被害者の喉仏の上辺りが赤くなっているようだ。おそらく被害者はスタンガンを首に直接当てられて昏倒したのだろう」

「だから外傷がないように見えたのだ。その傷に合わせて首を切断すれば、スタンガンで受けた傷は分かり難くなるはずだ。あるいはその部分を切り取っていたのかもしれないな」

朝倉は腕を組んで大きく頷いた。

「ドクターも同じことを言っていたよ。残念ながら、いまさら首と胴の傷口を整合させることはできないので悔しがっていた。それと、朝倉の推理を教えたら、驚いていたよ。君をＮＣＩＳに迎えるべきだと、局長に進言すると息巻いていたぞ」

ハインズはそういうと、にやりと笑った。以前にもＮＣＩＳに来ないかと誘われて断ったことがある。米国で働くことが嫌というわけではないが、犯罪の対象が米国海軍という捜査に携わりたいと思っている。被害者を救うことになんら差はないが、朝倉は一般社会における犯罪ことが問題なのだ。

「冗談はよせ」

朝倉は鼻から息を吐き出した。

「冗談は言わない。そもそも、監視映像を見て、被害者が同性愛者だとよく気が付いたな」

「結果から導き出したんだ。俺は正直言って、空軍の犯人は女かもしれないと思っていた。被害者が油断するような、見とれるほどの美人じゃないかってね。だが、そうじゃないとしたら、被害者は同性愛者で、彼らにとっては、いい男だった可能性もある。二つの条件を頭に入れて見たら、バシット夫婦のどこかよそよそしい冷めた関係に納得がいったんだ。もっとも、目撃者の旦那に聞いたときは、賭けみたいなもんだったがな」

被害者の妻ミレーネの態度は、夫がよその女と浮気をしていることを知っているためだったとも考えられたが、朝倉は被害者の鍛え上げられた肉体にどこか違和感を覚えていたのだ。

「賭けか。だが、見事に的中した。それも腕というものだ」

ハインズは妙に納得している。

「うん？」

朝倉は後部座席の運転席側に座っているのだが、左車線を走っている大型ピックアップトラックが背後から猛スピードで追いついて来たことに気が付いた。だが、並走した途端にスピードを落としている。ＧＭＣ・トップキックで、８０００ＣＣある米国でも人気の車種だ。

「気をつ」

コンガーに注意しようとした途端にボディにぶつけられ、ガードレールに右フロントフェンダーをぶつけた。ガードレールのすぐ向こうは崖である。

「なんだ！」

激しい揺れに国松が目を覚ました。

「くそっ！」

ハンドルを取られたコンガーは、必死に車を立て直した。

単なる事故ではない。一度離れたピックアップトラックがまた迫って来る。

「また来るぞ！」

朝倉は叫んだ。瞬間、激しい衝撃。

コンガーの叫び声。

「なっ！」

朝倉も声を上げた。ガードレールがないのだ。

車は十数メートル先の崖を飛び出した。

フェーズ7：単独捜査

1

白い壁、白いカーテン、それに白いベッドシーツ。清潔な空間だが温かみはない。ハガニア市にある海軍関係者のための海軍病院は、民間の病院となんら変わらない内装に新築の香りまでする。それもそのはずで、昨年末に建て替えられたばかりだからだ。工事は米海軍施設技術部が発注し、米国の建設会社ワッツ社と病院の施工実績が豊富な日本の大林組の米国子会社であるウェブコー社がＪＶ（共同企業体）で受注した。建造されてから五十年以上経過し、老朽化と収容力不足が問題となり建て替えられたのだが、沖縄駐在の海兵隊の移転を見据えた工事であったことは言うまでもない。

タモンにあるレストランで食事を摂った朝倉らは帰路でピックアップトラックに襲われ、衝撃で車は道路から外れて見晴らし台の崖から落ちた。

グアムには景色を楽しむための見晴らし台は随所に見られるが、必ずしも整備されてはおらず、狭い野原が崖の上にあるだけという場所も多々ある。当然ベンチや柵などない。

朝倉らの乗った車は、アガナ湾を間近に見ることができる雑草だらけの見晴らし台から落ちたのだ。幸いにも崖下の砂浜までは数メートルの落差しかなく、四人の乗ったエクスプローラは無人の砂浜にバウンドして波打ち際に突っ込んで停止した。

車はガードレールに衝突したフロントフェンダーとトラックに激突されたリアフェンダーが壊れただけで、ほぼ原形をとどめている。運転席と助手席は前面と側面のエアバッグで守られているため、ハインズもコンガーもほぼ無傷だった。

問題は後部座席である。せめてシートベルトをしていれば、怪我をすることはなかったのだろうが、まるでシェーカーで振られるように激しく車内で揺さぶられた朝倉と国松は、互いにぶつかって怪我をした。

朝倉は右肋骨と右手の小指と薬指の中節骨にヒビが入り、国松は、頭部を十二針縫う裂傷と左の鎖骨と左腕の橈骨を骨折している。朝倉は指に金属製のギプスをし、肋骨は湿布を貼っただけですんだが、国松は数日間、入院することになったのだ。当たりどころも悪かったようだ。

「まるでデジャブを見ているようだった」

午後九時、頭と左腕に包帯を巻いてベッドで横になる国松は、目を閉じて溜め息を漏らした。

「俺もだ」

憮然とした表情の朝倉も頷いた。

一昨年国松と彼の部下である永井が乗った覆面パトカー(ふくめん)は、マリクが運転する大型トラックに襲われた。永井は全身を強く打って死亡、助手席に乗っていた国松も全治三週間の怪我を負ったのだ。翌朝、朝倉は入院中の国松を見舞っている。二人にとって悪夢の再来、デジャブであった。

「一昨年、我々はマリクを追っていた。だから、邪魔者である私と永井は襲われた。今回もそうだろう。方法も全く同じ、トラックで襲撃するという古典的方法でな。だが、幸いにも私と君が怪我を負っただけですんだ。考えようによってはついていたのかもしれない」

国松は点滴を打たれている右手の拳を握りしめた。一昨年と同じ方法で襲われたことで、国松は犯人がマリクだと確信を持ったようだ。

「状況は酷似している。だが、それでも俺はマリクの顔が浮かんで来ない。へそ曲がりかもしれないがな」

朝倉が不機嫌な表情をしているのは襲われたことへの腹立たしさもあるが、国松やハインズがますますマリクが犯人だと認識することになったからだ。捜査に先入観は禁物である。犯人マリクありきでは、見えるものも見えなくなってしまう。マリクだという物証が出るまでは、犯人は特定すべきではない。

「君の言いたいことは分かっている。先入観で捜査がぶれると言いたいんだろう。そうかもしれない。だが、私の捜査へのモチベーションは、マリクへの復讐心で満たされていると言っても過言ではない。そうかと言って確かな証拠が見つかり、真犯人が現れた場合、私は素直に認める度量はあるつもりだ」

「そうだといいがな。そろそろ帰る。ここの警備は憲兵隊に頼んでおいた。心配するな」

朝倉はそう言うと、ズボンのポケットに差しておいた特殊警棒を国松に渡した。ハインズに頼んで借りたのだ。最後に信じられるのは自分だけである。マリクの事件で学んだことだ。

「ありがとう。恩に着るよ」

国松は右手で受け取ると、枕の下に隠した。

病室を出た朝倉は、病院の正門玄関に向かった。玄関前のアプローチにハインズとコンガーが待っていた。二人とも顔に絆創膏(ばんそうこう)を貼っている。ほとんど怪我をしなかったが、エアバッグで擦り傷を作ったらしい。待つこともなくタクシーがやってきた。無線で呼んであったらしい。

移動中のタクシーは、重苦しい空気が漂っている。誰も口を利こうとしなかった。病院から海軍基地の兵舎までは十数分、ゲートで二分ほど時間を取られたが、さすがにハインズと一緒のために警備兵もてきぱきと仕事をこなす。

「国松は、なんと言っていた？」

兵舎の階段を上りながら、ハインズが疲れた表情で口を開いた。いつもの鋭い眼光はない。

「一昨年の事件を思い出したと、溜め息を漏らしていた」

苦笑を浮かべた朝倉は、肩を竦めてみせた。こんな時落ち込んでも仕方がない。

「私もそうだ。だから、コンガーには一昨年の事件の詳細を教えたよ」

ハインズが暗い表情で頷いた。彼も部下を失っている。そういう意味では、国松の事情と同じである。

「マリクが今回と同じ手口で捜査官まで殺していたとは、正直驚きました」

コンガーも固い表情になり、相槌を打った。運転していた車が襲われてショックを受けたのも頷けるが、マリクと直接関係のない捜査官まで先入観を持たれては困る。

「俺たちはプロの捜査官なんだぞ。指紋やＤＮＡが出たならまだしも、今回の事件でマリクが犯人という物証は何一つ出ていない。こればかりは信じるのは勝手というわけにはいかないんだ。真犯人が分かるまで、特定の犯罪者の名前は出すな」

二階の踊り場で立ち止まった朝倉は、コンガーを睨みつけた。

「通し番号の歯という動かない証拠があるのに、マリクから目を逸らすのは、あなた自身が過去の恐怖から逃げたいからでしょう。そんなにマリクが怖いんですか」

　コンガーは顔を真っ赤にして朝倉に迫ってきた。

「誰が怖がっているって？　マリクが何度襲って来ようが、返り討ちにしてやる。もっとも生きていればの話だがな」

　眉間に皺を寄せた朝倉は、コンガーと胸を突き合わせた。さすがに逃げていると言われてカチンと来た。

「止めろ！　二人とも。殴り合いがしたかったら、外でやれ」

　ハインズがボクシングのレフェリーのように両手で割って入った。大して大声を出したわけではないが、夜中だけに響く。

「分かりましたよ。だけど、ボス。こんな分からず屋と一緒に捜査をして、足を引っ張られませんか。たまったものじゃない」

　コンガーが後ずさりしながら、うんざりだと両手を前に振った。挑発的な行為だ。

「それは、こっちの言う台詞だ。先入観で犯人を決めつける連中と一緒に捜査ができるか。俺は、これからは単独で行動する」

　朝倉は自室に向かって歩きはじめた。

「朝倉、待て！」

　ハインズが叫んだ。

「頭を冷やせ！」

自分に言い聞かせるように朝倉は言い返した。

2

グアム国際空港にほど近い場所に長期滞在者用のコンドミニアムスタイルのホテル〝グアム・エアポート・イン〟がある。空港まで三分という利便性はあるものの、繁華街があるタモンから離れているため値段は相場よりも安い。もっともグアムの場合、タモンにあってもオーシャンビューでなければ価値は下がる。

アプラ港海軍基地をランドクルーザーに乗って出た朝倉は、スマートフォンで「グアム　コンドミニアム　格安」と検索してヒットした〝グアム・エアポート・イン〟にチェックインした。一ヶ月単位の契約となり、一番安い月千百ドル（約十三万二千円）で2ベッド四十三平米のスタジオタイプのワンルームを借りた。家具はむろん備え付けでテレビと電子レンジ、それに食器と調理器具まで揃っている。

コンガーと言い争いをして売り言葉に買い言葉で兵舎を出たのだが、それは演技であった。もともと基地の出入りに不便を感じていたため、基地の外の宿泊施設に変えることは頭の片隅にあった。コンガーとの諍(いさか)いは、いい口実になったのだ。

荷物を部屋に置いた朝倉は、ホテルの内部と周辺を散歩する振りをしてセキュリティを調べた。大きなホテルと違って、要所に従業員が配置されていない。それに警備員もフロントの近くで見ただけなのでセキュリティに関しては、並以下という感じである。中庭にプールと一階にジムとランドリーはあるが、レストランやラウンジはない。

部屋に戻った朝倉は、冷蔵庫から缶のバドワイザーを出して、プルトップを開けた。兵舎の冷蔵庫に入れていた飲み物や食料も残らず持ってきたので、当分は不自由しないだろう。

「さて、どうしたものか」

ベッド近くのソファーに座り、朝倉はポケットから一枚の名刺サイズのカードを出した。手書きで〝NEXT 12〟と書かれている。兵舎の自室に戻ったとき、ドア下に封筒が差し込まれていた。前回の〝NEXT 11〟のカードに書かれた筆跡と似ているので、同一人物からのメッセージだろう。

前の〝NEXT 11〟と書かれたカードからは朝倉の指紋しか検出されなかった。手元のカードも同じであろう。犯人は朝倉とカードを通してコミュニケーションを取ることで、殺人を楽しんでいるに違いない。

だが、朝倉がカードを受け取ることでアクションを起こし、それを犯人が観測できなければ、効果はないはずだ。とすれば、犯人は朝倉を監視できる立場か、位置にいることになる。そのため、基地内ではカードを出した人間を特定することは難しいと判断した。それが兵舎を出る直接の理由である。

ポケットのスマートフォンが鳴った。画面にハインズからのコールだと表示されている。

「どうした？」

――今、どこにいるんだ！　兵舎まで出ることはないだろう。

ハインズの声がスマートフォンを震わせた。ハインズらには、何も告げずに出て来たので、相当怒っているらしい。

「大きな声を出すな」

舌打ちした朝倉は、思わずスマートフォンを耳から離した。

――コンガーと喧嘩したぐらいで、短絡的な行動にでるなんて、見損なったぞ。

「あいつのことは気にしていない。兵舎じゃ都合が悪いから出たまでだ」

――都合が悪い？　どういうことだ？

ハインズのトーンが落ちた。首を捻っているに違いない。

「次の行動をどうするか、悩んでいる。気になるのなら、一人でこっちに来い」

――行くのは構わんが、私一人なんだな。

「誰にも行き先を告げるな」

朝倉は念を押すと、ホテルの場所を教えた。

ハインズは二十五分ほどで現れた。基地からはおよそ十八キロ、ホテルは空軍と海軍の基地のほぼ真ん中に位置し、飛ばせば二十分で来られる。

「コンドミニアムだから、グラスはあるんだろう」

ハインズは右手にターキーの八年もののボトルを握っていた。朝倉と同じく、ハインズはバーボンを水のように飲む。

「気が利くな。タクシーで来たのか？」

朝倉は食器棚からコップを取り、ソファーの近くにある四人掛けの丸テーブルに置くと、ハインズに椅子を勧めた。

「飲酒運転はできないからな。ＮＣＩＳの車を一台潰したせいで、明日からはレンタカーだ。それにしても、確かに兵舎よりは快適そうだな」

腰を下ろしたハインズは、部屋をぐるりと見渡して言った。

「やたら男臭い兵舎よりは百倍ましだ」

朝倉はさっそくターキーを二つのグラスになみなみと注いだ。

「最初にコンガーの生意気な発言を謝罪する。あの後、すぐに注意したんだ。あいつも悪気はなかったと言っていた。許してやってくれ」

ハインズは伏し目がちに言った。

「気にしていないと言っただろう。ただ、マリクにこだわっては駄目だという気持ちに変わりはないがな」

　朝倉はグラスを掲げると、ターキーを口にした。濃厚で荒々しい琥珀の液体が、喉を焼きながら胃袋へ流れていく。怪我の治療をしてくれた海軍病院の医者からは止められているが、指と肋骨にヒビが入っているだけなので酒を飲んでも構わないだろう。

「それなら、兵舎を出た理由を改めて聞かせてくれ」

　ハインズもグラスを掲げると、口の中に放り込むように飲んだ。喉が焼けるのだろう、歯をぐっと嚙み締めている。

　朝倉はポケットから例のカードを出すと、テーブルの上に無言で置いた。

「シット！　これは、十二番目の殺人を予告しているのか」

　舌打ちをしたハインズは、ポケットからハンカチを出してカードをつまみ上げた。

「兵舎の部屋に戻ると、ドアの下にあった。だから基地を出たんだ」

　朝倉はグラスに残っていたターキーを飲み干した。ハインズとは対照的に、発見したとき何の感慨もなく朝倉はカードを見ている。犯人のやり口が分かってきたのだ。ただ前回と違って基地全体に厳重な警戒態勢が敷かれている中で、犯人が兵舎に潜入して来た事実にはショックを受けている。

「このカードを私に預けてくれ、念のためにクワンティコのラボに送って調べる」

　眉間に皺を寄せたハインズは、カードを見つめながら言った。

「それは止めておけ。これまでと違ったことをしないと、敵の思う壺だ」

朝倉はグラスにターキーを注ぎながらハインズをちらりと見た。

「敵の思う壺……」

同じ言葉を繰り返し、ハインズは上目遣いに見返してくる。

「殺人予告カードを俺に出すのは、犯人にとって意味のある行為なのだ。カードを受け取った俺が、NCISに報告することで様々な反響が起きることを犯人は喜んでいるのだろう。一昨年の事件では、マリクがメッセージを俺に託すのは事件の重要なポイントになっていた。カードを渡す結果はどうあれ、必ず行わなければならない儀式とも考えられる。つまり模倣犯にとっても、俺にメッセージを残すこと自体が意味のある行為なんだ」

朝倉はカードに書き記された意味よりも、カードの存在そのものの意味を考えている。

「なるほど、もし、カードで我々の動揺する姿を見て喜んでいるとしたら、犯人、あるいは協力者が身内にいる可能性があるということか。だが、この事実を知る人間の数は知れている」

ハインズは腕を組んで天井を見上げた。これを認めれば、マリクが犯人でない可能性が大きくなる。簡単に認めたくはないだろう。

「事件が日本じゃなくてグアムで起きたことを考えると、一昨年の捜査記録を犯人が米国で盗み見た可能性が高いと俺は思う。NCISでは、どんな形で記録が残っているんだ」

二杯目のターキーで喉を潤(うるお)した朝倉は、ハインズを睨むように見た。

日本の場合は、後で事件が漏洩しても証拠が残らないように一切の書類を破棄する可能性があるが、米国の場合、たとえ政府が不利になるような案件でも機密文書として残しておくはずだ。

「NCIS本部のサーバーに事件ファイルのデータが残されている。だが、閲覧できるのは、幹部クラスだけだ。特別捜査官でもチーフ以下はセキュリティでブロックされている。だからコンガーも詳細を知らなかったんだ」

「どんなセキュリティも万全ではない。ハッキングされた可能性を調べるべきだ。それから、俺にその捜査資料を読ませてくれ」

犯人が模倣犯なら、殺人のストーリーは一昨年の事件ファイルにあるはずだ。

「言っただろ、NCISの幹部のみ閲覧可能だと」

ハインズは首を横に振った。相変わらず頭の固い男だ。

「馬鹿をいえ、俺は事件の当事者だぞ。俺が知りたいのは、事件がどう記載されているかだ」

朝倉はテーブルを掌で叩いた。事件を一番知り尽くしているのは朝倉で、報告書の内容などすべて分かっている。

「むっ。……確かに」

渋々ハインズは認めたようだ。

「あんたも、もう一度読み返した方がいいぞ」

溜め息を漏らした朝倉は、グラスのターキーを呷った。

3

一昨年の事件で、犯人のマリクは二人の別人になりすましていた。一人はマリクが二番目に殺害した陸軍MPのブライアン・ジョンソン三等軍曹で、もう一人はNCISの特別捜査官マッド・バランダーという架空の人物である。

バランダーと名乗ったマリクに遭遇した朝倉は、まんまと騙されて会話を交わして取り逃がした。マリクは抜かりなく、日本の捜査陣に見つかった際の対処としてNCISの偽の身分証明書を用意していたのだ。

朝倉はハインズのスマートフォンでNCISのサーバーからダウンロードされた一昨年の事件ファイルを見ながら、マリクという人間を改めて分析していた。ファイルはトップシークレットだが、ハインズのセキュリティ権限で閲覧しているのだ。

「このファイルは、あんたが作成したんだろう。要所要所に曖昧な表現があるな」

ファイルを読みながら朝倉は首を捻った。

「例えば？」

ハインズは困惑した表情で聞き返してきた。

「マリクは偽のNCISの身分証を持っていたようだと記載されている。どうして俺の証言だと正確に書かなかったんだ」

「報告書には君が被害者として書いてあるが、君から証言を得ていることを明確に記載すると、日本の警察と合同捜査をしたことになる。事実だが、提出書類だからな、文章として残したくなかったんだ。公式に警視庁に捜査協力をしていなかった。まずいんだよ」

ハインズは肩を竦め、グラスにターキーを注いだ。ボトルは二人とも同じようなペースで飲んで半分ほどなくなっている。

「くだらねえなあ」

口を尖らせて朝倉は、首を横に振った。どこの警察機関も他の組織と交わることを極端に嫌うものだ。

「くだらないことは認める。今回だってそうだ。米国は自国が世界一だと信じている。それがやっかいなんだ。もっとも私が言うのもなんだが、その米国に寄り添う日本にも問題はあると思う。今回の事件についても沖縄の海兵隊移転に影響が出ることを日米両国政府は危惧しているらしい」

ハインズは苦しげに言った。

「分かっている。だからこそ、CSS（中央保安局）のギャレット・スウェーザクがまた姿を現したんだ。それに元海兵隊の兵士の重大な犯罪となれば、グアム市民も黙っちゃいないからな」

「君はどこまで知っているのか分からないが、海兵隊移転そのものについても、米国政府と日本政府は猿芝居を演じている」

ハインズはターキーを一気に呷って身を乗り出した。酔ってはいないようだが、饒舌になったらしい。

「猿芝居？」

朝倉は疑問符で話を促した。

「海兵隊は、紛争地へ先陣を切って殴り込みをかける専門の部隊で、日本の領海や領空を侵犯する中国に対しては何の役割も果たさない。沖縄に海兵隊の基地があるのは、ベトナム戦争の名残なんだ。だから、海兵隊の移転先はグアムでも米国本土でもどこでもいいはずだ。少なくとも沖縄には必要ない。こんなことは米国軍人なら誰でも知っている」

「確かにな」

朝倉は素直に頷いた。ハインズの言っていることは、米国軍人でなくても軍関係者なら常識である。戦争や紛争になってはじめて海兵隊は必要とされるのだ。中国にとって目障りなのはむしろ沖縄の空軍と海軍で、少なくとも海兵隊ではない。

「米国はグアムを太平洋一の軍事拠点にしようとしている。にもかかわらず、日本政府は中国の脅威を強調して辺野古基地を拡充し、なおかつ海兵隊のグアム移転に金まで出すというんだ。言っちゃ悪いがめでたいよ」

二〇〇六年に米軍はグアムを世界で有数の軍事拠点にするために〝グアム統合軍事開発計画〟を発表し、この中に沖縄の海兵隊移転と韓国駐留軍移転も含まれていた。だが、詳細な計画をウェブで発表したにもかかわらず、わずか一週間で削減している。これは、計画を曖昧にすることで海兵隊をこれからも沖縄に駐留させることができるからだ。

「グアムへ完全に移転すれば、海兵隊を百パーセント米国政府が養わなければならない。その点、沖縄に駐留させておけば、思いやり予算を日本政府から引き出せる。しかもグアム移転をずるずると長引かせれば、日本政府は金を小出しにする。沖縄の米軍基地は、米国の雇用対策の一環であり、米国にとって日本政府は軍事費のＡＴＭなのだ。日本政府にしてみれば一度に金を出すよりは、小額を払い続ける方がいい。金を払い続けるうちは、米国は日本に味方してくれるというわけだ」

朝倉はハインズの話の続きを言った。

「よく分かっているな。その通りだ。米国のやりかたは、米国市民である私自身も反吐が出そうだ。同盟国を食い物にして生き残って行くんだからな」

苦虫を噛み潰したような顔を見せたハインズは、朝倉と自分の空になったグラスにターキーを注いだ。

「政治家はどこの国も汚い人種ということだな。……うん？」

ハインズの話を聞きながら報告書のファイルを見ていた朝倉は、首を傾げた。

「まだ不明瞭な点があるのか？」

「マリクから俺への殺人予告が、メッセージとしか書かれていない。あれはメールで送られてきたのをあんたも見ているだろう。これも日米合同捜査と見られないようにするためか？」

マリクとは名刺交換をしてメールのアドレスを明かしている。もっとも毎回違う不明アドレスからメールが送られて来たために差出人は特定できなかった。

「殺人予告メールの内容は、私も君のスマートフォンを直接見て知っている。だが、君とは事件直後に接触できなくなった。せめて画面の写真でも撮っておけば、証拠として記載できたんだが」

ハインズは苦笑した。捜査報告として残すのに直接メールは読んだものの記録として何も残さなかったので、ただメッセージがあったと曖昧に記載したようだ。ちなみにマリクの事件を隠蔽するために警視庁の捜査関係者は、事件後、しばらくの間、外部との接触を一切禁じられた。特に事件の中心人物となった朝倉は、怪我を口実に病院に缶詰状態にされていたのだ。

「待てよ。そういうことだったのか」

朝倉は膝を叩いた。

「一人で喜んでいないで言えよ、何が分かったのだ」

「俺が以前使っていたスマートフォンは破棄されているが、メールアドレスだけ残されているんだ。今回のグアムの事件で俺に対する殺人予告は、メールじゃなくてカードだった。もし犯人がＮＣＩＳのサーバーをハッキングして、この事件報告のファイルを見たのなら、マリクからのメッセージが俺に送られて来た媒体が何か分からなかったはずだ」

朝倉はメールからカードになったのは、恐怖感を増すための工夫かもしれないと思っていたが、違うようだ。

「……ということは、犯人はやはり模倣犯ということか。いや、可能性の問題だな。マリクは、カードにすることで、基地に大胆にも潜入できることを証明したかったのかもしれないぞ」

ハインズはまだマリク犯人説を完全に否定したくないようだ。もっとも、あらゆる可能性は残しておくべきで間違ってはいない。

「否定はしない。肯定はあり得ないがな」

朝倉は苦笑を浮かべた。どちらが間違っているかは犯人を逮捕すれば分かることだ。

4

結局ハインズが持参したターキーは一時間ほどでなくなった。互いの情報交換と捜査方針の打ち合せをすることができた。

二人とも饒舌になることはあっても、酔うことはない。

翌朝にはNCISの捜査チームが到着するらしい。ハインズのチームを派遣することも検討されたが、大掛かりな事件を担当する八人の特別捜査官から構成される別のチームになった。そのため、ハインズはサポート的な立場となるらしいが、朝倉と仕事をする上ではかえって都合がいいようだ。

新たなチームの責任者であるゲイリー・レディックは、FBI出身で四十一歳とまだ若いが、NCISに入局して六年で七人の部下を任されるほどの腕利きらしい。ハインズは仕事をレディックのチームに完全に引き継ぐように命じられている。捜査をはじめて一週間以上経っても成果がないと判断されたらしい。サポートというのは名ばかりで、クワンティコに帰還しても問題ないとまで言われたようだ。

むろんハインズはそれを拒否したが、部下であるコンガーも捜査を途中で投げ出すことはできないと怒っているらしい。言い争いはしたものの、捜査に対する熱意は認めるべきだろう。

明日から朝倉はハインズと連携をとりながらも海軍の捜査チームの行動に注意を払うつもりである。監視カメラから得られた情報で、海軍の方が捜査は先行する可能性があるからだ。

「明日、また連絡する」

ホテルのエントランスに停車しているタクシーに乗り込んだハインズは、窓から手を振った。やはり多少酔っているのかもしれない。仕草が大袈裟だ。

「ああ、分かった」

朝倉は軽く右手をあげて答えた。ハインズを乗せたタクシーは、ホテルの引き込み道路から空港に繋がるルート10Aに消えた。

煙(けぶ)るような小雨が降っている。腕時計を見ると午後十一時三十二分。ハインズと二人とはいえ、短時間でバーボンのボトルを空けてしまったため体が火照(ほて)る。気温もまだ二十七度ほどあり、このままでは眠れそうにない。

朝倉は雨に濡(ぬ)れながらの散歩も一興(いっきょう)と、エントランスを出た。〝グアム・エアポート・イン〟は口の字型に建物が立ち、狭い中庭にはプールはあるがリゾートを感じさせるほどの造形的な作りではない。エントランスがある西側と南側は駐車場。北と東側は隣接するホームセンターの広大な駐車場があり、建物の周囲は数メートルの芝生と椰子(やし)の木が植えられたグリーンに囲まれている。コンドミニアムということもあり、実用面が重視されたそっけない作りなのだ。

エントランスの斜め右前に停めてあるフォードのワンボックスカーで微かに物音がした。遅くに到着したのだろう。だが、長期滞在型のホテルでもワンボックスは珍しい。ホテルのスタッフの車かもしれない。

「…………」

朝倉は車とは反対の南に向かって歩き出した。

ホテルの南西の角を曲がり、南側にある芝生の通路を進む。時刻は零時になろうとしている。早く就寝する家族連れもあるかもしれないが、ほとんどの部屋の灯り(あか)は煌煌(こうこう)としており、周囲の暗闇を照らしている。東側はホームセンターのだだっ広い敷地が見渡せるが、夜間灯が点いているだけで、駐車場に車はない。

「うん？」

ホテルの北側に入った朝倉は立ち止まった。チェックインした部屋から数メートル離れた椰子の木に丸い円盤状の器具が取り付けられているのを発見したのだ。二、三時間前にも見回ったが、その時は気が付かなかった。

さりげなく芝生に入った朝倉は椰子の木に近付き、円盤状の物を確認した。

「…………」

舌打ちしそうになり、思わず手で口を押さえた。椰子の木には高性能の集音マイクと監視カメラが備え付けられているのだ。どちらも無線で情報を飛ばすタイプである。器具の背後に回り、マイクとカメラの方向が朝倉の部屋に向けられているのを確認すると、音を立てないように遠ざかった。

何者かが、朝倉を監視しているのだ。盗聴器でなく集音マイクで会話を傍受しようとするのなら、海軍基地を出た朝倉を尾行してきたに違いない。

ホテルの北側を抜けた朝倉は、西側にある駐車場に出た。エントランスに近いために、南側の駐車場よりも沢山の車が置かれている。レンタカーのランドクルーザーでホテルに来たのだが、いまさらだが尾行には気が付かなかった。

朝倉は先ほど見たフォードのワンボックスカーの数メートル北側に停めてあるアコードの陰に隠れた。集音マイクと監視カメラから音と映像を電波で飛ばせる範囲は、せいぜい百メートルだろう。とすれば、自ずと怪しいのはワンボックスカーである。

部屋の窓は最初からカーテンを閉め切ったままにしてあるので、相手は音だけを頼りにしているはずだ。ハインズとの会話はすべて聞かれてしまった可能性がある。室内に盗聴器がないかは確かめただけに迂闊だった。だが、今頃、朝倉が部屋に戻って来ないことに焦りを感じているかもしれない。

三十分ほど、朝倉は身じろぎもせずにワンボックスカーから目を離さなかった。雨はすでに止んでいるが、全身じっとりと雨水を含んでいる。

　車の後部ドアが開き、黒人の男が降りてきた。

「そういうことか」

　朝倉は足音を忍ばせて男の背後から近付くと、男の肩を叩いた。

「なっ！」

　振り返った男は両眼を見開き、後ろに飛んだ。

「そんなに驚くことはないだろう。おまえのボスはこの中か？」

　朝倉は後部ドアのノブに手をかけた。

「止めろ！」

　男は朝倉の腕を摑んできた。すかさず男の掌を返してねじ上げる。

「暴力はいかんなあ」

　朝倉は怪我をしていない左手で男の腕を後ろに回転させながらねじ伏せた。悲鳴も上げず男は痛みに耐えている。苦痛に耐える訓練を受けているらしい。

「屈しないという根性は認めてやろう。だが、我慢すれば腕の骨が折れるぞ。もう一度聞く、おまえのボスはどこだ？」

　男の腕を完全に後ろでねじ上げて、膝で男の肩口を押さえた。この姿勢なら労せず拘束できる。

「その辺にしておいてくれ。ミスター朝倉」

後部ドアが開き、白髪頭のギャレット・スウェーザクが降りてきた。

「俺を監視して、犯人だとでも思っているのか？」

朝倉は黒人の背中を膝で蹴って、解放してやった。男はスウェーザクの後ろに下がると、こちらを睨みつけてくる。ねじ上げた腕は、二、三日使えないはずだ。

「馬鹿な。我々は密かにおまえを護衛しているのだ。これでも基地の外に出た君をいつも見守っていたのだ」

スウェーザクは相変わらず聞き取り難い嗄れ声で答えると、ポケットからマルボロを出し、ジッポで火を点けて吸いはじめた。

「基地の外？……待てよ。基地のゲートでいつも時間がかかるのは、おまえたちに尾行させるためだったのか。納得したぜ」

ゲートの警備兵を抱き込み、朝倉が基地から出る度にスウェーザクに連絡を取らせていたに違いない。彼らは基地の途中にあるホテルで待機していたのだろう。グアムは道が極端に少ないため、途中で見張っていれば尾行は簡単にできる。

「礼はいらんぞ」

鼻から煙と一緒に息を漏らしながらスウェーザクは言った。

「集音マイクと監視カメラで護衛とは、恐れ入るぜ」

「マイクとカメラで異変があれば、駆けつけるつもりだった。今回の犯人も君にメッセージを託しているそうじゃないか。君を尾行すれば、いずれは犯人と遭遇する。なぜか君は悪人にもてるらしいからな」

スウェーザクは咳き込むように笑った。

「模倣犯だからこそ、俺にメッセージを託して来たのだ。犯人はよほどのことがなければ、直接俺に接触してこないだろう。俺を尾行するだけ無駄だ。それより、海軍と空軍に合同で捜査するように働きかけるんじゃなかったのか？」

「やつらは馬鹿だ。それに我々の存在を毛嫌いしている。ペンタゴンに報告書を提出しても、我々と現場で協力するのは嫌らしい」

スウェーザクは忌々しそうに煙草の煙を吐き出した。海軍と空軍に合同捜査を持ちかけたが、失敗したようだ。

「暇を持て余して、俺の尻を追いかけているというわけか。迷惑だ、帰れ」

朝倉はスウェーザクから煙草を取り上げると、足下で踏みつぶした。

「勘違いしていないか。ここは米国だ。君の身柄はどうにでも扱えるんだぞ。我々に協力しろ。実際に新しいメッセージが君に届いている。犯人は君を唯一の観客として受け入れているらしい。君には海軍基地に戻って、これまでと同じように行動してもらう。君の部屋の周辺には監視カメラや盗聴器を設置した。今度犯人が接触してきたら、もう逃がさない」

スウェーザクは表情を変えずにまたマルボロのケースを出すと、煙草をくわえた。やはり、ハインズとの会話は聞かれていたようだ。

「断る。海軍基地じゃ、俺の身動きがとれない。それに犯人は二度同じことをしたんだ。三度目はありえない。むしろ、新しい場所でこそ、チャンスはある。そのために俺はここに来たんだ。協力するのは、俺じゃなくそっちだろう」

朝倉は自らを餌に犯人を誘き出すという目的もあり、基地の外に出たのだ。いまさら戻るつもりはない。

「囮か。……いいだろう」

スウェーザクは低い声で笑うと、煙草に火を点けた。

5

翌日四月一日早朝、Tシャツにショートパンツ姿の朝倉はいつものように走って滝のような汗を流していた。

気温は二十六度、時おり雨がぱらつくため湿度は九十パーセント近くある。そのため、走り出すとサウナのように汗をかくのだ。

ホテルは道を隔ててホームセンターと隣接しているが、柵があるわけでもないので勝手に行き来できる。ホテルとホームセンターの駐車場の周囲を合わせれば、一キロほどの距離になった。

午前六時から時計の針と反対方向に十周走っている。スピードを落としてもヒビの入った脇腹が疼く。流れる汗は、半ば脂汗かもしれない。汗で濡れたTシャツがまとわりついてきた。この後、ホテルのジムでトレーニングしようと思ったが、一度シャワーを浴びた方がよさそうだ。

ホームセンターの駐車場からホテルの敷地に入ると、エントランスの近くに停めてあったCSSのバンはなく、替わって空軍のパトカーが停めてある。朝倉に気が付いたらしく、運転席から空軍保安中隊の憲兵であるジェーンが降りてきた。

「おはよう。怪我をしたって聞いたけど、走って大丈夫なの？」

ジェーンは明るく言った。決して美人ではないが、ショートヘアーが似合う魅力的な女である。グアムに来てから知り合った捜査関係者にはすべてメールで新しい宿泊先の名前を教えておいた。さっそく様子を見に来たのだろう。

「問題ない。これからジムに行こうと思っていたところだ。どうした？」

腕時計を見ると、午前七時を過ぎている。およそ十キロに一時間もかけたことになる。走ったつもりが、歩くようなスピードだったらしい。

「今日はあなたが目星をつけた男娼を調べるために、聞き込みに行くところよ。その前に食事をしない？　少し聞きたいこともあるの。奢るわよ」

ジェーンは軍人らしくメリハリのある声で言った。デートの誘いでないことは確かだ。

「分かった。待っていてくれ」

朝倉は部屋に戻ると、タオルで上半身を拭いて新しいTシャツとジーパンに着替えながら、天井を見上げた。朝倉がジョギングしている間に、スウェーザクの部下が部屋に監視カメラを設置することになっていたのだ。

「これから、空軍の憲兵と朝飯を食ってくる」

朝倉は話しかけるように呟いた。途端にポケットのスマートフォンが二回コールされて切れた。部屋の中の盗聴器を通じて、スウェーザクに教えたのだ。コール二回は了解を意味する。彼らは朝倉の部屋から、二つ離れた部屋にチェックインしていた。不本意ながら彼らにホテルを監視させているのだ。

エントランスを出た朝倉は、パトカーの助手席に乗った。運転はジェーンがしており、他に誰も乗っていない。

「少し、急ぐわね」

ジェーンは急発進して車をルート10Aに出し、瞬く間にマリンドライブに出た。サイレンこそ鳴らしていないが、パトカーのため一般車は道を譲ってくれる。

数分後、マリンドライブ沿いのトゥーリ・カフェというローカルの店に着いた。常連なのかジェーンは店に入り、ボーイに軽く手を挙げて挨拶すると奥のテラス席に座った。すぐ目の前は穏やかな波が寄せるビーチで、湾の向こうに少し霞(かす)んでいるがシェラトンホテルが見える。晴れていれば最高の眺めだろう。

「テラスは九席しかないから、空いていてよかったわ」

ジェーンはすました顔で言った。早朝のため店内は閑散としているが、テラス席と窓際の席の大半は埋まっていた。人気の店のようだ。

「テラス席に座るためにパトカーを飛ばして来たのか」

ボーイからメニューを渡された朝倉は右眉を吊り上げた。

「そうよ。こんな時ぐらいパトカーを有効に使わなきゃ、損でしょう」

真面目一辺倒かと思ったら、ジェーンは意外な一面を見せた。あるいは、仕事中だろうとプライベートは別と考えているのだろうか。ある意味米国人らしいとも言える。

「損ねえ……」

鼻で笑った朝倉はベーコンベーグルにホットコーヒー、ジェーンはチョコチップパンケーキにオレンジジュースを注文した。

「どうして海軍の基地を出たの？」

波打ち際を見ながらジェーンは尋ねて来た。

「男臭い兵舎が嫌いなだけだ」

朝倉も海を見ながら静かに答えた。潮騒(しおさい)はいいＢＧＭになる。海を見ているだけで心が落ち着く。

「そう。まあいいわ。そういうことにしておきましょう。今日のスケジュールはどうなっているの？　よかったら、私と一緒に聞き込みをしない？」

ジェーンは積極的に話しかけてきた。

「それは構わないが、外部の人間との捜査に問題はないのか？」

「上司には話してない。空軍犯罪調査局のチームが来た時点で、ＳＦは基地の警備兵になりさがっている。気を遣う必要はないの。それにサム・バシット空軍中尉の自宅にあったパソコンに監視映像データがなかったから捜査は行き詰まっているわ。私はこう見えても現場ではトップだから、自由が利くの。昨日の捜査であなたが優秀だと充分過ぎるほど分かったわ。私と組んで犯人逮捕をしない？」

勝ち気な女だと思っていたが、どうやら手柄を立てたいらしい。

「男娼のことを調べるのなら、人手が要る。空軍犯罪調査局に任せればいいだろう」

「彼らは私の言うことなど聞いてくれないわ。ＳＦを馬鹿にしているのよ」

ジェーンは鼻の上に皺を寄せた。

「お待たせしました」

ボーイが二人の注文した料理を運んで来た。

朝倉の目の前に置かれた皿には、半分にカットされたベーグルの一つに目玉焼きとかりかりに焼かれたベーコンが載せられ、もう一つにはレタスとアボカドとトマト、そしてたっぷりとサラダソースがかけられている。ジェーンが頼んだチョコチップパンケーキは、大きめの皿に分厚いパンケーキが二枚載せられ、バターとチョコレートソースがたっぷりと掛けられたボリューム満点の品だ。

「食事しながら話しましょう」

ジェーンはさっそくナイフで切り分けたパンケーキを頰張っている。

「本当に、空軍犯罪調査局に男娼のことを話していないのか？」

朝倉はベーグルにナイフを入れながら尋ねた。傷めたのが右手の小指と薬指のため、日常生活では問題ない。ただし、格闘技となると少々困る。武道で技をかけるときは、小指から先に曲げて相手を摑むため、小指と薬指が使えないと技をうまく使うことができないのだ。

「言ったでしょう。彼らは我々のことを警備兵程度にしか見ていないの、話すだけ無駄よ」

ジェーンは大きなパンケーキの塊を口に放り込んで言った。彼女は空軍犯罪調査局を出し抜いて捜査するつもりらしい。

「それじゃ、彼氏には言ったんだろう？　海軍で捜査が進めば同じことだ」

彼氏であるブレッド・パーカーは、真面目そうな男である。

「あの人はだめ、今回の事件でよく分かったの。空軍と海軍で同時に事件が発生しているのに、なんとなく興味がないようなの。彼は無難に働いていればそれでいいのよ。彼の使うコロンが好きだっただけかもね。軍人で付けている人いないもの。別れたわ」

ジェーンは憎しみを込めるようにパンケーキを口に入れると、勢いよく噛み締めた。

「そっ、そうなんだ。しかし、二人での捜査は限界がある。他に信頼がおける人間はいないのか」

朝倉は彼女の迫力に一瞬引いた。男娼の件は、ハインズにも教えてある。今日はコンガーと聞き込みをはじめると言っていた。彼らなら有力な情報をもたらすだろう。

「大丈夫よ。私はグアムで生まれているから、裏情報もよく知っている。まともに捜査したってだめ。その代わりちょっと危険かもしれない。あなた、腕に自信はある？　怪我しているけど大丈夫かしら」

ジェーンは朝倉の右手を不安そうに見て言った。

「格闘技なら自信がある。それにこれは怪我のうちに入らない」

朝倉は右手を振ってみせた。怪我は趣味のようなものだ。自慢じゃないが痛みには強い。

6

朝食を終えた朝倉とジェーンは、コーヒーのお代わりをして一時間ほど過ごしている。聞き込みをするには早過ぎるためであるが、ジェーンの求めに応じて一昨年の事件の詳細を話しているうちに時間が過ぎてしまった。

「今回の一連の事件は、極めて残酷だと思っていたけど、日本の事件は、どう表現したらいいのかしら、……よりサディスティックね」

ジェーンは言葉を選びながら感想を漏らした。彼女は朝倉の話を熱心にメモしている。

「グアムとの事件の共通点は、殺害順の番号の歯が抜かれていることだけだと俺は思っている。日本での犠牲者は全員、歯が抜かれていなかったと報告されている。正直言って確証はないが、おそらく間違いないだろう。それに首の切断に関しては、むしろ似て非なる方法がとられている」

朝倉は持論を展開した。もし、ジェーンもマリクが犯人だと考えているのなら、一緒に行動するべきではないと思っている。

「確かにそうね。私は日本の事件については知らなかったから、マリクにはこだわっていないわ。殺害方法は褒(ほ)められたものじゃないけど、マリクが知的なら、グアムの犯人は力技(ちからわざ)ね。知性の欠片も感じない。それより、私が気になっているのは、犯人はどうして〝午後の首狩り〟を止めたのかしら」

ジェーンはボーイにコーヒーのお代わりを頼んだ。まだ席を立つつもりはないらしい。

「〝午後の首狩り〟？」

「空軍と海軍の四人までの被害者は、みな夕方に殺害されていたでしょう。だから私は〝午後の首狩り〟と呼んでいたの。首を切断する作業は単純でも、殺害するまでのプロセスは巧妙だわ。目撃者や物証もない。まるで夕暮れに一仕事を終えて一服するために紅茶を飲むように、犯人は首狩りを楽しんでいたとさえ思える。しかしサム・バシット空軍中尉殺害は夜間に行われたでしょう。夜の闇に紛れて犯行するなんて、簡単過ぎる。その理由を知りたいわ」

ジェーンは首を振ってみせた。

「確かに」

朝倉もコーヒーのお代わりを注文しながら、頷いた。保安中隊の堅物(かたぶつ)かと思いきや意外にも柔軟な考え方をしている。頭も切れるようだ。

「犯人の人物像を知ろうと、インドネシアのカリマンタン島の首狩り族・ダヤックのことも調べてみたの。現代では改宗して首狩りの風習はなくなったらしいけど、かつてのダヤック族は戦利品として敵の首を切り取り、必ず頭蓋骨に装飾を施すそうよ。これは敵の魂（たましい）が蘇ることを防ぐための呪文をデザイン化したもので、戦利品としてのトロフィの役割もあったらしいわね。それから黒魔術に使う道具には、歯が付いた下顎を使うの。だから、今回の犯人が歯を集めているのは、魔術を信じて収集している可能性もあるんじゃないかな」

ジェーンは渋い表情で熱く語った。これほど捜査に熱をいれていたのだ、担当が違うとはいえ空軍犯罪調査局にあっさりと事件を引き継いだのは悔しかったに違いない。

「あり得なくもない。マリクはかつて上官だったルイス・エルバード大尉に命令されているという妄想で人を殺し続けていたようだ。大尉は戦場で首なし死体で発見されている。マリクが首なし死体を作り続けたのは、死者の復活を願ったのか、あるいは復讐のためだったのか、今となっては分からないがな」

淡々と説明しながらも、朝倉の脳裏には追いつめたマリクとの死闘が過る。断崖絶壁を背にしたのはマリクだったが、負傷していた朝倉の方が圧倒的に不利な状況だった。

「マリクが死者の復活を願っているのなら、歯の収集はひょっとして意味があるのかも。というのは、ダヤック族は粘土で作った目鼻を先祖の骸骨に貼り付けて復活を願う風習があるの」

ジェーンは発想が豊かである。

「面白い考え方だ。犯人は大切に思っている人物の骸骨に、収集した歯を埋め込んでいるのかもしれないな。もっとも潔癖性のマリクには、できないと思うが」

朝倉は大きく頷いた。単純に殺害の番号というだけでなく、収集した歯の使い道としては説得力がある。

「なるほど、そこまでは考えていなかったわ。あなたは見てくれと違って、意外にクールなのね」

ジェーンはにこりと笑った。男勝りな女だが、笑うとかわいい。ふられたブレッド・パーカーは惜しいことをしたものだ。

「俺のオッドアイは、生まれつきじゃない。だが、グレーの瞳になったおかげで色々な物が見えるようになった」

異相になってから、少なくとも外見で判断するような上辺だけの人間とは付き合わなくてすむようになった。それにオッドアイを見る他人の目を通して、その人物の性格を見抜くだけの観察力がついたと朝倉は自負している。

「ところでマリクが潔癖性だったことを知っているのは、直接会ったあなただけなのね。だから、今回の犯人がマリクじゃないと、あなたは考えているの？」

ジェーンはメモを見返しながら言った。

「そうだ……」

頷いた朝倉ははっとした。潔癖性だったという記述は、ハインズの書いたＮＣＩＳの捜査記録にも書かれていた。犯人がＮＣＩＳのサーバーをハッキングして記録を読んだのなら知っているはずだ。

グアムの連続殺人犯は、海軍では力ずくで殺害する粗暴さがあり、空軍ではスタンガンを使用する狡猾さがある。人知れず五人もの軍人を殺すには綿密な計画が必要であり、衝動的な行動ではとっくの昔に物証を残しているはずだ。朝倉は空軍と海軍では別の人物が犯人だと思っている。とすれば、より繊細さを感じる空軍の犯人の方が主導している可能性もあるはずだ。

「どうしたの？」

ジェーンが怪訝そうな目で見ていた。朝倉の微妙な感情の揺れも見逃すまいとしているようだ。

「いや、なんでもない」

朝倉はテーブルに置かれた三杯目のコーヒーカップを手にした。

フェーズ８：妙な助っ人

1

どこの都市でも光があれば、闇がある。新宿(しんじゅく)を例にとってみれば、文字通り輝く華やかなネオン街の闇には、数えきれないほどの暴力関係者が潜んでいる。一方で、近年力を付けた中国マフィアも幅を利かせ、日本の暴力団組員は彼らに道を譲るほどだという。それだけ新宿に落ちる金が巨額であることの証拠で、女と金に群がる亡者はその利益に比例して集まってくるのだ。

グアム最大の都市であるタモンの光は、ホテル通りに面したリゾートホテルと欧米のブランドショップ、そして免税品店であろうか。それでは闇とは何か。一言で言えば、ほとんどない。全くないわけではないが、少なくとも本土のマフィアなど暴力的な組織は存在しないのだ。ホテルやレストランなどの健全な経営では、資金は闇には流れない。亡者の餌となる女と汚れた金が極端に少ない街は、マフィアにとってうまみのない市場なのだ。

大きな闇の組織がないだけに男娼のことを調べるにも、的を絞ることができなかった。

そもそもグアムの風俗はリゾート化が進み、グアム当局の取り締まりも厳しくなったために衰退している。ホテル街にある一見怪しげなマッサージ店ですら健全なのだ。

風俗が全くないわけではない。南国の島に来て女遊びをしたいというやからは、腐る程いるからだ。マリンドライブ沿いのハガニアには二十四時間営業のマッサージパーラーが数軒ある。だが、さすがに日が高い時間帯には店の責任者も働く女も少ない。まして男娼など、聞いただけで笑われてしまうのがオチだった。

「お昼ご飯を食べる前に、もう一ヶ所寄りたいところがあるの」

ジェーンはタモンポリスの近くの路地裏を曲がり、百メートルほど入ったところにある古びたマンションの前で車を停めた。

車を降りると、足下のアスファルトから不快な熱気が立ち上る。午前十一時二十分、気温は三十二度、湿度は六十六パーセント、昨日よりはましだと言い聞かせるほかない。

人工大理石を敷き詰めたエントランスには郵便ポストと部屋番号が書かれたボタンがある。かなり旧式のオートロックだ。

ジェーンはマンハッタン・デザインと書かれたプレートのボタンを押した。

「ハロー。バッグが欲しいの」

ジェーンがさりげなく言うと、エントランスのドアが開いた。

「嘘をついて、家宅捜索でもするつもりか？　何か見つけても法廷に証拠として採用されないぞ」

「何言っているの。この事件は解決したところで、ＣＳＳが闇に葬る。だから法廷のことなんか考えなくていいの。それに聞き込みするだけよ」

ジェーンはそう言うと、朝倉にウインクしてみせた。

「むっ！」

右眉を吊り上げたが、腹を立てたのではない。彼女の仕草に柄にもなくどきっとしてしまったのだ。

エントランスからエレベータホールを抜けて薄暗い廊下を進んだ。敷き詰められたカーペットは所々擦り切れている。劣化していることもあるが、メンテナンスが悪いのだろう。

奥から三つ目のマンハッタン・デザインと書かれたドアをジェーンは開けた。

「ここは、中国人の張中旭（ツァン・ツォンシュ）が経営しているお土産屋（みやげや）さんよ。張は、グアムの裏情報をよく知っているの。メイン通りを歩いている観光客を客引きが連れてくるの。張は、グアムの裏情報をよく知っていると聞いたわ」

店の名前は、まるでブティックのように小洒落ているが、店内は名前の印象とは大きくかけ離れているようだ。まあ、年季の入った外観からして期待はしていなかったが。

「ふーむ」

すぐ後ろに続いた朝倉は、天井からぶら下げられたバッグや、壁際の棚に溢れている革製品を見て感心した。すべてエルメスやグッチなどのブランド品である。扱い方からして商品はすべてフェイクだろう。繁華街を歩いていると、ブランド品を安く売ると声をかけられることがあるそうだ。呼び込み自体違法なのだが、うっかり付いて行くと、半ば強引に偽物を売りつけられるらしい。被害者の大半は、日本人観光客だという。

奥に積み上げられている段ボール箱の陰から恰幅(かっぷく)のいい中国系の男が現れた。悪徳という言葉が似合う風貌で、髪をオールバックにまとめ、脂ぎった顔をしている。

「ここは憲兵の来るところじゃない。帰れ！」

男はジェーンの制服を見るや顔色を変えて迫って来た。オーナーの張中旭らしい。

「俺たちはバッグを見に来ただけだ」

朝倉はジェーンの前に出た。

「なっ、なんだ、おまえは？」

張は朝倉を見上げて凄んだ。身長は一七〇センチほど、オッドアイに一瞬怯んだものの、負けじと睨み返してくるのだから修羅場を潜ったワルに違いない。

「観光客だ。ここは土産物屋じゃないのか？　せっかく彼女が案内してくれたのに帰れとは、無愛想な店だな」

朝倉は天井からぶら下がっているフックにかけられた偽エルメスのバッグを見ながら答えた。

「本当に客なのか？」

張は首を傾げた。

「俺が憲兵やポリスに見えるか？」

似たような質問であるが、「警官や刑事に見えるか」と日本でもヤクザに聞き返したものだ。

「ポリス？　冗談だろう。日本のヤクザに見える。違うのか？」

張は鼻で笑ってみせた。ヤクザにも同じことを言われたものだ。

「よく分かったな。俺は日本のヤクザだ」

臨機応変に対応する。警察手帳すらないのだ。相手のイメージ通りに行動するのが得策だ。

「ヤクザがどうして憲兵と一緒にいるんだ？」

張は細い目をさらに細くして二人を交互に見た。

「俺の女に決まっているだろう。その辺の女じゃ、飽きちまったんだ。憲兵を抱けるヤクザなんてそうはいないぜ。想像してみな、サマードレスの女と軍服の女のどっちがより興奮すると思う？」

朝倉はジェーンの肩を左手で引き寄せて笑った。ジェーンも演技に付き合って、されるままになっている。

「軍服を脱がせるのか、想像しただけでそそられる。軍隊の女を抱くのも一興だな」

張は下唇を嘗めながら嫌らしい目で笑った。

「グアムは面白いって聞いたが、大したことないんでがっかりしていたところだ。あんたなら、普通の観光客が知らないような遊びを知っているんだろう？」

「夜遊びなら俺みたいな中国人に聞くのは、やぼだぜ。世界で一番、娼婦を輸出している国の男なら知っていると思うがな」

「世界で一番、娼婦を輸出している国？　韓国のことか？」

朝倉は小首を傾げて聞き返した。

韓国は〝性産業輸出大国〟として、世界で注目を集めている。二〇一三年の韓国紙に「全世界に十万人余り」の韓国人女性が売春をしているという記事が載った。米国では不法滞在の韓国人女性による売春が社会問題となっており、ロサンゼルス市警察局では売春が疑われる韓国人女性の流入規模が二〇〇四年以降、八千人にのぼると推定している。

これは二〇〇四年に韓国で性売買を根絶しようと〝性売買特別法〟が制定され、国内では厳しく処罰されるために売春婦が大挙して海外を目指した結果である。そのため日本や米国をはじめとした先進諸国だけでなく、東南アジアでも外国人娼婦は韓国人の数がダントツの一位ということになったのだ。

「そうだ。知り合いの韓国人ならこの島の性産業に詳しい」

「俺は友人のゲイに、男娼を紹介しろと言われたんだ。俺にはそっちの趣味はないがな」

「男娼？　多分、そいつなら知っているだろう。うちのバッグを千ドル以上買ってくれたら、教えてもいいぞ。おまえの女も喜ぶだろう」

張は狡そうな目で朝倉とジェーンを見た。ただでは話さないのが、裏社会の常識である。

「千ドルだと！　ふざけんな！　ヤクザを嘗めるなよ」

朝倉は張の背後に素早く回り込み、羽交い締めにした。暴力を持って口を割らせる。これも裏社会の常識だ。

「くっ、苦しい……」

張の顔が真っ赤になった。

「くだらねえことで、死にたいのか？」

首に絡んでいる腕を幾分弛めて、朝倉は張の耳元で聞いた。

「こんなことをして、ただですむと思っているのか？」

常套句である。

「ぐだぐだ言ってねえで、さっさと、吐きな」

朝倉はじわじわと張の首を締め上げ、張の顔が赤から青になってきたところでまた弛めた。簡単に気絶させては面白くない。

「カッ、カンナム・マッサージの、……李洪万だ」

張は喘ぎながらも答えた。

「カンナム・マッサージ？　店の名前か。最初から素直に言えばいいんだよ」

朝倉は張を突き放すように解放した。

「このまま無事にグアムで過ごせると思っているのか？」

張は首をさすりながら凄んだ。

「当たり前だ」

朝倉はジェーンの肩を抱いたまま肩を竦めてみせた。

「俺の手下は何人もいるんだぞ」

張は右手で胸板を叩いてみせた。精一杯虚勢を張ったのだろう。

「おまえの名前を仲間に教える。俺や彼女になにかあったら、グアムに百人のヤクザが上陸するぞ。戦争がしたいのか？」

朝倉は眉間に皺を寄せた。途端にオッドアイが危険な光を宿す。

「なっ……」

張の目が泳ぎはじめた。朝倉の鬼の形相なら「ヤクザが百人」という嘘も真実みを帯びて聞こえる。

「言っただろう。ヤクザを嘗めるなって」

刑事を嘗めるなと言えないのが残念である。朝倉は苦笑を浮かべて店を出た。

2

アガナ湾の水平線上にあった残照も失せ、夜の帳(とばり)が下りた。うだるような暑さから解放された観光客は、夜の街へと繰り出す。

にわかコンビである朝倉とジェーンは、タモンにあるストリップ劇場やハガニアのマリンドライブ沿いにあるアルパンビーチタワー・ホテル周辺にあるマッサージパーラーの聞き込みをすべて終えている。風俗の店だけで十八店、バーやスナックなど十二店、どこの店でも娼婦のことは分かるが、男娼についての情報は一切得られなかった。

残るは中国人の張から聞き出したカンナム・マッサージという店のオーナーである李洪万である。この男については、張から聞くまでもなく風俗関係者の間では有名だった。李の経営するマッサージ店は、タモンのホテル街にあるような健全な店ではない。

グアムのマッサージパーラーでは、法に触れるため施術台と呼ばれるマッサージ用の小さなベッドが、個室に設置されている。つまりマッサージに見せかけた〝ちょんの間〟なのだ。料金は三十分で百ドル前後である。どこの店でも韓国人は圧倒的に多いが、容姿や年齢が保証されているわけではない。客は値段と相談して選ぶほかないのだが、中には選びようがない店もある。

その点、カンナム・マッサージは全員若い韓国美女で評判がいいようだ。値段は三十分百五十ドルと少々高い。店のオープンも午後七時からと、二十四時間営業の他店とは差別化が図られている。だが、李が有名なのは、グアムの風俗を紹介するグアム・セックス・ガイドというスマートフォン用サイトを開設しているためだ。スマートフォン専用にしたのは、情報量が少なくても見栄えがすることもあるが、掲載した電話番号でそのまま電話をかけられるという実用性のためらしい。

サイトを調べると、グアムの風俗情報が詳しく載せられている。掲載料は初回二百ドル、更新する際は五十ドル、毎月更新する場合は年会費を二百ドル払うことになっているらしい。掲載料金が安いだけでなく、サイト利用者がこの一年ほどで大幅に増えたため、店は競って掲載するようになったようだ。

また、顔写真まで載るため情報は少ないが、〝Women Seeking Men〟と〝Men Seeking Men〟というボタンもあった。訳せば〝男を求める女〟と〝男を求める男〟、つまり、娼婦と男娼である。殺害されたサム・バシット空軍中尉は、おそらくこのサイトを見て男娼を選んだのだろう。

これまで殺害された被害者は、すべてスマートフォンを盗まれている。電話の履歴は通信会社でも調べられるが、サイトの閲覧履歴はスマートフォンにしか残らない。犯人は被害者のスマートフォンの閲覧履歴から足がつくのを恐れたのではないだろうか。いずれにせよ、掲載情報を知っている李に確かめる必要があった。

朝倉はレンタカーのランドクルーザーを倉庫のような古い三階建てのビルの前で停めた。黒い鉄製の扉の上にカンナム・マッサージと英語のネオン管が光っている。場所はアルパンビーチタワー・ホテルより西のマリンドライブ沿いで、広い駐車場があった。車が他にも四台停まっている。マッサージ店の周囲はジャングルのため、客の車に違いない。

助手席にはピンクのカラーシャツに白いスリムなジーパンを穿いた私服姿のジェーンが座っている。軍服の時に腰のガンホルダーに収めていたグロック１７Ｃは、肩からかけているバッグの中のようだ。

昼間は空軍のパトカーで聞き込みをしていたが、彼女のＳＦのバッジがかえって逆効果になり情報を得られない場合もあったので、結局朝倉が聞き込みをするケースが多かった。そのため、夕方に一度ホテルに戻って仕切り直しをしたのだ。朝倉は私服に着替えた彼女を基地まで迎えに行き、戻って来る途中のバーガーキングで夕食を一緒に摂っている。

「運転席で待っていてくれ」

朝倉は車を降りながら言った。

「分かった。何かあったら連絡して」

ジェーンも車から降りた。朝早くから行動をともにしているので、息も合っている。

車の前ですれ違うのにお互いが譲ったためにぶつかり、ジェーンが体勢を崩した。

「おっと」

彼女を助けようと脇に入れた腕を慌てて引っ込めた。照れるような歳ではないが、このシチュエーションは意外と恥ずかしい。

「ありがとう」

ジェーンははにかんだ笑顔を浮かべた。瞬間朝倉はまずいと思った。第一印象ではどちらかというと無骨な女兵士と思っていたにもかかわらず、今では彼女が可愛いとさえ思えるのだ。仕事にプライベートを挟むつもりはない。それになぜかK島の中田幸恵の顔が脳裏を過った。

朝倉は無言でジェーンを残してカンナム・マッサージのドアを開けた。ピンクのライトで照らされた入口に韓国人と思われる二十代半ばの女が立っている。

「ハロー」

女は口の端を僅かに動かして笑ってみせた。噂通りの美人だが、どこか不自然さを覚えるのは整形した顔立ちだからかもしれない。七、八メートルある廊下の両側にドアが六つあり、突き当たりにスタッフオンリーと表示されたドアがあった。

「海軍犯罪捜査局、NCISの捜査官だ。遊びに来たんじゃない。李洪万に聞きたいことがある。取り次いでくれないか」

朝倉はNCISのオブザーバーIDの身分証をちらりと見せた。アプラ港海軍基地内だけで有効になるものだ。見せたからといって正式な捜査ができるわけではない。だが、相手はそれを追及するはずはない。

「李は、来ていない。今日も、来ない」

女はたどたどしい英語で答えた。

「店に顔を出していないのか？　いつから来ていないのか教えてくれ」

できるだけ恐怖心を与えないように丁寧な言葉遣いを朝倉は心がけた。

「昨日から、来てない。本当」

朝倉の質問に女は不安げな表情を見せる。

「連絡先と住所を教えてくれ」

「ちょっと待って」

女は廊下の一番奥にあるスタッフオンリーのドアの向こうに消えた。

待つこともなく巨漢のチャモロ人が現れる。一九〇センチは超えているだろう。チャモロ人の先祖は体格が大きく勇猛だったらしい。だが一九〇センチ級は珍しい。

想定内とはいえ、ありがちな展開に朝倉は溜め息をついた。

「客じゃなかったら、帰れ」

男は朝倉を見下ろした瞬間オッドアイに気が付いたらしく、頬をぴくりと動かした。だが、身長と体重で上回る男は、優位に立っているのだろう、怯む様子はない。

「海軍犯罪捜査局の者だ。李洪万の連絡先と住所を教えてくれ」

朝倉は男から視線を外さずに言った。

「馬鹿かおまえ、誰がそんなことを教える」

腕を組んだ男は、鼻で笑った。

「犯罪捜査に協力してほしいだけだ。彼に問題があるわけじゃない。教えてくれ」

朝倉は辛抱強く丁寧に尋ねた。

「さっさと帰れ。痛い目に遭いたいのか」

さすがにポリスを呼ぶとは言わない。来たら困るからだ。

「そうかい」

朝倉は男を突き飛ばすと、近くのドアを開けた。施術台に横になった裸の男の上に女がまたがっている。朝倉はスマートフォンを出してセックスに夢中の二人を撮影した。

「シバル！」

シャッター音に気が付いた女が、韓国語で下品に罵ると、施術台から飛び下りて来てドアを勢いよく閉めた。

「シット！　ふざけるな！」

チャモロ人が朝倉の肩を摑んだ。

「売春の現行犯だ」

朝倉はチャモロ人の手を振り払い、隣りの部屋のドアを開けた。別の女が男に馬乗りになっている。

「いい加減にしろ！」

憤怒(ふんぬ)の形相になった男は、ドアを閉めるとパンチを繰り出して来た。

朝倉は男の腕を摑んで捻り上げ、投げ飛ばした。後ろ手にして押さえ込もうとしたが、傷めた右手の痛みで摑めず、中途半端に投げたのだ。

「くそっ！」

男はポケットからナックルダスター（メリケンサック）を出し、右手の指に通すと拳を握り締めた。当たれば、骨折間違いなしの金属製の凶器である。

「高くつくぜ」

朝倉は左中段の構えになった。無意識のうちにヒビの入った肋骨を庇っている。

男の拳が唸りをあげる。すばやくかわした朝倉は男の腹にパンチを入れたが、同時に右顎にパンチを食らった。ナックルダスターを警戒するあまり、左パンチを決められたのだ。

むしろ右パンチは囮らしい。

油断した。

がたいが良い分、パンチも重い。一瞬目の前に星が飛んだ。

男は朝倉のボディブローをものともせずに、左右のパンチを繰り出す。防戦になった朝倉は後ろに下がりながら、男の足の動きを見た。敵の攻撃リズムを摑むのだ。

「おうりゃ！」

気合いを入れた朝倉は両腕を同時に伸ばして左右のパンチを避けると、男の首を摑んだ。すかさず左右の膝蹴りを続け、四発目で男の体が宙に浮いた。

「げっ！」

妙な呻き声を発して男が崩れ、床に仰向けに倒れた。白目を剝いている。

「面倒かけやがって」

脇腹を押さえて壁に寄りかかった朝倉は、肩で息をした。

3

サービスにいそしんでいた女たちが騒ぎはじめたので、朝倉は気絶させたチャモロ人を担ぎ上げて店を出た。

もっとも騒いだところで非合法に働く彼女らにはどうすることもできない。近年韓国ではアルバイト感覚で売春する若い女性が増えているそうだ。彼女らは旅行気分で海外に出ると、現地の韓国人ブローカーに雇われ気軽に働くらしい。

二〇一五年の世界百七十三ヶ国を対象にした調査では、英国とドイツのパスポートは百七十三ヶ国でノービザ滞在が許されており、世界一位。米国、フィンランド、スウェーデンが百七十二ヶ国で二位、日本と韓国は百七十一ヶ国で、フランスやイタリアなどと並んで三位。アジアでは最強のパスポートだが、韓国人女性は先進国では売春目的を疑われて入国審査に時間をかけられるのが現実である。

朝倉はランドクルーザーの後部ドアを開けると、男を放り込んだ。百二、三十キロはあったのだろう。体が軋み、痛めた肋骨のせいで脂汗が流れた。男の手足は店にあったバスタオルで縛ってある。気が付いたところで、逃亡は不可能だ。

「車を出してくれ」

助手席に乗り込んだ朝倉は荒い息を漏らしながら、両眼を見開いて唖然としているジェーンに言った。

「りっ、了解。この男を連れてデート？」

首を傾げながらもジェーンはアクセルを踏んだ。

「まさか。恋人岬(こいびとみさき)に行くんだ」

疲れた笑いを浮かべた朝倉は、助手席から身を乗り出して男のズボンのポケットからスマートフォンを取り出した。

「恋人岬？　この時間に？」

ジェーンは訝しげに聞き返す。時刻は午後八時四十分である。

　恋人岬は、タモン湾の北に位置する。スペイン統治時代、チャモロ人の首長の娘と貧しいスペイン人兵士が恋に落ちた。スペイン人有力者との婚姻を迫る父親とスペイン軍に追われた娘は、恋人とともに岬の上から身を投げたのだ。自殺の名所はいつしか恋人岬と呼ばれるようになった。

「行ったことはないが、断崖絶壁らしいな」

　朝倉は気のない返事をした。男のスマートフォンで李の電話番号を調べていたのだ。

「あったぞ」

　電話帳にリー・ホンマンと英語であった。だが、住所までは書かれていない。

「どうでもいいけど、状況を教えてくれない？」

　ジェーンは後部座席の男をバックミラーで見ながら尋ねてきた。

「店の女に李洪万の居場所を聞いたら、こいつが出て来たんだ。簡単に口を割りそうにないから連れて来た」

「だからって気絶させて拉致したの？　目を覚ましたら、不当逮捕だと騒ぐわよ」

　ジェーンは舌打ちした。荒くれ者の海兵隊を相手にするような海軍の憲兵やＮＣＩＳの捜査官と違って、空軍の憲兵はおとなしいらしい。

「こいつは、ナックルダスターで攻撃して来た。逮捕理由はそれだけで充分だろう」

　朝倉は左のパンチを食らった右顎を擦りながら言った。大したことはないが、口の中を切って血の味がする。

「ナックルダスター！　殺人未遂でも充分だわ」

ジェーンは口笛を吹いてみせた。

「恋人岬の展望台から吊るして、話を聞くつもりだ」

この手の男は暴力で口を割らせるのは難しい。自白させるとしたら恐怖である。

朝倉がにやりとすると、

「それは、グッドアイデアね」

ジェーンは親指を立てて相槌を打った。

マリンドライブを北に十数分走らせ、３４号線に入ると、人家も絶えた草原の一本道になる。街灯もない道はひたすら暗い。

「なっ、なんだ。ここは？」

後部座席の男が目覚めたらしい。一時間は眠っていると思ったが、がたいが良いだけにダメージはそれほどでもなかったようだ。

「岬に曲がるわよ」

ジェーンは３４号線から恋人岬に通じる道路に入った。

「もうすぐ着く。恋人岬で話を聞こうと思っている。着く前に李洪万の居場所を教えた方が身のためだぞ」

朝倉は振り返って言った。

「恋人岬で、話だと？」

イメージが湧いて来ないらしい。

「牽引(けんいん)用のロープでおまえの足を縛って、夜中のバンジージャンプってのはどうだ。楽しいぞ。そのまま崖下の岩に激突する可能性もある。スリル満点だ」

朝倉はわざと声を上げて笑った。

「おっ、脅そうったってだめだ。そんなことができるはずがない」

見栄を張っているらしいが、男は朝倉の術中にはまっている。

「おまえは俺をナックルダスターで殺そうとした。殺される前に殺せ、鉄則だろう。俺にはおまえを殺す権利がある。チャンスをやろう。岬から牽引ロープで吊るされたいか、それともナックルダスターで俺に袋叩きにされるのか、選べ」

朝倉は二本指を男の目の前に立てた。

「クレイジー！　わっ、分かった。俺は金で雇われているだけだ。強情を張るつもりはない」

男は溜め息を漏らした。所詮、いかがわしい店の用心棒などこんなものだ。

「うん？」

朝倉はサイドミラーに突如映り込んだヘッドライトに気が付いた。ライトの位置が高い。

後続車は乗用車ではないようだ。

「あら、夜景を見るカップルかしら」

ジェーンはバックミラーを見て暢気(のんき)なことを言っている。

「まずい。この先はどうなっている？」

恋人岬は思いつきに過ぎない。ガイドブックほどの知識しかないのだ。

「道は展望台の駐車場の周囲をループして元に戻るけど、どうしたの？」

ジェーンはまだ危機感を覚えていない。

「後ろの車は、昨日襲って来たピックアップかもしれない。俺に銃を貸してくれ」

朝倉はジェーンのバッグからグロック１７Ｃを勝手に抜き取った。

「いいけど、その手で握れるの？」

小指と薬指は傷めているが、残りの三本の指があれば銃を撃つには問題ない。

「展望台に着いたら、道なりに走って元の道に戻るんだ。後続の車が尾行しているのか確かめたい。速度を落としてくれ」

駐車場を周遊する道路で後続の車を確認できるはずだ。

「分かっ」

ジェーンが答えようとすると、いきなり追突された。やはり同じピックアップトラックのようだ。ランドクルーザーでよかった。衝撃はあったが、車体はびくともしない。

「勘弁してくれ！」

後部座席のチャモロ人の男が声を上げた。

正面に展望台入口のゲートが見えて来た。ジェーンはゲートを抜けて〝TWO LOVER'S POINT〟と記された洒落た文字盤の手前を右に進んだ。左は出口で進入禁止になっている。

「くそっ、左に入ったぞ」

後ろを見ていた朝倉は歯ぎしりした。ピックアップトラックは朝倉らが乗ったランドクルーザーと逆回りをすることで、正面衝突しようとしているに違いない。

「任せて」

ジェーンは道なりに駐車場を回り込んだ。正面にピックアップトラックのライトが迫る。ハイビームになった。目が眩む。

「ぶつかる！」

チャモロ人が叫んだ。

ジェーンは、トラックとぶつかる寸前にハンドルを左に切った。後輪を激しく鳴らし、駐車場を横切って来た道を戻った。Uターンする手間と時間を省いたのだ。だが、背後にすれ違ったばかりのピックアップトラックが迫っている。駐車場の中でハンドルを切ったらしい。ハンドルテクニックはあるようだ。

「摑まっていて、スピードを出すわよ」

ジェーンは展望台の敷地を出たところでアクセルを踏んだ。

「だめだ。スピードを落とせ」

助手席から身を乗り出した朝倉は、箱乗りの状態になった。ジェーンがアクセルを弛めたので、ピックアップトラックがすぐ後ろまで迫っている。

朝倉はトラックの運転席目がけ、グロックのトリガーを間髪を容れず三度引いた。一発はフロントガラスの上、一発はサイドミラー、最後はフロントガラスの右端、ほぼ狙った通りにドライバーから外れている。警告するには充分だ。

ピックアップトラックは急ブレーキをかけて離れた。助手席に戻った朝倉は暴発を防ぐためマガジンを抜いてスライドを引き、銃身に残っている残弾を取り出してマガジンに入れた。

「扱い慣れているわね」

横目で見ていたジェーンが首を振って感心している。

「まあな」

警察官は予算や施設の問題でめったに射撃訓練はできない。一般の自衛官も同じである。だが、朝倉が属していた特戦群は別だった。来る日も来る日も小銃やライフル銃を撃ち訓練する。隊員は誰しも右手に銃ダコができたものだ。

「さて、李洪万の居場所を聞こうか」

マガジンを戻したグロックをジェーンのバッグに仕舞った朝倉は、振り返って舌打ちした。チャモロ人の大男が気絶しているのだ。図体がでかいわりに肝っ玉は小さいらしい。

「夜は長い」

朝倉は苦笑を浮かべた。

4

二〇〇六年日米で沖縄海兵隊グアム移転が合意され、グアムでは高級住宅が雨後の筍（たけのこ）のごとく建設され、不動産バブルに沸いた。だが、二〇〇八年をピークに米国の不動産不況が起こり、さらに移転計画が停滞したことで、バブルは崩壊する。

バブル時代は、一ミリオンドル（当時のレートで一億円）の支払能力ありと銀行から証明された客とだけ取引するという強気の商売をしていたグアムの不動産業者はのきなみ不良物件を抱え、タモン周辺の高級別荘街はゴーストタウン化している。

タモン湾を見下ろせる高台に三階建てのタウンハウスがある。一階がガレージで建坪が三百平米ある十七のユニットが肩を並べるというつくりだ。二〇〇八年に売り出され、当時は九十八万ドル（一億円弱）と高値だったが、現在はその三分の二まで値崩れしているにもかかわらず、入居者は三割止まりという。

午後八時十分、朝倉らが乗ったランドクルーザーは、タウンハウスの西の端にあるユニットの前に停められた。運転席にはジェーン、後部座席にはチャモロ人のアンディが乗っており、手足の拘束は解き、自由にさせている。李の聞き込みが終わったら解放するつもりだ。話してみると自ら名乗り、気のいい男だった。ナックルダスターを使ったのは、朝倉に恐怖を覚えたからだったらしい。不況で就職先がなくてやむなく李の店で仕事をしていたようだ。

助手席から下りた朝倉はジェーンを車に残し、ガレージ横の玄関にあるカメラ付きインターホンのボタンを押した。

——誰だ？

囁くような声がスピーカーから流れてくる。李洪万である。事前に電話で連絡をしておいた。アンディのスマートフォンのアドレス帳にあった李洪万の電話番号に電話をかけたが、仕事用で通じなかったので、改めてアンディに問いただすと緊急用の電話番号を教えてくれたのだ。警察に踏み込まれたことを想定した番号らしい。

李には訪問する内容をあらかじめ教えてある。逮捕するわけではないと説明したが、酷(ひど)く怯(おび)えた様子だった。

「電話した朝倉だ」

――ＩＤを見せろ。

かなり用心深い男のようだ。

朝倉はＮＣＩＳのオブザーバーＩＤをカメラに向かって提示した。

――オブザーバーＩＤってなんなのだ？

しっかりとＩＤを見たらしい。

「俺は日本のＭＰでＮＣＩＳと合同捜査をしているんだ」

舌打ちした朝倉は、警務隊のバッジとＩＤも見せた。これも仮のものだから、本人としては実に居心地が悪い。

――中央警務隊は実在する組織のようだな。

しばらくしてようやくドアロックが解除された。李はインターネットで中央警務隊のことを調べたのだろう。

「これは……」

ドアを開けた朝倉は、思わず口笛を鳴らした。幅が一・五メートルほどの階段が三階まっすぐに続いており、階段の壁にはスポットライトに照らし出された様々な絵画が、美術館のように飾ってある。

「三階まで、上がってくれ」

上階から声が響いてきた。

朝倉は警戒しながらゆっくりと階段を上る。階段の至る所に監視カメラがあった。李はこうしている間も、モニターで朝倉を見ているに違いない。二階は階段の踊り場と続いている開放的な空間で、ベランダからタモン湾とホテル街が見下ろせるリビングになっている。豪華な革張りの応接セットと、これみよがしに天井から下がるシャンデリアはいささか成金趣味だ。マッサージパーラーは相当儲かるということか。

三階に到着したが、二階と違ってドアで仕切られていた。寝室や書斎があるのだろう。小さな丸窓のあるドアが開き、銀縁（ぎんぶち）の眼鏡をかけた男が顔を見せた。身長は一八〇センチ近くあるが、痩せて不健康な感じがする。

「入っていいか？」

李が朝倉の顔を見て呆然としているために、声をかけた。オッドアイに魅入られたのだろう。

「はっ、はい」

驚いた様子で李は一歩下がった。

「ほお」

二階とは対照的に二十畳ほどのスペースに窓はない。右側の壁際に巨大なスピーカーなど豪華なサウンドシステムがある。壁や天井は防音になっており、普段は大音量で音楽を聴いているに違いない。左奥のコーナーにＬ字型のデスクが置かれ、パソコンが三台、モニターも六台設置してある。左側の三台のモニターには株式情報が映し出されていた。

「本業はどっちなんだ？」

　モニターを見ながら尋ねた。

「デイトレーダー（個人投資家）だ。仮想空間の仕事ばかりしていると、生活感がなくなる。だから、日銭《ひぜに》が稼げるマッサージパーラーを経営しているんだ。だけど、暴利は貪《むさぼ》っていない」

　朝倉を睨みつけるように見ながら、流暢《りゅうちょう》な英語で答えた。法律に触れていないとでも言いたげだ。年齢は三十前後か、舌足らずのせいかどこか甘えたような話し方をする。

「頭は悪くないようだな。それなら、どうしてマッサージパーラーをやっている？　もっとリスクのない仕事があるだろう」

　法に触れない、もっとましな副業は腐る程あるはずだ。

「マッサージパーラーほど投資が少なくてすむ商売はない。施設は居抜きで借りたし、原材料は、ブローカーからいくらでも手に入る。しかも海兵隊が日本からグアムに移転すれば、あいつらの股間を暴走させないようにするために、夜の商売はこの島で一大産業になるはずだ。今はその基本システムを模索しているに過ぎない」

　李はずり落ちた眼鏡を直しながら答えた。原材料とは、韓国女性のことだろう。この男にとって一番大事なものは金のようだ。また、韓国人のブローカーは、同国人を騙して働かせる点においては悪評高い輩である。

「なっ、なるほど、確かに元手は掛からないかもしれない。大したものだ」

朝倉は両眼を見開いた。米兵の中でも海兵隊は荒くれ者揃いだ。彼らをおとなしくさせるために米軍も政府も性産業を厳しく取り締まることはないだろう。褒められたことではないが、李の先見性は大したものだ。

「聞きたいことって、僕の商売方法じゃないでしょう？」

李は幾分視線を和らげて言った。朝倉が商売を褒めたからだろう。

「電話で話したようにグアム・セックス・ガイドについてだ。〝Women Seeking Men〟に掲載されているのは、マッサージパーラーの女やストリッパーだと分かっている。だが、〝Men Seeking Men〟に出てくる男娼は何者だ？」

世間話に一区切り付けた朝倉は、本題に入った。聞き込み捜査のこつである。

「やはり、その件か？　何かの事件に関係しているのか？」

李は上目遣いで尋ねてきた。

5

朝倉はゆっくりと息を吐いて呼吸を整えた。

目の前の男はデイトレードで稼いで成功しているらしい。頭が切れるだけに矢継ぎ早に質問すれば、足下を見られるだろう。

「やはり？　何を予測していたんだ」

はやる気持ちを抑えて、落ち着いた声で尋ねた。

「〝Men Seeking Men〟に登録されている男は、一般人で登録料は三十ドルだ。また、いたずら防止に彼らの連絡先を見るユーザーは、十ドルをサイト上で支払う仕組みになっている。登録した男がサイトを見て連絡してきた男から、金を取ろうと取るまいとうちは関係ない。おそらく取らないだろう。だから彼らは男娼じゃない。しいて言えば、〝Men Seeking Men〟に関しては、恋人募集コーナーで違法性はないんだ」

〝Men Seeking Men〟は、運営者が場を提供しているだけで、直接かかわらない掲示板的な役割をしているようだ。だが、売春ガイドのサイト自体がすでに違法である。いくら取り繕ったところで罪は免れないのだが、捜査対象でないため、朝倉に興味はない。

「なるほど、それで」

頷いた朝倉は話の先を促した。

「今月に入ってから、サイトが外部から何度も乗っ取られている。〝Men Seeking Men〟の情報欄の連絡先だけ、書き換えられていたんだ」

李はそう言うと、L字型デスクの右側のモニターにグアム・セックス・ガイドのサイトを映し出した。

「〝Men Seeking Men〟をクリックすると、現在は六名の男が登録している。何もしないで見られるのは、宣伝用の写真が掲載されたこのページだけだ」

画面に六枚の男の写真が表示されたが、サングラスをかけていたり、上半身裸で背中だけ見せていたりと個人が特定し辛いようになっている。

「詳細ボタンをクリックすると、課金ページに移行して十ドル支払うことになる」

李は実際に右上のサングラスをかけた男の詳細ボタンをクリックして、クレジットで十ドル支払った。すると、その男性の素顔と身長や体重、それに連絡先電話番号が見られるようになった。

「この電話番号が偽物なのだな？」

朝倉はポケットからメモ帳とボールペンを出した。

「いやこれは昨日のうちにまた書き換えられて元の状態に戻っているんだ。僕もたまたま一昨日の夜にサイトのメンテナンスをしようとして発見したが、修正する前にまたハッキングされて元に戻っていた。だから偽の情報は一瞬だけ見えたに過ぎない。そこで、過去のログを確認したら、五回も書き換えられていたんだ」

「五回！」

朝倉は思わず声を上げた。これまでグアムで殺された米兵と数が合うのだ。犯人は犯行が行われるたびに証拠が残らないように李のサーバーを書き換えているに違いない。

「その驚きようを見ると、やはり重大な事件と関係しているんだな」

李は大きな溜め息を漏らした。

「なんとか、書き換えられた画面を再現することはできないのか。ウインドウズならバックアップ機能がある。一昨日に遡ることはできないのか？」

「データとして残らないようになっている。バックアップもされていない。もっとも、そんなこともあろうかと画面のキャプチャーはしたけどね」

浮かない顔で李は、パソコン上で画面を撮影した画像データを表示させた。

本来電話番号が記載されているところにワッツアップというボタンがあったので、朝倉は首を捻った。

「ワッツアップ（WhatsApp）？　何の意味があるんだ？」

ワッツアップとは、スマートフォン上でリアルタイムにメッセージ交換ができるコミュニケーションアプリで、世界一のユーザー数を誇っている。日本などのアジア圏では無料通話やキャラクターを使ったやりとりができるＬＩＮＥの方が人気はあるが、欧米ではよりシンプルで広告のないアプリの方が人気なのだ。

だが、使用するにはアカウントが必要で、互いのスマートフォンのアドレス帳に登録された電話番号をアカウントとして利用しなければならない。つまり犯人の電話番号も分かる。朝倉が疑問に思ったのは、わざわざワッツアップにする理由が分からないのだ。
「これは推測に過ぎないが、このワッツアップをクリックすると、自動的に犯人あるいは第三者とワッツアップが繋がるようになるＣＧＩ（サーバー上のアプリケーション）が働く。だが、本来被害者側のアドレス帳に残るはずの電話番号は表示されないように細工されるはずだ。被害者が電話をかけたら、通信会社に通話記録が残るからね」

李はかなりコンピュータに詳しいらしい。

「だが、アカウントに使用される電話番号はどうするんだ。もし、パソコンに詳しい者なら非表示は怪しいと思って解析するんじゃないのか？　もっとも、男の恋人が欲しいあまりに被害者は誰も疑問に思わなかったのかもしれないが」

被害者は海軍と空軍の兵士で、パソコンに堪能な者はいなかったが、朝倉はあえて可能性を尋ねてみた。

「僕ならそうするね。だけど、量販店やディスカウントショップで販売されているプリペイド携帯を使えば電話番号が分かっても身元はばれない。ここまでやる犯人ならそうするさ」

米国では気軽にプリペイド携帯を購入でき、身分証明書の提示は求められない。

「もう一つ疑問が残る。というか大きな問題だ。被害者の職業は限られている。犯人はどうやって、選別したんだ。ワッツアップで会話を交わして相手を選んだのか？」

電話を使わない理由は分かったが、被害者に一般人がいないのはおかしい。李のサイトは誰でも見ることができるからだ。

「被害者は、海軍兵士に限られているという意味？」

李は鋭い目を向けてきた。

「……まあ、そういうことだ」

協力を仰ぐ以上、ある程度情報は教えるほかない。

「犯人が開発したCGIは、接続した被害者にアドレス帳を解析するウイルスを自動的に感染させるのかもしれない。アドレス帳に登録されている電話番号を検索すれば、持ち主はどんな職業か大抵は分かる。特に軍人ならすぐ分かるはずだ。あらかじめ海軍関係の電話番号をデータベースにしておけばいい」

「特定するには、電話帳に載っているような電話番号だけじゃだめだろう。一般人は知らないが海軍基地に勤務する兵士なら知っているというような電話番号も必要だろうな」

朝倉は相槌を打ちながら補足した。

「当然選別の精度を高めるにはデータベースのデータは沢山あった方がいい。ウイルスはデータベースの載っているサーバーとやり取りして海軍兵士だと判別したら、ワッツアップと繋がるように非表示の電話番号をアドレス帳に埋め込む。僕のサーバーをハッキングするようなやつだ。こんな芸当は朝飯前だろう。ただ、ワッツアップの交信記録は互いのスマートフォンには残る。被害者のスマートフォンを見れば、犯人に繋がる手掛かりがあるかもしれない」

李は肩を竦めて、朝倉をちらりと見た。

「被害者のスマートフォンは、すべて盗まれている」

渋い表情で朝倉は答えた。

「やっぱりそうか。海軍の軍人を標的にした盗難事件か。犯人は海軍に恨みでも持っているのかな。いずれにせよ愉快犯の仕業だな」

得意げに腕組みをした李は、勝手に金品目当ての強盗だと思い込んでいる。もっともすでに五人も殺害されているとは彼じゃなくても想像すらできないだろう。

「今度、サーバーがハッキングされたら、犯人のＣＧＩを解析できるか？　それに電話番号も分かれば、たとえプリペイド携帯だろうと販売店は特定できるはずだ」

朝倉は淡々と言った。頭を下げるつもりはない。

「断る。トラブルはご免だ。当分の間、〝Men Seeking Men〟のコーナーは閉鎖する。そうすれば、新たな犯罪は起きない。それでいいだろう」

李は右手と首を同時に横に振った。

「おまえは、セックスを売り物にした軽薄なサイトで、犯人の片棒を担いだんだぞ。少なくとも道義的責任はあるんだ」

朝倉は口調を強めた。

「被害者が何を盗まれようと、知ったことじゃない。男を買おうとしたやつが悪い。騙された己を恨むんだな。そもそも僕はホームページを乗っ取られた被害者なんだぞ」

李は両手を大きく振って怒鳴った。

朝倉は無言で自分のスマートフォンを取り出し、画面を操作すると李に見せた。NCISから配布された、生首が血の海に浮かぶ凄惨な現場写真である。

「なっ！」

途端に李が震え出した。

「これまで、五人の海軍と空軍の兵士が首を切断されて殺された。おまえが事件に関与したと軍に知らせれば、どうなると思う。あいつらがまともに裁判をすると思うか。八千メートル上空の輸送機からパラシュートなしで降下するか、太平洋のど真ん中で護衛艦から突き飛ばされて鮫の餌になるか選ぶことになるぞ」

朝倉は目を細めて冷たく言い放った。ジェーンを外で待たせたのは、彼女がいると軍には秘密という交換条件を出せないからだ。

「うゞー」

血の気をなくした李は、いきなり嘔吐した。現場写真は一般人にとって刺激が強すぎる。生首となればなおさらだ。

「契約成立だな」

朝倉は李の肩を叩いた。

6

グアム・リーフ＆オリーブ・スパ・リゾートの最上階のバー、〝トップ・オブ・ザ・リーフ〟で、朝倉とジェーンはタモン湾の夜景を眺めていた。多少雲はあるが、ホテルや街灯の灯りが海岸線を彩る夜景は美しい。

ホテルのバーだが、客はみな気取らないラフな格好をしている。ドレスコードはないに等しく、Ｔシャツにジーパンという朝倉でも問題はなかった。

李の聞き込み捜査を終えた朝倉は、とりあえず後部座席に乗せていたアンディをタモンのホテル街で解放した。そこからジェーンを空軍基地まで送るつもりだったが、李から得た情報は酒を飲みながら教えてくれという彼女の要望に従い、彼女の行きつけのバーに来たのだ。

彼女を送る途中で話そうと思っていたが、朝から働き詰めだったので気晴らしをすることに異議はなかった。それに宿泊先のホテルはＣＳＳのスウェーザクに見張られている。帰ったらシャワーを浴びて寝るだけにしたい。もはやくつろげる場所ではなくなっていた。

時刻は午後十時十七分、まだ宵の口である。オーシャンビューの窓際の席はカップルが占めていた。

朝倉はジャックダニエルのソーダ割り、ジェーンはブルー・ラグーンというミニチュア傘の刺さったオレンジがグラスに添えてあるカクテルを飲んでいる。

「空軍と海軍で交互に事件があったわよね。グアム・セックス・ガイドを見るのは不特定多数だと思うけど、被害者が〝Men Seeking Men〟で犯人と接触したのなら、事件の順番は特に関係なかったのかしら。それとも〝Men Seeking Men〟以外にも接触方法があったのかな？」

李から得た情報を聞き終えたジェーンは、自問するように言った。

「おそらく被害者は、全員グアム・セックス・ガイドを使っていたのだろう。最初の四人が、海軍と空軍の交互になったのは、たまたまかもしれない。あるいは犯人は、捜査を攪乱するためにに連続するのをあえて避けた可能性もある」

四件目と五件目で空軍が続いたのは、次は海軍と思わせて裏をかいたのかもしれないのだ。

「ところで、空軍も海軍も犯人をイーサン・マリク元海兵隊一等軍曹だとみて捜査しているけど、あなたは、犯人像をどう考えているの？」

「多少迷ったが、実行犯はマリクじゃないと思っている。首を切断するにしても歯を抜くにしても血が流れる。マリクは血で汚れるのを嫌っていた」

朝倉はマリクがカフェで何度もおしぼりで手を拭いていたのを知っている。極度の潔癖性だったのだ。

「実行犯？　真犯人は別にいるということ？」

ジェーンはブルーの瞳を光らせ、眉間に皺を寄せた。厳しい表情になったが、それはそれで美人に見える。

「共犯と言った方がいいのかもしれないが、首を切断した犯人とコンピュータを駆使して被害者を誘い出しているのは別人だと思う。確かにマリクもチャット（ネットのリアルタイムコミュニケーション）で被害者を誘き寄せていたが、今回の犯人はもっと巧妙だ。だが実際の事件では犯人は被害者を殴りつけて首を切断するなど、かなりの重労働をしている。コンピュータを扱う人間とは思えない。おそらく犯人同士は、上下関係があるはずだ」

ソーダ割りを飲み干した朝倉は、近くを通りかかったボーイに「ジャックダニエル、ストレート」と空のグラスを振ってみせた。一杯目は喉が渇いていたので炭酸割りにしたが、落ち着いたので二杯目からはストレートにした。バーボンは喉越しで飲む酒じゃない。

「私は、スクリュードライバーをお願い」

ジェーンもお代わりをした。ウオッカベースのカクテルが好みらしい。

「話を戻すけど、犯人は、対象者を空軍と海軍から交互に選ぶことなんてできるの？」

ボーイが遠ざかったのを確認したジェーンは話を続けた。酒を飲みながら凶悪な殺人事件について密談しているとは誰も思わないだろう。

「李に聞いたが、電話番号をデータベース化し、それをプログラム上で参照させてある程度の確率で海軍兵士だと特定することは可能らしい。だとしたら、参照させるデータベースを変えることで、空軍と海軍の順にすることも可能なはずだ」

「すごいわね。それにワッツアップで連絡して来た被害者に、犯人はメールで質問して所属を確認したんだわ、きっと。後は殺害場所を決めればいいだけね」

ジェーンは朝倉をじっと見つめながら頷いた。まるで珍しい物を見る子供のようだ。

「被害者はスーパーのバックヤードや映画館の壊れたトイレなど、人気（ひとけ）のない場所に呼び出されても怪しまなかっただろう。むしろ、被害者に下心があった場合、喜んで行ったに違いない。しかも、男同士とはいえ愛人と会うのだから誰にも行き先は告げなかったはずだ」

朝倉はつまらなそうに言った。被害者の心理は分からないではないが、死と交換するほどのことかと思うと、やるせないのだ。

「海軍は知らないけど、空軍犯罪調査局は、人知れず犯行が行われたことで、マリクの協力者に被害者の知人がいるとして捜査している。まったく的外れね」

にやりとしたジェーンは、グラスの底に残っていた酒をストローで吸った。

朝倉と自分が捜査の最先端にいると喜んでいるのだろう。海軍も空軍も犯罪捜査局の特別チームを投入し、普段の三倍近くの憲兵が他の基地から応援に来て警戒に当たっている。そんな中で、朝倉らはたった二人で犯人に迫ろうとしているのだ。快感を覚えても不遜ではない。

「結局は手口が分かっただけだ。犯人を特定できるものは何もない」

朝倉は犯人が二人いて交互に殺人をしているとこれまで考えていた。まだその可能性は捨ててはいないが、一人の犯人が相手によっては腕力で組み伏せるか、スタンガンを使って失神させるかを変える可能性もある。というのも、もし犯人がコンピュータを使って殺人の順番をコントロールし、捜査を混乱させたのなら、犯人が複数いるように見せかけることも考えられるからだ。犯人の知能は極めて高い。

「うん？」

考え事をしていたら、ジェーンが瞬きもせずに朝倉を見つめていることに気が付いた。

「あなたの瞳は神秘的ね」

ジェーンは溜息を漏らすように言った。

「褒めているのか？」

大抵は気持ち悪いとか怖いというのが、女の正直な感想だろう。微妙な表現だが、神秘的と言われて嫌な気分ではない。

「もちろんよ。見ていると吸い込まれそうになる。あなた、彼女いるの?」

ジェーンは朝倉の右手を見て言った。指輪を確認したのだろう。指輪やアクセサリーの類いは身につけない。闘う際に相手だけでなく、自分も傷付くからだ。

「忙しくてね。いないんだ」

少々格好つけてみた。オッドアイを気にしなかったのは、これまで水商売の女だけである。だが、よくよく考えてみると、中田幸恵もそうだった。彼女は朝倉の視線を外すようなことはしない。

「私じゃ、どう?」

ジェーンはテーブルの下で、右手をさりげなく朝倉の太腿の上に載せてきた。やさしく払おうとしたが、逆に手を握られて引き寄せられ、彼女の太腿の上に載せられた。抵抗しようとしたが、体がいうことをきかない。グアムという土地柄のせいもあるのだろう。

「……考えておく」

脳裏に浮かんでいた幸恵の顔は、霧散した。一瞬胸は疼いたが、彼女とは何の関係もない。裏切ったわけでもないのだ。

二人は零時近くまで飲み続け、店を出た。酔ってはいないがアルコールを入れた以上、車では帰れない。

エレベータに乗ると、客は朝倉らの他に日本人と思しき女性が三人。彼女らは、奥に立っている大柄なカップルを避けるようにエレベータの入口近くに固まっている。

「暑いわね。シャワーを浴びない？」

ジェーンは朝倉にしなだれかかり、耳元に息を吹きかけるように囁いた。

「酔ったのか？」

朝倉はジェーンの腰に右腕を回して彼女を支えた。こういうシチュエーションは久しぶりのため、いささか戸惑っている。

「酔ってなんかいないわ。女に恥をかかせないで」

ジェーンは朝倉に頬をすり寄せ、頬にキスをした。日本人のグループが気を遣って背を向けているのが幸いだ。

「そうするか」

据え膳食わぬは男の恥である。

二人はチェックインするべくロビー階に下りたが、部屋はツアー客で満室だった。古いホテルだが、日本人には人気らしい。

朝倉とジェーンは車をホテルの駐車場に置いて、タクシーを拾った。

「ゴールド・モーテル」

ジェーンはタクシー運転手に告げた。車社会の米国でモーテルはホテルよりも安いため気軽に使われるが、日本のラブホテルのような役割もする。

「オーケー」

バックミラーで朝倉とジェーンを確認した運転手は、意味ありげな笑みを浮かべて答えた。

タモンの東側16号線沿いを車で十分ほど行くと、雑木林に埋もれるようにゴールド・モーテルはあった。一階は駐車場で外階段を上った二階が客室になっている。フロントは外階段のすぐ下にあるオフィスの中らしい。ブルーに塗られたドアに大きくウエルカムと書かれている。

「チェックインをしてくる」

朝倉は一緒に来るかと一応手招きしてみたが、さすがに気恥ずかしいらしくジェーンは笑って首を振ってみせた。

オフィスに入るとすぐ手前にカウンターがあるが誰もいない。零時二十分。カウンターのベルを鳴らすと、カウンターの後ろにあるドアから五十絡みのアジア系の男が、右手に鍵を持って出て来た。

「五十ドル」

男は愛想もなく言った。米国でありがちなスマイルなしサービスである。

朝倉が五十ドル札の他に五ドルのチップを渡すと、男は表情も変えずに「グッナイト」

と言って鍵を手渡して来た。チップが十ドルなら笑顔のサービスもついてきたかもしれない。

苦笑を浮かべた朝倉は、鍵を手にオフィスを出た。

「うん？」

朝倉は、周囲の暗闇を見渡した。ジェーンがいないのだ。ここまで来て黙って帰るはずはなかろう。二階に先に上がっているのかもしれない。とりあえず外階段に向かった。

「………」

朝倉は階段下の夜間照明が当たっているコンクリートを見て凍り付いた。赤い液体が垂れている。しゃがんで指でなぞり、匂いを嗅いでみた。人の血に間違いないだろう。

スマートフォンを出し、ジェーンに電話をしてみた。

コール音が三回、電話が通じた。

「どこにいる？」

――女はもらった。誰にも話すな。話せば、女を殺す。

朝倉の問いかけに出たのは、高い機械音のような声だった。

突然腹に響くエンジン音が聞こえた。

「何！」

闇に埋もれた雑木林から黒いピックアップトラックが、１６号線に躍り出た。ＧＭＣ・

トップキックだ。朝倉らを襲った車に違いない。

朝倉は走った。だが、百メートルも追いかけると、ピックアップのテールランプは闇に埋もれるように見えなくなった。

「くっ、くそっ！」

拳を握り締めた朝倉は天を仰いだ。

フェーズ9：誘拐

1

天井からぶら下がる蛍光灯が、目まぐるしく点滅している。ネオン管が壊れているのか、全光になる様子はない。

ガレージと思われる空間には、フロントに銃痕（じゅうこん）があり、右フェンダーが凹（へこ）んだ二〇一三年型の黒いGMC・トップキックが置かれている。壁際には薄汚れた工具類が並べられ、近くの柱にジェーンが縛り付けられていた。

両腕は天井の金具に結び付けられたロープでV字に吊り上げられ、両足首と胸の下をロープでぐるぐる巻きにされている。所々破れたカラーシャツの左の肩口が真っ赤に染まっていた。

轟音（ごうおん）が建物を揺らす。

「…………」

意識を失っていたジェーンは騒音で目を覚まし、項垂（うなだ）れていた頭を起こした。顔面はかなり殴られ、人相が変わっている。

ジェーンは痛みを耐え、腫れ上がった瞼をこじ開けるように開いた。途端に息苦しさに咳き込んだ。鼻が洗濯バサミのようなもので塞がれているのだ。この場所に連れて来られる前からそうだった。次第に記憶が蘇る。車の中で顔を何度も殴られたのだ。鼻では呼吸が出来ないので、喘ぐように息をした覚えがある。鼻を塞ぐだけで苦痛が倍増することを犯人は知っているのだ。

「んっ！」

目を凝らしたジェーンは息を飲んだ。二メートルほど先に木製の台があり、火の点いた無数のロウソクが立っていた。その中心にドクロが置かれていたのだ。ロウソクの怪しい光に照らされたドクロは上顎の左側にしか歯がなく、大きさも不揃いである。

「目が覚めたか、ジェーン」

機械音のような声が響いてきた。ボイスチェンジャーを使っているのだろう。無料のボイスチェンジャーは、スマートフォンのアプリでも多くある。特別な機械は必要ないのだ。

「ここは、どこ？」

ジェーンは質問をしながら、使える五感を駆使して状況を把握しようと努めた。さきほど聞いた騒音は、ジェット機の音である。だが、戦闘機ではなく大型の飛行機のものだ。彼女は仕事柄、目を閉じていてもジェット機の排気音を聞くだけでおおよその機種が分かった。

質問をしても返事がない。その間にまたジェット音が聞こえた。軍用大型輸送機とも違う、民間の旅客機の音である。とすれば、空軍基地ではなくグアム国際空港にほど近い場所ということだ。

「おまえなら、飛行機の音でおおよその判断はつくはずだ」

また人工的な声が聞こえてきた。

「私のことをよく分かっているようだけど、何者？」

声のする方に顔を向けると、ドクロのあたりから聞こえてくることが分かった。スピーカーが中に仕掛けてあるようだ。

「もう知っているはずだ」

少ししてから男は答えた。簡単な受け答えにもかかわらず時間がかかるのは、リアルタイムで音声を変換しているのではなく、一度録音した声を変換するためだろう。

「ふん。イーサン・マリクだとでも言いたいの。あなたが、連続殺人犯なの？」

ジェーンは不敵に笑った。ロウソクに照らされたドクロの不揃いの歯は、被害者から抜き取った物に違いない。マリクが最初に殺害した被害者は頭部を焼却されて見つからなかったと、朝倉から聞いている。だがそれは偽装で、目の前のドクロが第一の被害者の頭部で、それに新たな被害者の歯を埋め込んでいるのかもしれない。

「その通りだ」

簡単なやり取りのせいか、機械音はすぐに返事をした。

「あなたは病気なの。私と一緒に病院に行きましょう。薬を飲めば楽になるはずよ」

ジェーンは語りかけるように言った。

「哀れみをかけているつもりか。自分の置かれている状況が分かっていないらしいな。おまえの命は風前の灯火（ともしび）だ」

笑い声も不気味な機械音になっている。

「あなたは、男が趣味じゃなかったの？　……男ばかり殺している。女の私は殺せないわ」

ジェーンは趣味という言葉を使って内心舌打ちした。被害者がグアム・セックス・ガイドを使って犯人と接触していたのを知っているのは、朝倉とジェーンだけなのだ。犯人に手の内を見せまいと言い繕った。

「男が好きで男ばかり殺しているって？　笑わせるな。俺はゲイが嫌いなだけだ。それに女もな。ただし、女は嫌いではなく憎いのだ。だからいたぶって殺してやる」

捲し立てるようにマリクと名乗った男は言った。機械ごしの音声だが、興奮しているようだ。

「私を殺す……。だったら殺す前に私の質問に答えて。ゲイが嫌いなだけで連続殺人をしているの？　他に理由はないの？」

ジェーンは声を振り絞って尋ねた。

「理由を聞いてどうする。おまえは生きてここから出られるとでも思っているのか？　愚かな女だ。女はみんなそうだ。自分のことしか考えない。自分の都合で行動し、男を動物のように扱うんだ」

男の音量が強くなった。単純にボリュームが上げられたわけではないのだろう。

「ごめんなさい。謝るわ。ただ、何も知らないで死にたくないの。それだけよ」

ジェーンは涙声で言った。

「海に囲まれたジャングル。ばか騒ぎするアジア人観光客。住民にまったく縁のないブランドショップ。どれもこれも、退屈なんだよ。この島には、刺激が必要なんだ」

まるで何年もこの島に住み着いているような言い草だ。

「この島には？　あなたは、マリクじゃないの？」

首を傾げたジェーンは質問を続けた。

「俺は、イーサン・マリクだ。日本から脱出し、昨年グアムに辿り着いた」

一拍遅れて聞こえて来た声のトーンは、元に戻っている。マリクと指摘されて落ち着きを取り戻したのか、あるいはそう装っているのだろう。

「連続して殺すアイデアは、あなたが考えたの？」

「ひらめきだ。自分の勘に従って行動すれば、殺されたいやつは、俺の前に現れる。神が導いているようにな」

くぐもった笑い声が響く。

「私を殺して、十二番の歯を抜くつもり？」

ジェーンは震える声で最後の質問を発した。

「おまえは兵士だが、女だ。コレクションにならない」

ふいに彼女の耳元に息がかかった。

「えっ！」

振り向こうとするが、柱が邪魔でできない。

何者かが背後に潜んでいたようだ。興奮しているのか、吹きかけられた息は次第に荒くなってきた。ジェーンは心の中で「止めて」と何度も叫んだ。バラクラバ（目出し帽）を被った男が視界に入ってきたかと思うと、無言で殴りつけてくる。それが無上の喜びらしく、口元は笑っている。

男は彼女の怪我をしている左肩を握りつぶすように摑んできた。

「ぎゃっ！」

激痛に悲鳴を上げたジェーンは、体をよじって逃れようとする。だが、手首のロープは容赦なく食い込んだ。

「女は、殺してゴミのように捨てる。女は、殺してゴミのように捨てる。女は、殺してゴミのように捨てる」

ドクロからラップのように、同じ台詞が続いた。

「止めて、お願い！　助けて！」

ジェーンは堪らず大声で泣き叫んだ。

「もっと叫べ！　叫ぶんだ」

機械音は絶叫した。

2

翌朝、朝倉はランドクルーザーのハンドルを握っていた。グアム入りして七日目、四月二日になっている。

昨夜ジェーンが拉致されてからすぐにホテルに戻り、闇雲に車を走らせて黒のＧＭＣ・トップキックを一晩中探し求めた。むろん一睡もしていない。

捜索をはじめてからすでに九時間近く経ち、夜も明けて午前八時四十三分になっている。島を二周ほどし、住宅街にまで入ってくまなく走り続けた。似た車は何度も見かけたが、銃痕や右フェンダーに傷のあるトップキックの姿を見つけることはできない。

前方から黒いピックアップが走って来た。

「ちくしょう」

だが、すれ違いざまに朝倉は拳でハンドルを叩いた。フォードの古い型のFシリーズだったのだ。

これまで犯人は狩りでもするかのように米軍の兵士を狙っていた。捜査を進めていた自分たちも襲われはしたが、それでも犯人の獲物ではないとどこかで油断していたのだ。すでに十二番目の犯行を予告するカードが朝倉の手元にある。それにもかかわらず、ジェーンと酒を飲み、さらには彼女とセックスしようとした。臨戦態勢の最前線で、無防備に身をさらしたようなものなのだ。朝倉の責任は重大である。

ポケットからスマートフォンを出して、インターネットでグアム・セックス・ガイドの〝Men Seeking Men〟を開いた。犯人が動き出すとしたら、このコーナーに不正アクセスして書き換えるはずだ。一時間おきに確認しているが、今のところ変化はない。

背後でクラクションが鳴った。

「いけない」

マリンドライブのジョン・F・ケネディ・ハイ・スクールの交差点で停車していたのだが、信号は青に変わっていた。すぐ後ろのブルーのピックアップに乗っている男が、中指を立てている。米国人はピックアップが本当に好きだ。彼らに言わせれば、ピックアップに乗らないやつの気が知れないということらしい。

朝倉は車を走らせ、交差点を渡ったところにあるガソリンスタンドに寄せて車を停め、グアム・セックス・ガイドを確認した。やはり、異常はない。

「どうしたらいいんだ」

ハンドルに頭を載せて呟く。トップキックを運転していたのは、殺人事件の犯人に間違いないだろう。捜査の核心に迫ろうとする朝倉が邪魔なため、妨害してくるのは分かる。だが、どうしてこちらの行動が分かったのだろう。昨夜はホテルまで車で行き、それからはタクシーに乗っている。移動手段を変える相手の尾行を続けるのは至難の業だ。

警視庁の一課でも二人一組のベテラン刑事を何組も使い、徒歩、車とチームに分けて被疑者を尾行するが、それでもまかれてしまうことがある。今回の犯人は一人ではないと朝倉は考えているが、二人どころか数人いるのだろうか。たとえ、捜査側に内通者がいるとしても、昨日はジェーンと二人だけで行動していた。彼女が情報を漏らすことはありえない。

「……そうだ」

朝倉は後方を確認すると、アクセルを踏んで車道に戻った。朝なので道は空いている。

十分ほどで朝倉は海軍病院のゲートに到着した。病院といえど海軍の施設なので、誰でも入れるわけではない。ゲートボックスの警備兵にＮＣＩＳのオブザーバーＩＤを見せて入場すると、朝倉は病院前の駐車場に車を停めた。

一階の受付で面会のサインをした朝倉は、三階にある国松の病室まで急いだ。

「ようやく、顔を出したか」

ドアをノックして入ると、国松が元気そうに声を上げた。十畳ほどの個室になっているために気兼ねすることはない。

「昨日は、忙しかったんだ」

朝倉は勝手に折り畳み椅子を広げると、ベッドサイドにどさっと座った。国松の顔を見たら、なぜかほっとして疲労感が押し寄せてきたのだ。

「随分と疲れた顔をしているな。大丈夫か？」

国松も朝倉の様子がおかしいと気が付いたらしい。

「弱った。捜査は行き詰まっている。どうしたらいいのか分からない」

朝倉は正直に言った。自分の行動がすべて犯人側に知られている気がしてならない。信頼できるのは、国松とハインズだけなのだ。そんな状況で捜査を続けるのは、困難きわまりない。

「捜査の鬼とも言うべき朝倉君にしては、珍しいことを言うな。とりあえず、状況を教えてくれないか」

ベッドから体を起こした国松は、しかめっ面をしながら枕を背中に当てて寄りかかった。

簡単な動作だが、傷に響くらしい。

朝倉はポケットからメモ帳を出すと、「この部屋はクリアしてあるか？」と書いて手で覆い隠しながら見せた。盗聴器の有無を確認したかということだ。

国松は渋い表情で首を横に振った。彼は左鎖骨と左腕の橈骨を骨折している。調べるにも腕を上げることすらできなかったろう。

「退院は予定通りか？」

朝倉は差し障りのないことを尋ねた。盗聴器はそれほど心配しなくても大丈夫だと思うが、注意してもし過ぎることはないのだ。

「三日後に再検査をして、退院らしい。だが、いたって元気だ。退屈で仕方がない」

国松は笑顔で答えた。

朝倉はまたメモ帳にペンを走らせた。

国松がメモを見て両眼を見開いた。「手伝って欲しい。脱出するぞ」と書いてあるのだ。

国松は黙って頷いてみせた。

「それじゃ、また来る」

朝倉は軽く右手を上げると、病室を出た。さりげない様子で病院を出ると、車に乗り込み駐車場から病院のエントランスを見つめている。

十分ほど待った朝倉は、エントランス前のロータリーに車を入れて玄関前で停めた。新築されたばかりとあって、玄関はホテルのように優雅な作りになっている。間もなく紺色のジャケットに片袖だけ通した国松が助手席に乗り込んで来た。

「待たせた」

国松は額に汗を浮かべている。傷が痛むのを我慢しているのだろう。

「着替えなかったのか?」

ちらりと国松を見た朝倉は苦笑した。頭に包帯を巻き、ギプスを付けた左腕は肩から吊っている。ボトムは綿パンだが、見慣れぬジャケットの下は下着だ。

「ロッカーにしまってあった服は、とりあえず持って来た。だが、シャツが血だらけだったんだ。ジャケットは清掃員から百ドルで譲ってもらった。おかげで怪しまれることなく、病院を抜け出せたよ」

ジャケットは、油染みがありサイズも合っていない。高い買い物をしたようだ。

「無理をさせたな」

「病院で退屈していたところだ。ちょうどよかった」

国松は屈託なく笑った。

3

海軍病院から国松を連れ出した朝倉は、その足でタモンの市街を抜けて別荘街にやって来た。カンナム・マッサージの経営者である李洪万に会いに来たのだ。

坂道を上り、小高い丘の上に立つ瀟洒なタウンハウスに到着した。

「やはり、そうか」

朝倉はランドクルーザーを李の家の前に停めてあるトラックのすぐ後ろに付けた。トラックが出られないようにしたのだ。荷台を覗くと、段ボール箱が三つに梱包材に包まれたスピーカーが二つ。積み出しははじまったばかりのようだ。

「そこに車を置くな」

運転席から下りると、タウンハウスから荷物を持ち出していた大柄なアジア系の男に文句を言われた。一八〇センチほどだが、百三十キロはあるだろう。

「俺は、海軍犯罪捜査局の捜査官だ。誰の許可を取って荷物を運び出している？」

朝倉は例のオブザーバーＩＤをちらりと男に見せると、高圧的に尋ねた。聞き込みは相手により態度を変える。

「海軍犯罪捜査局？　聞いたことがあるか？」

男は頭を掻きながら、後から出て来た中肉中背のチャモロ人の顔を見て肩を竦めた。

「テレビで見たことがないのか。ＮＣＩＳのことだ」

朝倉は見たことはないが、ハインズから米国で人気の番組だと聞いている。

「ＮＣＩＳのことか、最初からそう言ってくれ。俺たちはハガニアにある運送会社に雇われている。このサウンドシステムを運ぶように、この家のオーナーに頼まれているんだ。泥棒じゃない」

男たちは顔を見合わせて苦笑いをした。彼らの態度には屈託がない。やましいことがないということだ。

「李洪万はいるか？」

「彼は俺たちに家の鍵を渡して、すぐに出て行ったよ。どこに行ったのかも知らない」

朝倉の質問にアジア系は素直に答えた。訛（なまり）からして中国人だろう。

「俺たちは決められた荷物を運び出すように言われただけだ。悪いことはしていない」

チャモロ人は困惑した表情で言い繕った。

李にはグアム・セックス・ガイドがまた不正にアクセスされた場合、相手の電話番号などを解析するように頼んである。来る途中に何度も李のスマートフォンに電話をしたが、留守番電話になってしまう。協力を約束していたが、殺人事件と聞かされたため怖くなって逃げ出したに違いない。

「李は海軍の重要機密漏洩事件にかかわっている。荷物をこの家から勝手に運び出せば、証拠隠滅とみなす。それがたとえステレオでもだ。おまえたちは、意思に関係なく犯罪に加担したことになるんだぞ」

朝倉は左眉を吊り上げて、冷酷な表情になった。オッドアイのシルバーグレーの瞳が際立ち、見る者を震え上がらせる。自分の弱点であるオッドアイを最大限に利用する技の一つで、刑事時代には役立ったものだ。

「とっ、とんでもない。何も知らなかったんだ。荷物を元に戻せばいいのか？」

チャモロ人は、両手を振って焦っている。

「戻せとは言っていない。仕事は続けろ。我々の監視下でな」

朝倉は荷台を指差した。彼らの荷物の行き先を突き止めれば、李を見つけることはできるだろう。堂々と尾行すればいいのだ。

「俺たちは、本当に何も知らなかったんだ。この荷物を届けた先で逮捕するんじゃないだろうな」

アジア系は、荷台の段ボール箱を持ち上げたチャモロ人を制して言った。

「我々の監視下でなら仕事を続けてもいいと言ったはずだ。問題ない」

朝倉は眉を寄せる。この男は朝倉が嘘を言ったことに気が付いたかもしれない。

「要は、俺たちに届け先まで案内して欲しいんだろう。チップぐらいはずんでもいいんじゃないのか」

男はにやけた顔で右手の指先を動かした。米国人がよくやる、金を意味するサインである。足下を見られたものだ。

「チップか」

朝倉は五十ドル札を渋々渡した。

「一人分じゃだめだ」

ポケットに札をねじ込むと、男はまた右手を伸ばしてきた。この手のやからは金じゃないと動かないだろう。扱い方は分かっている。

「百ドル？　いいだろう。だが、それは納品先に着いてからだ」

朝倉は別の五十ドル札を出すと、男の真似をして自分のポケットにねじ込んだ。

男はふんと鼻から息を漏らし、

「荷物はハガニアにあるカンナム・マッサージという店に持って行くことになっていた。行き先が分かればいいだろう」

先に百ドルを手に入れたいらしい。

「本当か？」

朝倉はオッドアイを光らせて、チャモロ人の顔を覗き込んだ。

「うっ、嘘じゃないよ。李は届けたら、好きな女と一回ただで遊ばせてくれると約束したんだ」

チャモロ人は、視線を逸らさずに言った。嘘にしては気が利いている。

「嘘じゃないようだな」

朝倉は五十ドルをアジア系の男ではなく、チャモロ人の方に渡した。

「あっ」

アジア系の男は口をあんぐりと開けている。

「二人分渡したぞ」

朝倉は鼻先で笑い、車に乗り込むと、すぐに車を走らせた。

「出費したらしいが、見事だ」

国松が珍しく素直に褒めてきた。彼には別荘街に到着するまでに、これまでの捜査状況を教えてある。ジェーンのことも隠さずに言った。彼女の安否を国松も心配しているのだ。

渋滞を考慮し、グアム国際空港の南側を通る16号からマリンドライブに出て、二十分ほどでハガニアのカンナム・マッサージに到着した。

ちょうど店の用心棒をしていたアンディに確認したところ、三階建てのビルの一階がマッサージパーラーで、二階は働いている女たちの宿舎になっており、三階は事務所らしい。現在のタウンハウスに住む前は、ここが李の住居だったようだ。

アンディは朝倉を気に入ったらしく、何でも話してくれた。喧嘩で生まれてはじめて負けたそうで、朝倉に尊敬の念すら抱いているようだ。もっとも雇い主の李に対して、いい感情を持っていないというのが一番の理由に違いない。

現在時刻は午前十時四十七分。カンナム・マッサージは午後七時に営業を開始するため、ビルの表にある店の出入口は堅く閉まっている。鉄製のドアは内側から頑丈なかんぬきが掛けてあるため、表からは開けられないそうだ。

「これが、噂のマッサージパーラーか。どうせなら夜に捜査したいものだ」

国松はにやにやしている。

「こっちだ」

朝倉はつまらないことを言っている国松を無視して、ビルの脇を通り、雑草が生い茂る裏側に出た。鉄製の非常口があり、脇に暗証番号を入れるセキュリティボックスがある。アンディに教えてもらった七桁の暗証番号を入力すると、電子ロックが解除されてドアが開いた。

二人は非常階段を上り、三階の奥にある〝Depot（倉庫）〟と書かれたドアの前で立ち止まった。他にもドアはあるが、空き部屋なのか鍵は掛かっていない。このドアだけに外側からかんぬきが掛けられている。アンディによればここは倉庫ではなく、かんぬきも見せかけにすぎない。本当の鍵は内側についているらしい。

「場所が場所だけにノックした方が、いいんじゃないのか？」

国松はくだらない心配をしている。たとえセックス中だろうが、構うことはない。むしろ二人の侵入を察知し、武装して待ち構えている可能性を心配すべきだ。

朝倉は国松を脇にどかせると、ドアを蹴破って中に入った。

「心配は杞憂だったな」

国松は小さく頷き、朝倉の後に続く。李は音楽用ヘッドホンを付けて、リズムを取りながらノート型パソコンの画面を見ていた。

背後から近付いた朝倉は、ヘッドホンを乱暴にむしり取った。外れたヘッドホンから大音量のヘビメタが流れ出す。

「あっ！」

驚いた李は椅子から転げ落ちた。

「探したぞ」

朝倉は椅子を蹴飛ばした。自分では冷静に対処しているつもりだったが、腹が立っていたようだ。

「ああ、ああ」

顔面蒼白の李は、頭をがくがくと上下に振った。

4

ハガニアにあるカンナム・マッサージ三階の一室で、李は机の上に置かれたノート型パソコンのキーボードを懸命に叩いていた。もっとも、傍らには別のノート型パソコンを置き、時おり株式市況を見ながらの作業である。しかもヘッドホンでロックを聞いていた。完全に〝ながら族〟だが、このスタイルが彼に言わせれば、一番効率がいいらしい。

「この男は真剣に作業しているのか？」

朝倉はパソコンの画面にスクロールされるプログラムを見て首を捻った。

「私にも分からない。だが、プログラマーとしては、優秀らしい」

国松も首を傾げた。

李の隠れ部屋に乗り込んだ朝倉は、改めてグアム・セックス・ガイドへの不正アクセスの解析を迫った。すると、彼は契約しているプロバイダーのサーバーの調査をすでにはじめていたという。彼自身、何度もサイトが乗っ取られるのはおかしいと思っていたらしく、サーバーを調べていると相手に悟られた場合に備えて自宅を引き払い、隠れ部屋に移ったのだと白状した。朝倉だけでなく犯人からも逃げるためだったようだ。

「やはりそうか」

ヘッドホンを外して、李は振り返った。自信ありそうな顔をしている。何か摑んだらしい。

「説明してくれ」

朝倉は首を振って促した。

「プロバイダーのサーバーにバックドアが設けられていた。だから、簡単に不正アクセスをして、僕のサイトを書き換えることができたんだ」

李はノートパソコンの画面を見せたが、何のことか分からない。

「バックドア？」

直訳すれば、裏口のことであるが、朝倉は首を捻った。

「バックドアとは、所有者の許可なくコンピュータのセキュリティに接続するための抜け道だよ。開発者が自ら作る場合もあるが、ハッカーがプログラムを送り込んでセキュリティホール（抜け穴）を作るケースもある。この場合、後者だろう」

ＩＴの勉強会を重ねているだけあって、国松は得意げに説明した。

近年、米国では中国製のネットワーク機器に情報を盗み出すためのバックドアが組み込まれていることが発覚し、インターネットセキュリティに使用されている中国製機器の撤去を勧告している。情報の送り先は中国人民解放軍であったことは言うまでもない。

「このバックドアからは、不正ユーザー、つまり犯人のＩＰアドレスを辿ることはできない。やはり、僕のサイトに再び不正CGIが埋め込まれた時に調べるほかなさそうだ。だから、このバックドアは、このまま放置しておく。そもそもこれを処理するのはプロバイダーの責任だしね」

李は椅子にもたれ掛かり、大きな溜め息を漏らした。

「そうか」

朝倉はがっくりと肩を落とした。今こうしている間もジェーンは危険な目にあっているかもしれない。そう思うと、いてもたってもいられなかった。

「君は犯行予告カードを受け取っているんだろう。待つこともなく犯人は動くはずだ。がっかりするのは早いぞ」

怪我人のくせに国松は、大きな声を出した。朝倉を元気づけようと、気遣っているのだろう。

ポケットのスマートフォンが震えた。

「分かった。待っていてくれ」

電話を切った朝倉は国松に目配せして部屋を出ると、非常階段を下りて一階の裏口へと向かった。まだ李を信用したわけではない。国松に見張りを頼んだのだ。

ビル内は深閑（しんかん）としている。二階には七人の韓国人女性が寄宿しているが、夜型の彼女らが起き出すのは夕方らしい。用心棒のアンディが出勤するのは店を開ける三十分前の午後六時半で、昼間はハイスクールのバスの運転手をしているという。怒らせるとやっかいだが、本来は気の優しい男なのだ。

襲撃されることも想定し、李が作業している間にビルはすみずみまで調べてある。朝倉は自分の家のごとく裏口の電子ロックを解除し、ドアを開けた。

「いい場所じゃないか」

ハインズが滑り込むように入って来た。建物は育ち過ぎた街路樹のせいでマリンドライブからはよく見えない。隠れるには都合がいいと言いたいのだろう。

「尾行はないだろうな」

ドアを閉めながら尋ねた。

「大丈夫だ。一旦ホテル街に出て、タクシーを二度乗り換えた。それにコンガーにも黙って出て来ている。もっとも、私がいないほうが、彼はのびのびしているだろうがな」

ハインズは親指を立てて笑ってみせた。

ジェーンを拉致した犯人からは誰にも知らせるなと言われているが、彼女を救い出すのは一人の力ではできない。そこで国松に加えて、ハインズも呼び寄せたのだ。

朝倉は階段を上がらずに、一階の施術室と呼ばれるちょんの間に入った。スイッチを点けても、照明の光量が足りないので薄暗い。だが、隣室の猥雑(わいざつ)な音が聞こえないよう防音壁になっていると、李が自慢していた。他人に聞かれたくない打ち合せをするには、絶好の場所である。

「空軍憲兵のジェーンが拉致された」

部屋のドアを閉めた朝倉は、暗い表情で言った。

「何！」

ハインズは両眼を見開いた。ジェーンは空軍との合同捜査の頼みの綱だと思っていたらしく、ショックを受けたようだ。

朝倉はこの二日間で起きたことを説明した。ハインズは身じろぎもせずに聞いている。彼は部下のコンガーとともに、NCISの特別捜査チームと行動しているが、捜査はまったく動きがないらしい。朝倉の報告は驚愕（きょうがく）の連続に違いない。

「なるほど、敵は我々の動きを摑んでいる可能性があるんだな。内通者がいることも視野に入れる必要がありそうだな」

ハインズはいつもの気難しい表情になった。

「今のところ、国松にはインターネットの解析をする李の監視を頼んである。ハインズは俺と一緒に行動して欲しい」

単独捜査は危険なだけでなく、バックアップがないので犯人を取り逃がす可能性も高い。経験豊富なハインズならタンデムを組んでもバランスがいいのだ。

「任せてくれ」

ハインズは綿のスラックスとＴシャツ、その上に麻のジャケットを着ている。ジャケットのボタンを外し、脇の下のホルスターに入れてあるグロック１９を見せると、左足を施術台に載せてスラックスの裾を捲って見せた。グロックシリーズでも超コンパクトモデルのグロック２６が、足首に巻かれた特殊なホルスターに収まっている。準備は万全のようだ。

「確証はないが、これまでの被害者は全員同性愛者だった可能性がある。被害者の共通点が分からなかったのは、彼らが軍の厳しい制約を受けた環境の中で性癖を隠していたためだろう。おそらく犯人はそれを計算に入れた上で、軍人を標的にし、空軍、海軍の順に犯行を重ねるなど、捜査の攪乱を狙ったに違いない」

朝倉は自分の推理に自信があった。それに犯人が男性の同性愛者を殺人の対象にしているなら、女性であるジェーンの生存率は高まることになる。

「殺人予告が出ている以上、犯人が次にグアム・セックス・ガイドへアクセスするのも、時間の問題だな」

服装を正したハインズは、大きく頷いた。

「もし、次の犠牲者となる兵士が〝Men Seeking Men〟にアクセスしたら、犯人とはスマートフォンで直接やり取りすることになるため、我々が追うことは不可能になる。被害者が出る前に我々が先に詳細ボタンをクリックして、犯人と接触する必要があるんだ。買って来てくれたか？」

「そのためのスマートフォンか。我々が囮になるんだな。念のためネイビーエクスチェンジじゃなくて基地の外のスーパーで買って来た」

ハインズはポケットから真新しいスマートフォンを出した。犯人が捜査関係者、あるいは協力者だった場合、朝倉やハインズの電話番号も把握している可能性が考えられる。そのため、まったく新しい電話番号が必要だった。ジェーンを救い出すには、一刻も早く犯人を捕まえて自白させるほかないのだ。

「これで武器は揃ったな」

朝倉はハインズの肩を叩いた。

5

静まりかえった闇の中、ジェーンは足をびくりと引き攣らせた。極度の疲労のせいで痙攣したのだろう。

「……！」

泥のように眠っていたジェーンは体中に走った痛みで目覚めた。犯人に傷口を掴まれた後、顔面を殴られて気を失ったらしい。肩の傷は塞がったのかもしれないが、まるでそこに心臓があるかのように疼く。それに熱があるのか頭が朦朧（もうろう）としている。

昨夜朝倉がモーテルのチェックインをしている間、ジェーンはフロント横の外階段の下の暗闇に身を寄せていた。これまで幾人かの男と付き合ったことがある。つい最近まで彼氏だったパーカーもそうだが、全員白人でアジア人ははじめてであった。

朝倉は頭が切れ、オッドアイの異相は野獣のような魅力がある。だからといって、いい歳をして小娘のように気恥ずかしさを覚えたわけではない。朝倉に心惹かれたのは事実であるが、セックスという餌で彼を利用しようとしたことに後ろめたさを感じたからだ。だが、それが命取りになった。ある意味、天罰を受けたのかもしれない。

ジェーンは背後からいきなり左肩をナイフで刺され、後頭部を鈍器で殴られて失神した。訓練で痛みに耐えることを学んでいる。身に付いた軍人の習慣で叫び声を上げなかったのだ。

目を閉じて瞳孔（どうこう）を広げてまた開く。暗闇だと思っていたが、壁際の道具類がまだらに照らし出されていることに気が付いた。天井の隙間から光が差し込んでいるのだ。光が弱々しいのは、外が曇っているのか日暮れなのか。彼女に時間の感覚はすでになかった。だが、ドクロが載せられた台のロウソクは燃え尽きている。気を失ってから数時間は経っているはずだ。

目を凝らすと、建物の四隅以外は薄明かりで充分識別することができた。天井で明滅していた蛍光灯は消えている。だがその方が目がちらつかず、かえってよく見えるのかもしれない。

体の異常を調べるために、手の指の先から順に動かしていく。

「くっ……！」

ジェーンは叫び声を飲み込んだ。犯人に気付かれるとまた殴られるかもしれないからである。左腕を動かした瞬間、左肩に激痛が走った。だが、痛みを感じるのならまだ大丈夫だろうと、彼女は自分に言い聞かせた。

呼吸を整えながら肩の痛みに耐えたジェーンは、足のつま先まで順に動かした。大きな傷は肩だけのようだ。

体を動かした時に分かったことだが、手首を縛ってあるロープが結びつけられている天井の金具がかなり錆び付いている。引っ張れば抜け落ちるかもしれない。

ジェーンは周囲を見渡した。人気(ひとけ)はないが、闇の中に犯人が隠れている可能性はある。特に柱の後ろは見ることができないため不安であった。しばらく息を潜めて全神経を集中させた。

闇は動かない。ガレージなのか倉庫なのか判別できないが、ここに住んでいるわけではないようだ。犯人は事件の前後、あるいは夜にだけ来るのかもしれない。

ジェット機の轟音がする。旅客機が離陸したのか、次第に音は遠ざかっていった。この騒音のためにジェーンの叫び声はかき消されてしまう。だが考えようによっては、大きな物音を立てても気付かれないことになるはずだ。グアム国際空港は、米国も含む十二ヶ国、四十三都市へ多くの航空会社が就航している。夜間の発着は少ないが日中は分刻みの過密スケジュールなのだ。

ジェーンはにやりと笑った。少なくとも本人はそう思っているが、実際には腫れ上がった頬を引き攣らせただけである。

右手首にロープを絡ませて力一杯引っ張った。たるんでいたロープが伸びきって、天井の金具がギシギシと鋭い金属音を立てる。天井にはフックが打ち込まれ、フックにはロープの先端が結ばれている鉄製のリングがかかっていた。金属同士がこすれて悲鳴を上げているのだ。

「うう—！」

ハンマーで殴られたかのような激痛が左肩に走り、思わず右手を弛めて肩で息をした。傷口が開いたのかもしれない。

五分ほど休んだジェーンは、再び右手でロープを摑んで渾身（こんしん）の力で引っ張った。

「カモーン！」

ジェーンはありったけの声を出して叫んだ。だが、激痛を抑えることはできない。あまりの痛みに涙がこみ上げてくる。ロープはピンと張るのだが、天井の金具はびくともしないのだ。

「だめ、だめよ、ジェーン、諦めちゃ、駄目」

苦痛に顔を歪ませ、大粒の涙を流しながらジェーンは自らに言い聞かせたが、右手のロープを放すと力つきて項垂れた。

彼女がいかに叫び苦しもうと、残虐な劇場と化した倉庫に観客はいない。だが、燃え尽きたロウソクに囲まれたドクロの右目が彼女の苦しむ姿をじっと見つめるかのように、怪しく光っていた。眼球のないえぐれた窪みの奥にカメラが仕込まれていたのだ。

6

朝倉は苛立つ心を抑え、パソコンに向かって作業する李洪万の背中を見つめていた。

李は彼が管理運営しているグアム・セックス・ガイドのホームページが再度乗っ取られた場合に備えて、ハッカーを追跡するためのプログラムを組んでいる。犯人がサーバーに不正プログラムを設置しようと侵入した瞬間に働き、犯人が使っているパソコンのＩＰアドレスを割り出せるそうだ。少なくとも李からはそう聞いているが、作業を見たところで理解できるものではない。

午後六時五十分、カンナム・マッサージにやって来て七時間経っていた。二階を宿舎にしている韓国人のマッサージ嬢は開店準備を整えると、一階のスタッフルームで用心棒のアンディが買って来たサンドイッチをぱくついている。

朝倉と国松は、李を監視しつつ彼に捜査協力をさせているのだが、見返りとして彼を護衛する約束をした。連続殺人犯と関わることに、李はかなり怯えているようだ。協力させる上でも犯人に対する恐怖心を取り除く必要があった。

マッサージ嬢にも詳細こそ教えていないが、正直に理由を話してある。彼女らの不安を取り除き、口止めするためである。外部と接触する可能性は少ないが、どこで情報が漏れるか分からないからだ。

国松は、自分のスマートフォンでグアム・セックス・ガイドの〝Men Seeking Men〟のコーナーを見ながら部屋の片隅のソファーで時おり頭をこくりと揺らしている。病院を抜け出して来て疲れているのだろう。

突然ドアがノックされ、両手に大きな紙袋を提げたハインズが現れた。彼は午前中の打ち合せのあと、海軍基地へ戻っていた。あまり単独行動をしていると、部下や同僚の捜査官に怪しまれるからだ。

「どこから入って来た？」

思わず朝倉は尋ねた。裏口のセキュリティの暗号は教えていないからだ。

「表からに決まっているだろう。もう開店している。こそこそするよりは、正面から堂々と入った方が怪しまれない。入店したらアンディとかいう大男が案内してくれたよ。たとえ見られても、品位を疑われるだけですむ」

ハインズは話しながら紙袋を下ろし、中から飲み物やハンバーガーの包みを出してソファーの前にあるテーブルに並べはじめた。

「バーガーキングか、いいね」

朝倉はパッケージを見てにやりとした。直火で焼かれたミートパティを挟み込んだバーガーキングのハンバーガーは、食べ応えがある。朝倉と国松は昼飯も食べていなかったので、彼に食料を買ってくるよう頼んでいたのだ。

「おお、飯か。うっ……」

ハンバーガーの匂いに刺激されたのか、船を漕いでいた国松が勢いよく身を乗り出したが、激痛に襲われたらしく肩を押さえて呻き声を上げた。

「大丈夫か？」

苦笑したハインズが、国松を覗き込んだ。

「大丈夫だ」

顔をしかめながらも国松は、テーブルのハンバーガーの包みを取った。よほど腹が減っていたのだろう。あるいは病院食ではない食事に飢えていたのかもしれない。国松は慌ただしく包みを剝がしてハンバーガーにかぶりついた。

「食べるか」

さっそく朝倉も、ハンバーガーの包みを手にした。バーガーキングのワッパーというアメリカンサイズである。気をつけて包みを剝がさないと、タマネギやレタスが溢れてしまう。

「うん？」

ポケットのスマートフォンが振動した。画面を見ると、見知らぬアドレスからメールが届いている。朝倉はハンバーガーをテーブルに戻して、メールを開いた。

「何？」

眉間に皺を寄せた朝倉は、右眉を吊り上げた。

メールの冒頭には〝NEXT 12〟と書かれている。犯人からと思われるカードのメッセージと同じなのだが、〝ＤＣＬ５０ビュー〟というアプリをダウンロードせよと文章は続き、ＩＤとパスワードが記され、最後に〝動くな！（Don't move!）〟と書かれていた。

「どうした？」

ハインズと国松が同時に尋ねてきた。

朝倉は何も答えず、すぐに指示通りアプリをダウンロードした。

ＤＣＬ５０は、殺害されたサム・バシット空軍中尉のダイニングキッチンで発見されたルアックス社製の監視カメラと同じ製品番号である。とすれば、どこかに置いてあるＤＣ

Ｌ５０の映像を見ろというのだろう。

朝倉は嫌な予感を覚えながらも、自分のスマートフォンにアプリをダウンロードして起動させ、初期画面でメールに記載されていたＩＤとパスワードを入力した。すると、赤外線で撮影されているのか、モノトーンの風景が映し出された。ＤＣＬ５０が映し出しているリアルタイムの映像に違いない。

照明もない部屋と思われる場所に手首を左右からロープで吊るされた女が柱に縛られている。俯いているために顔は分からないが、髪型とシャツとジーパンには見覚えがあった。

「ジェーン……」

画面を食い入るように見ていた朝倉は、絶句した。

フェーズ10：奪回

1

午後七時二十一分、朝倉が監視カメラ専用アプリである〝ＤＣＬ５０ビューー〟をスマートフォンにダウンロードしてから三十分ほど経っている。その間、犯人が設置したＤＣＬ５０から、拘束されているジェーンの映像が流され続けていた。

時おり、ジェーンがロープで繋がれた腕を動かすため、生きていることは分かっている。映像がリアルタイムであることは左上のタイムカウンターが現時間を示していることから確認できた。

「本部から連絡があった。ＤＣＬ５０がアクセスしているルーターは、インターネット回線では辿れないらしい。というのも、ＤＣＬ５０のアプリケーションはルーターの設置場所が知られないように世界中のサーバーをランダムに迂回し、痕跡を消してしまうように開発されているようだ。それが開発元であるルアックス社の売りで、さらに設置も簡単で値段も安く高性能なため爆発的な売れ行きらしい」

さきほどまでクワンティコの本部とスマートフォンで連絡を取っていたハインズが、首を振ってみせた。ハインズは本部のＩＴ犯罪対策課の専門家に事情を説明してＤＣＬ５０の解析を依頼していたのだ。

「これは、本当によくできた監視システムだ。開発したやつは頭がいいなあ」

国松の背後から彼のスマートフォンの映像を見ていた李が唸るように言った。国松もハインズもアプリをダウンロードし、各自のスマートフォンでジェーンの姿を見ていた。

ＤＣＬ５０の映像を見ることができるアプリは、誰でもインターネットのサイトからダウンロードすることができる。個々のＤＣＬ５０の裏面に印字されているＩＤとパスワードを打ち込めば、簡単に映像をどこからでも見ることができるのだ。

「おまえは、追跡プログラムの制作をしていればいいんだ。口出しするな！」

ハインズが腹立たしげに言った。珍しく感情を露にしている。

「プログラム？　とっくに出来ているよ。犯人がサーバーに侵入するのを待っているだけなんだ」

李は肩を竦めてみせた。彼にとっては他人事である。淡々としたものだ。

「だったら、自分の席に戻れ！」

背後から覗かれていたことに腹を立てた国松も、命令口調で声を荒らげた。二人とも現状を打破できないことで苛立っているのだろう。

「なんだよ。あんたたちに協力してやっているんだぞ。口の利き方ってものがあるだろう。まったく信じられないよ」

李は眼鏡のずれを直すと、腕を組んで不満げな顔をした。彼にしてみれば、犯人に自分のサイトを利用されただけの被害者である。自分が違法行為をしていることへの罪悪感はまったくない。むしろ協力を強要されて怒鳴られたのでは、割に合わないと思っているに違いない。

「うるさいぞ！　おまえら」

耳にスマートフォンを当てていた朝倉が怒鳴り声を上げて、三人を睨みつけた。さすがにこの男の憤怒の形相に勝てる者はいない。三人は顔を見合わせて口を閉じた。

「李、ＤＣＬ５０ビューのボリュームを上げるにはどうしたらいいんだ？　マイクをオンにしてもよく聞こえない」

朝倉は自分のスマートフォンを李に渡した。

ＤＣＬ５０ビューは、アプリのスピーカーをオンにすれば、ＤＣＬ５０本体に付いているマイクから拾った音を聞くことができる。だが、スマートフォンの音量を上げてもジェーンが拘束されている場所からは、雑音が流れるだけであった。

「ノイズしか聞こえないのは、現場に置かれているＤＣＬ５０のマイク部分にテープを貼って音が抑えられているからだろうね。スマートフォンの音をアンプに繋いで強制的に音を大きくするしか方法はないと思うけど」

李は朝倉のスマートフォンを受け取らずに答えた。

「すぐやってくれ。環境音を聞けば、場所を特定できる可能性はある」

朝倉は李に自分のスマートフォンを無理矢理握らせた。

「分かったよ。音を聞いて、場所を特定するなんて、無駄だと思うけどね」

ぶつぶつ言いながらも李は受け取った。なんだかんだと言っても従うのは、朝倉が怖いせいもあるだろうが、捜査をすることを肯定的に受け止めているのだろう。

「音量をアンプで増幅するなんて、アナログなやり方でいいのか。本部の鑑識ラボに環境音の解析を依頼するぞ」

二人のやり取りを見ていたハインズが、李に聞かれないように朝倉の耳元で囁いた。

「そうしてくれ。ただ、自分の耳でも直接確かめたいんだ」

ジェーンの姿を見せつけられて、為す術(すべ)もない己が歯痒かった。

「そうだな」

ハインズは頷くと、朝倉の肩を叩いた。意を察してくれたらしい。

「俺たちは、勘違いしていたのかもしれないぞ」

李がパソコンの脇に置かれた段ボール箱を開けて、ステレオを設置する作業を見ながら、朝倉は国松とハインズに言った。段ボール箱は、朝倉からまんまと百ドルをせしめた運送会社の男たちが、李の自宅から運び込んできたものだ。

「勘違い？」

ハインズが訝しげな表情をした。

「サム・バシット空軍中尉のダイニングに設置されていたＤＣＬ５０だが、奥さんも存在を知らなかったし、パソコンとも繋がっていなかった。あれも犯人が仕掛けたんじゃないのか。俺はそう思う」

ＤＣＬ５０はパソコンに監視映像を記録できるのだが、海軍犯罪捜査局の調べでは、被害者自宅のパソコンには録画するためのソフトをインストールした形跡さえなかったらしい。

「パソコンではなく、スマートフォンだけで映像を見ていたかもしれないぞ。奥さんがＤＣＬ５０のことを知らなかったのは、夫婦仲が悪いからだとも解釈できる。監視カメラの機種が偶然同じだからって、犯人と直結させるのは考え過ぎじゃないのか？」

ハインズは首を捻っている。

「確かに機種が同じだから犯人が設置したと考えるのは、短絡的かもしれない。だが、犯人が中尉の留守を狙ってＤＣＬ５０を設置し、夫婦の様子を監視していたとしたらどうだろうか？　犯人はグアム・セックス・ガイドで中尉と知り合い、監視カメラで殺害の機会を狙っていた。犯行の直前まで家の中の様子を窺っていたと解釈すれば辻褄（つじつま）が合う。ＤＣ

L50はインターネット通販で、七十ドル前後で購入できる。犯人にしてみれば使い捨てでも構わない金額のはずだ」

殺人はリスクの高い犯罪である。それを連続で行い、痕跡を残さないようにするのは至難の業だ。ネットで被害者を見つけ出し、監視カメラで犯行までの被害者の動向を知り尽くしたうえで実行していると考えてもおかしくはない。

「本部にDCL50の販売ルートを調べさせるけど、無駄だろうな」

納得したらしいハインズは溜め息を漏らし、スマートフォンを出した。バシット空軍中尉の家に残されたDCL50が犯人の物なら、重要な物証になる。だが、調べられることを前提に設置したとしたら、身元が割れないという自信が犯人にはあるに違いない。

「用意できたけど、どうする？」

仕事机の近くにステレオをセッティングした李が、朝倉らを上目遣いで見ていた。話に割り込むとまた怒鳴られると思って躊躇っていたらしい。

「頼む」

朝倉は立ち上がり、スピーカーの前に折り畳み椅子を置いた。

2

午後七時半、李が組み立てたステレオセットの右スピーカー前に朝倉と国松とハインズは、折り畳み椅子を並べて座った。李はよほど音楽にこだわりがあるらしく、デジタルではなく音色がいいと言われる真空管プリメインアンプを使っている。

「スマートフォンは直接プリメインアンプと僕のパソコンに繋いである。パソコンでデジタル録音するので、リアルタイムで音を聞いて気になる音があったらパソコンで再生すればいい」

李は説明しながら、アンプのボリュームを上げた。

朝倉はケーブルに繋がれた自分のスマートフォンの監視映像を見ている。国松とハインズも各自のスマートフォンの画面を見ながら耳を傾けた。

強い風が吹いているような音が聞こえる。ジェーンが右手を動かした。風の音に混じり、金属が擦れるような耳障りな音がスピーカーから聞こえてくる。だが、それもジェーンががっくりと項垂れると止み、風の音だけが残った。

「猿ぐつわもされていない彼女が助けを呼ばないのは、犯人に気を遣ってというより、市街地じゃないということなのか。強風が吹く場所とするなら、郊外の海沿いかもしれない」

ハインズは自問するように溜め息をつきながら言った。彼の予測に間違いはないだろう。叫んでも誰も助けに来ないような孤立した場所に拉致されているに違いない。風の音が強くなり、炎が吹き出すような音に変わった。自然の風の音ではない。

「風じゃないぞ。ジェット機の排気音だ。間違いない」

黙って聞いていた朝倉が興奮気味に言った。風の音だと思っていたのは、滑走路で待機中の飛行機の排気音で、音が変わったのは離陸するためにエンジン出力が上げられたからだろう。

「とすれば、飛行場の近くだな。アンダーセン空軍基地か、グアム国際空港のどちらかだ」

国松が相槌を打った。

「おそらく国際空港の近くだろう。アンダーセン空軍基地の滑走路の延長線上に建物はあまりない。それに滑走路の近くにある建物は、厳戒態勢の空軍の敷地内ということになる。軍の施設に彼女を監禁しておくのは難しいだろう」

ハインズは頷いてみせた。

「だが、空港の近くには民家もあるし、倉庫もある。一つ一つ調べることは難しい。たとえ見つけたとしても、地下室だったらどうする。我々は三人しかいないんだぞ。悔しいが、この際、海軍の捜査陣に通報すべきじゃないのか」

国松は厳しい表情で首を横に振った。

「馬鹿を言え。犯人は関係者かもしれない。へたに我々の手の内を見せれば、逃げられるだけでなく、彼女が殺される危険性もあるんだぞ」

朝倉は立ち上がり、猛然と否定した。ここまで来て捜査を他人に明け渡すつもりはない。

「私も国松と同じ意見だ。ジェーンを救い出すのは時間との勝負だ。日も暮れた。犯人が動き出すぞ。ＮＣＩＳに任せてくれ」

ハインズも席を立ち、朝倉の前に立った。

「言っただろう。俺が信頼しているのは、おまえたちだけだ。方法はある。こればかりは人手が少ない方がいいんだ」

朝倉は二人を交互に見て、頷いた。

二十分後、カンナム・マッサージを出た朝倉とハインズはマリンドライブ脇に立った。国松は引き続き李を監視するために残してある。

待つこともなく、海軍のパトカーが目の前に停まった。運転席にはハインズの部下であるジェイソン・コンガーが座っている。

ハインズは助手席に、朝倉は後部座席に乗り込んだ。

「早かったでしょう。パトカーを借りる時に、憲兵隊の将校に散々嫌みを言われて、苦労したんですよ」

コンガーは得意げに言った。相変わらず緊張感のない男である。基地からは、飛ばせば十分もかからない。残りの十分間でパトカーの調達にかかったとしても、早くも遅くもないのだ。

「どうでもいい。尾行はないな」

ハインズはいつもの厳しい表情になった。

「もちろんですよ。それより、どうしてパトカーが必要なのか教えてください。ガキの使いじゃないんですから」

バックミラーで朝倉を気にしながら、コンガーは不服そうな顔で尋ねた。彼は朝倉のことをよく思っていないはずだ。

「SF（空軍保安中隊）のジェーン・グレーブマン少尉が犯人に拉致された。しかも犯人は、彼女が監禁されている様子を監視カメラからリアルタイムで流しているのだ」

「なんですって、彼女が犯人に誘拐(ゆうかい)されたんですか。いったい、いつのことですか？」

ハインズの説明にコンガーは声を上げた。この事実を知っているのは、朝倉と国松とハインズだけに限られていたため、彼が驚くのも無理はない。

「昨夜だ」

「昨日から分かっていたんですか」

コンガーは咎めるような口調で言うと、バックミラー越しに朝倉を睨んできた。やはり部外者である朝倉とハインズが組んでいることを、根に持っているようだ。

「話を続けさせてくれ。監視カメラの音声を聞くと飛行機が離着陸する音が聞こえてくるんだ」

苦笑したハインズは、話を続けた。

「離着陸音？　なるほど、空港の近くに監禁されているんですね。それで場所を特定したんですか。すばらしい。具体的にどこなんですか？」

コンガーは口笛を吹いて頷いた。

「これから監禁場所を探すんだ。とりあえず、マリンドライブからパープル・ハート・ハイウェイに入ってくれ。急げ！」

結局ハインズは説明もしないで話を終えた。一々コンガーに答えるのが面倒くさくなったようだ。

コンガーはマリンドライブから8号線のパープル・ハート・ハイウェイに入った。

「そろそろいいだろう。スピードを落とすんだ」

空港に近付いたところでハインズはコンガーに命じると、自らサイレンのスイッチを入れた。カンナム・マッサージでは国松がＤＣＬ５０のマイクが拾った音を聞いている。サイレンを鳴らしたパトカーが近くを通ればその音も拾うはずだと、朝倉は考えたのだ。

「少尉を見つけるのにスピードを落としてどうするんですか？」

コンガーは意味が分からずに首を捻っている。

「いいから、スピードは出来るだけ落とすんだ」

ハインズは取り合わずに答えた。

3

8号線のパープル・ハート・ハイウェイは、国際空港の南側に沿って通るルートである。この先の10号線との交差点で、8号線は16号線、通称アーミードライブへと変わる。東側のアーミードライブ（陸軍道路）から走ってくると、10号線を境にパープル・ハート（名誉戦傷章）を貰うことになると思えば味わい深い。

午後八時五十分、サイレンを鳴らした緊急車両であるにもかかわらず、コンガーはパトカーのスピードを三十マイル（約四十八キロ）まで落として走行させている。そのため、一般車両が恐る恐る抜いていく。中には中指を立てて挑発しながら追い越す運転手もいる。いかにも米国の風景だ。

「ひょっとして、ジェーンの映像を流している監視カメラは、マイク付きなんですか？」

ハンドルを握るコンガーが、バックミラーで朝倉の様子を見てようやく理解したようだ。朝倉はスマートフォンにイヤホンを接続して聞いていた。さすがに捜査中に音楽を聞いているとは思わなかったようだ。

「そういうことだ」

ハインズは空港を左手に見ながら、周囲の建物に目を光らせている。右手には国松から電話をすぐ受けられるようにスマートフォンが握られていた。

朝倉も自分のスマートフォンで音を聞くためにイヤホンをしているが、音を増幅できない以上気休めに過ぎない。それにパトカーのサイレンがうるさいので、ちゃんとイヤホンの音が聞き取れているのかも疑問であった。

むしろ監視映像に映るジェーンに注意を払っている。彼女がパトカーのサイレンの音に反応して動いてくれればと、僅かな希望を込めて見つめているのだ。

「その先を左折してくれ」

ハインズはカーナビを見ながら指示した。空港の間近を通るマリナー・アベニューに通じる道で、一般車も許可なく入ることができる。パープル・ハート・ハイウェイは、滑走路から二百メートル、遠いところでは一キロも離れているため、なるべく空港に近い場所を選んでいるのだ。マリナー・アベニューは、一般道とは西側しか通じておらず8号線への抜け道はないため、空港脇にある施設関係者しか利用することはない。

三百メートルほど進み、マリナー・アベニューに右折した。空港に近いため、舗装(ほそう)はされているが、道幅は狭く街灯もほとんどない道である。

「まだ反応はないのか！」

ハインズは苛立ち気味に国松に電話をした。

――ジェット音しか聞こえない。サイレンが聞こえたら、こっちから連絡する。

国松も相当苛立っているようだ。ハインズのスマートフォンから声が漏れてくる。

「電話は切らずにこのまま通話状態にしておく。分かったらすぐに教えてくれ」

ハインズは咳払いをして、声を落とした。国松の声を聞いて反省したらしい。

十五分ほどマリナー・アベニューと周辺道路を調べたが、ＤＣＬ５０ビューからはサイレンは聞こえない。パトカーは道なりに進んで空港のフェンスに突き当たった。

「うん！」

朝倉の顔から血の気が引いた。画像の片隅に頭を黒い布で覆った人影が映り込んだのだ。

「ジェーン、目を覚ませ」

ドクロから機械音が響き、ジェーンは頭を無理矢理持ち上げられた。

「…………」

重い瞼を持ち上げたジェーンの瞳孔が、ゆっくりと開く。

バラクラバを被った男が、ジェーンの髪の毛を掴んでいる。だが、声を発しているのはドクロだ。無数のロウソクは取り替えられたのか、再び怪しい炎を揺らめかせている。

男が握っているハンドライトの光が、ジェーンの目に直接当たった。

「うっ！」

反射的にジェーンは顔を背けた。その瞬間、痛めている左肩に鼻が当たり、洗濯バサミが外れて勢いよく鼻から空気が流れ込んだ。

「うっ！」

深呼吸する暇もなく、ジェーンは透明なゴミ袋を頭から被せられた。

男はゴミ袋の口をまとめると、首が絞まらない程度にガムテープでジェーンの首に巻き付けて空気が漏れないように留めた。

「止めて！」

ジェーンは声を張り上げた。その声はゴミ袋越しにくぐもって聞こえる。

「大きな声を上げると、それだけ空気を余分に使うよ、ジェーン。大切な空気だ。死ぬまでの間、少しずつ吸うがいい」

ドクロは機械音を発し、口を開けて笑った。動くはずのないドクロであるが、ジェーンにはそう見えたのである。

腹に響くような排気音が聞こえて来た。黒いＧＭＣ・トップキックのエンジンがかけられたのだ。やがて不快な排気ガスを倉庫に残し、トップキックは出て行った。

「助けて、お願い！」

息苦しさに喘ぎながらジェーンは、神に祈った。

4

海軍のパトカー内では朝倉が衝撃を受けていた。拉致されているジェーンの頭にビニール袋が被せられたのだ。

犯人は監視カメラを見ている朝倉に、彼女の死に様を見せようとしているに違いない。

「いかん！」

朝倉は思わず叫んだ。

「どうしたんだ！」

助手席のハインズが振り返った。

「ジェーンが危ない」

朝倉は説明するのももどかしく、自分のスマートフォンをハインズに見せた。

「シット！　なんてことだ。コンガー、Uターンして、パープル・ハート・ハイウェイに出るんだ、急げ！　国松、聞いているか。車のスピードを上げる。注意して聞いてくれ」

ハインズはコンガーに命じると、通話中のままにしてあったスマートフォンに怒鳴った。できることなら時速百マイルででも走りたいが、監視カメラであるDCL50のマイクに音を拾わせる必要があるため、五十マイル（約八十キロ）がぎりぎりのところだろう。

成人女性の肺活量は二千から三千ミリリットル、ジェーンは体格がいいので三千ミリリットルはあるだろう。空気を節約すれば、五、六分持つかもしれないが、パニックに陥って早く呼吸した場合、一分も持たない。もって五分。ジェーンがビニールを被せられたのは午後九時十分だとするとタイムリミットは九時十五分か。

「了解！」

コンガーがハンドルを切った。

「待て、このまま進むんだ！」

マリナー・アベニューは、空港の周回道路に通じており、そのまま空港内に入ることができるが、セキュリティ上出入口はフェンスのゲートで閉じられている。数メートル先にゲートはあるが、パドロック（南京錠）で閉じられていた。

「馬鹿な。ゲートは閉じられているぞ！　たとえ開いていたとしても不法侵入だ」

ブレーキを踏んだコンガーが声を上げて反論した。

「もし、空港の反対側なら、なおさら後戻りはできない。滑走路を突っ切って行くんだ！　ショットガンがあるはずだ。ゲートのロックを破壊する。トランクを開けろ！」

朝倉は身を乗り出して声を上げた。一般道に出て空港を回り込んでいたら、十分以上かかってしまう。とてもじゃないが間に合わない。

「コンガー、彼の言う通りにしろ。責任は私が取る。ジェーンの命がかかっているんだ」

ハインズがコンガーの腕を摑んで揺さぶった。

「わっ、分かりました」

コンガーがトランクを開けると同時に朝倉は外に飛び出した。

トランクにはモスバーグＭ５００とＭ４カービンが一丁ずつ収められていた。モスバーグＭ５００は、ポンプアクションのショットガンである。朝倉は迷わずにモスバーグＭ５００を摑み取ると、近くの箱から散弾を取り出して弾倉に込め、コッキングバーを引いて初弾を込めた。

「付いて来い！」

叫びながら朝倉はフェンスゲートまで走り寄った。啞然としているハインズらを尻目に至近距離からパドロックをショットガンで吹き飛ばすと、朝倉はすぐさまパトカーの後部座席に飛び乗り、「ムーブ！」と怒鳴った。

「イッ、イエッサー！」

あまりの迫力にコンガーはアクセルを踏んで急発進する。

二百メートルほど進み、飛行機の格納庫の南側を通るネプチューン・アベニューも過ぎた。右手に周回道路、このまま進めば滑走路になる。コンガーは戸惑ってブレーキを踏んだ。周回道路なら離着陸に影響はないが、滑走路を横切れば管制塔の職員に必ず発見される。もし、ジェーンが見つけられなかったら、ただではすまないだろう。

「まっすぐ進め！」

朝倉はショットガンの銃口でコンガーの首筋を突いた。

舌打ちしたコンガーは、またアクセルを踏んだ。

「くそっ！」

監視映像のジェーンを見た朝倉は拳を握りしめた。呼吸ができないのか、彼女が悶えている。

「本当か！　朝倉、サイレンが聞こえて来たそうだ」

国松と通話していたハインズが大声を上げた。

左手はフェンスを挟んで空港の敷地外となり住宅地となっている。右手は飛行機の格納庫や倉庫がまばらに建っている。もし、住宅街にある家にジェーンがいるのなら、車を捨ててフェンスを乗り越えた方が早い。だが、フェンスまで二百メートル以上離れている。

「スピードを落とせ」

ハインズは暗闇を見透かすように体を乗り出して言った。前方は滑走路の誘導灯が美しく並んでいる。離着陸の邪魔になるため、滑走路付近に建物はない。滑走路の反対側は八百メートルほど離れている。そんな離れた場所に置かれた監視カメラのマイクが、パトカーのサイレンの音を拾うとも思えない。

「あれはなんだ？　あそこに進め！」

朝倉は左前方を指差した。

グアム国際空港は東西に三千メートルの滑走路が二本あり、北側がメインで、南側がサブになっている。十時の方角の百メートルほど先、サブ滑走路から二百五十メートル手前に朽ち果てたプレハブの平屋があった。くたびれてはいるが、幅は十八メートル、奥行きは十五メートルほどある。

その四十メートルほど西側には、倍の大きさほどもある真新しいコンクリート製の二階建てがあった。建物にスカイダイビング・USAと看板が掲げてある。グアムで人気のスカイダイビングの会社らしい。

「サイレンの音がはっきり聞こえるそうだ。あのぼろい建物に違いない」

ハインズが興奮気味に言った。

コンガーは無言で頷き、車をプレハブ小屋に寄せた。

「ここは、我々に任せろ。犯人と銃撃戦になれば」

「うるさい！」

朝倉はショットガンを片手に車から飛び出した。朝倉に捜査権は一切ない。日本人で、しかもただの民間人と同じだとハインズは言いたいのだろう。

現在、九時十五分を回ろうとしている。ジェーンに被せられた袋に空気は残っていない。立ち止まっている暇はないのだ。

一目散に駆け寄った朝倉は、プレハブ小屋の壁に沿って東側から南側に移動した。壁にスカイダイビング・ＵＳＡと書かれている。隣りの会社が所有する建物らしい。

中央に車用と思われるシャッターがあり、その隣りに出入口がある。朝倉はノブをゆっくり回した。鍵はかかっていない。

「罠(わな)かもしれないぞ」

追いついて来たハインズが銃を構え、首を振った。

「かもな」

大いにあり得る。時間に迫られる状況を作り出し、出入口に手榴弾でブービートラップを仕掛けておく。犯人がマリクならそうするだろう。普段の朝倉なら絶対に出入口からは入らない。だが、状況が違うのだ。

「下がれ！」

ハインズらを下がらせた朝倉はドアを蹴破り、ショットガンを構えて突入した。

中央に置かれた台にいくつものロウソクがある。ジェーンは、揺らめくロウソクの炎に照らし出されてぐったりとしていた。

「ジェーン！」

朝倉は彼女に駆け寄り、ショットガンを足下に投げ出すとジェーンの頭に被せられているビニール袋を両手で引き裂いた。彼女の首筋に指先を当てたが、脈がない。

「まずい」

朝倉はジェーンの腕を拘束している左右のロープをショットガンで撃ち、その間、ハインズが柱に巻き付けてあるロープをサバイバルナイフで断ち切った。

「しっかりしろ！」

朝倉は彼女を仰向けにして気道を確保すると、両手で心臓マッサージをはじめた。

「ハインズ！　救急車だ！」

「呼んでいる！」

ハインズが怒鳴り返して来たのを確認して、朝倉は心臓マッサージに専念した。

「死ぬな！」

声を掛け、朝倉は規則正しくジェーンの心臓を圧迫し続ける。

「無駄だ。その女は死んでいる。諦めろ」

傍らで見ていたコンガーが朝倉の肩を叩いた。

「黙れ！」

朝倉は諦めなかった。マッサージを繰り返し、心臓音を聞く。まだ動いていない。

「生きるんだ」

最後の手段である。朝倉は振りかぶった右の拳でジェーンの左胸を打ちつけた。

「ごほっ！」

一瞬仰け反ったジェーンが咳き込んだ。

「ジェーン、しっかりしろ」

朝倉は背中を擦りながら彼女を抱き起こした。

「……怖かった。……本当に」

ジェーンは子供のように泣きはじめると、朝倉に抱きついて来た。

サイレンの音が滑走路の向こう側から聞こえてくる。ハインズは空港の救急隊に応援を頼んだようだ。

「もう大丈夫だ」

朝倉はジェーンを抱きしめ、背中を優しく叩いた。

5

深夜の海軍病院は静寂に包まれていた。警備が厳重なので静けさにも安心感がある。少なくとも国松が入院していた時と違い冷たさは感じない。

朝倉らに救い出されたジェーンは空港の救急隊による応急処置を受け、海軍病院に搬送された。グアムで一番設備が整い、セキュリティが高いのは、海軍病院だからである。

時刻は午後十一時を過ぎたが、ハインズはグアムに派遣されてきたＮＣＩＳの特別捜査チームとともに、ジェーンが監禁されていた建物をまだ調べている。朝倉も三十分ほどだが、特別捜査チームが来るまで現場検証をした。

現場の建物は、わずか四十メートルほど西にあるスカイダイビング・ＵＳＡという会社が、二年前まで社屋として使っていたもので現在は使われていない。二ヶ月後に取り壊しが決まっているために放置されていたようだ。

ジェーンが縛り付けられていた柱のすぐ近くに、木製の台に置かれたドクロがあった。ドクロ自体は本物かどうかは分からないが、上顎に歯が六本だけ接着剤で付けてあった。おそらくグアムで殺害された被害者とハインズの部下だったエドガー・アバーノのものだろう。

ドクロはその場でハインズが調べている。後頭部には穴が開けられており、右側に監視カメラのＤＣＬ５０、左側に小型のブルートゥーススピーカーが埋め込まれていた。ＤＣＬ５０をインターネットに接続できる通信端末はなかったが、犯人が持ち去ったのだろう。

ドクロはクワンティコの鑑識ラボに送られる。もし、第一大臼歯である三番の歯がアバーノの物と鑑定されたら、捜査陣はマリクが犯人だと確信するだろう。そうなれば犯人の勝利である。

事件を振り返って、犯人の意図は完全なるコピーキャット（模倣）を完成させることではないかと朝倉は思っていた。戦利品であるはずの被害者の歯という決定的な物証を残したのは、捜査陣に誤った犯人を追わせるためだろう。

真犯人は、マリクが犯人だと捜査陣が認識した時点で目的を達成し、姿をくらますかもしれない。だが、朝倉に犯行予告である〝NEXT 12〟というメッセージを送っている以上、リスクを覚悟でもう一度殺人を犯そうとするはずだ。

朝倉はジェーンが眠るベッド脇の椅子に座り、彼女の左腕に打たれた点滴の水滴が落ちるのを見つめていた。病室は二十四平米ほどの広さがある三階の個室で、朝倉は付き添いをしているのだ。医者は怪我の治療よりも精神的なケアが必要だと認識しており、彼女を助けた朝倉ならと特別な許可が下りた。

彼女は、左肩の傷が化膿（かのう）していたために高熱を発している。それに心拍停止したこともあり衰弱していた。救出があと一分でも遅かったら、帰らぬ人となっていただろう。

「やっ、止めて！」

ジェーンがうなされはじめた。二十四時間近く監禁されて食事も与えられずに殴られ、彼女の肉体と精神が大きなダメージを受けたことは容易に想像がつく。

落ち着かせようと朝倉は、彼女の右肩を優しく叩いた。

「くっ……」

ジェーンは痙攣するように首を持ち上げて、目覚めた。だが、赤黒く腫れ上がった瞼を開けただけで、目の焦点が合っているかどうかまでは分からない。

「大丈夫か？」

そっと彼女から手を離した朝倉は、優しく尋ねた。

ジェーンと殺人事件の捜査中に不謹慎なことをしようとしたことが、彼女を不幸にしてしまった。

傷付いた彼女にはできるだけのことはするつもりだ。もちろん、それはあくまでも捜査をする仲間としてである。

「朝倉……、私、酷い顔をしているでしょう」

しばらく朝倉を見つめていたジェーンは、口元を歪ませた。笑ったつもりなのだろう。

「ヘビー級のボクサーが十二回戦まで闘った程度だ。大したことはない。頭蓋骨にも脳にも異常はないと先生は言っていた。顔の腫れはじきに引いて、元の美人少尉に戻る。心配しなくていいんだ」

朝倉は冗談交じりに答えた。

「あなたから優しくされると、胸が痛いわ。私はあなたを利用しようとしたの。あなたと組めば犯人を捕まえることができると思ったから。だから、セックスであなたを釣ったのよ。……ごめんなさい」

ジェーンは目頭に涙を溜めて言った。

「いいんだ。俺たちいいコンビだった。君と組めば、事件が解決できると俺も予感した。利用しようとしたのは、お互い様だ。気にすることはない」

朝倉は笑顔で答えた。彼女は正直に言ったのだろう。

「勘違いしないでね。あなたは本当に魅力的な男、嘘じゃない。私みたいな軍人じゃなくて、もっと相応しい女性がいる」

ジェーンはゆっくりと首を横に振った。

「話半分に聞いておこう。ところで、君の処遇に海軍と空軍が揉めているらしい。君を救ったのは俺じゃなくて同行したＮＣＩＳの特別捜査官だということで、海軍が最初に事情聴取すると言っている。だが、空軍は被害者である君はＳＦ（保安中隊）の将校だから、海軍に君を渡さないと言い張っているらしい。いずれにせよ、君の回復を待ってのことだけどね」

ハインズが上司から聞いた話を教えてくれた。ジェーンを海軍病院に搬送したのも、捜査の手掛かりとなった彼女を手放したくないという海軍側の思惑もあったからだ。

「馬鹿みたい。そもそも連続殺人事件なのに、いつまでも空軍だの海軍だのと言っている場合じゃないのに。だから犯人に嘗められるのよ。あなたは、どうするの？」

　ジェーンは上目遣いで尋ねた。もっとも顔の腫れが酷いので、そう見えるのだ。

「俺はＮＣＩＳから招喚されたが、今は蚊帳の外だ。独自で捜査を続ける。軍の派閥に付き合うつもりもない。真実を求め、犯人を逮捕するだけだ」

　どこに行っても自分のスタンスを変えるつもりはない。

「それじゃ、あなたが私に事情聴取して、何でも答えるから。ただし、パニックになっていたから、夢と現実の区別がつかないこともある。質問してくれれば、頭の整理ができるかもしれないわ」

　ジェーンは気丈に言った。さすがに少尉になるだけのことはある。一般人とは違う。

「時系列に沿って思い出したことを話してくれ。昨夜君はゴールド・モーテルで拉致された。その時の記憶はあるかい？」

　ポケットからメモ帳を取り出した朝倉は、彼女の顔が正面から見えるように座り直して質問をはじめた。

　ジェーンは首を小刻みに横に振った。医者の話だと、彼女の後頭部に殴られた痕があるらしい。脳しんとうを起こしたのだ。襲撃された際の記憶がなくても仕方がない。

「それじゃ、記憶があるところから聞かせてくれ」

「気が付いたらあの倉庫で縛られていた。……その時すでに顔面が痛かったから、移動中に殴られたのね。……それに息があまり出来ないように、洗濯バサミのようなもので鼻を摘(つま)まれていた。本当に苦しかったわ」

ジェーンは時おり詰まりながらも話し続けた。

「洗濯バサミ？　サディスティックなやつだな」

朝倉は首を傾げながらメモを取った。息苦しくさせるのなら、ガムテープで口を塞ぐ方が簡単である。もっとも、犯人の好みの問題だが。

「私がいくら騒いでも助けが来ないという絶望感を味わわせようと、犯人は口を塞がなかったみたい。間違いなくサドね」

朝倉が不審に思っていることを察知したらしく、ジェーンは補足した。

「それから、バラクラバを被った男がいたわ。身長は一八〇センチ前後。がっちりとしていた。でも正面から見ていないから、正直言って特徴は分からない。決して口を開かなかった。その代わり、ドクロが機械音のような声で薄気味悪く話すの。本当に、気持ち悪かったわ」

話しながらジェーンは身震いした。よほど怖かったのだろう。

「君に恐怖心を与えるための演出だよ。ドクロの中に監視カメラとブルートゥーススピーカーが仕込まれていたんだ」

朝倉が監視カメラの映像を見ていたことと、彼女が拉致された際にかかってきた電話の声が同じく機械音だったことを教えた。

「とすると、犯人はあらかじめ音声変換した台詞をスマートフォンに録音しておいて、ブルートゥーススピーカーに音を飛ばし、私と会話しているように見せかけたの？」

ジェーンは首を傾げている。多少台詞がかみ合っていなくても、パニック状態の彼女には分からなかったはずだ。

「音声変換の機械音を使った理由は、色々考えられる。一つはさっきも言ったように恐怖心を与えるための演出だ。さらに、犯人が二人いる可能性もある。あるいは、逆に一人なのに複数に見せかけようとしたのかもしれない。ほかにも、声を聞かれると、君なら誰か分かってしまうことも考えられる」

ジェーンが犯人にした質問はだいたい想像できる。犯人も予測して、何パターンかの台詞を用意していたのだろう。

「私は、なんとか自力で脱出しようとしたけど、できなかった。それに犯人の特徴を摑もうとしたけど、それもかなわなかったわ」

舌打ちしたジェーンは、包帯で巻かれた右腕を上げて見せた。

「分かっている。君の苦しんでいる姿を見ているのは、我々にとっても地獄だった。一瞬だが、犯人が監視カメラに映ったのは確認している。君の頭にゴミ袋を被せる瞬間だ」

映像は記録してあるが、犯人を特定できるようなものではなかった。

「うっ！」

ジェーンは突然右手で口元を覆った。

「看護師を呼ばなくて、大丈夫か？」

朝倉は彼女の背中を擦りながら尋ねた。

「犯人の体臭を思い出したら、……気分が悪くなったの。袋を被せられた時に、鼻の洗濯バサミが取れて……」

ジェーンは咳き込みながら答えた。吐くのを必死に堪えているのだ。

「どんな体臭だ。思い出せるか？」

たて続けに質問するのは彼女の精神上よくないと分かっているが、嗅覚の記憶は時が経てば薄れる。

「汗臭さとコロンの匂い。……二つの濃縮された匂いが、……鼻腔を襲って来た」

ジェーンは苦しげに言葉を吐き出した。

6

零時になろうとしている。

朝倉は監禁されていた時の記憶をなんとかジェーンから引き出そうと試みていた。凄惨な目にあった直後に、まともに答えろと言う方が間違っている。だが、いくつかのヒントは得られた。

軍で鍛えられた彼女がまともに証言できないほどパニックに陥ったのは、犯人が巧妙だったからである。朝倉らが発見した時、彼女はすでに心拍停止していた。ここまでは犯人の思惑通りだったはずだ。犯人の筋書きは、ジェーンの居場所が空港近くだと気付いた朝倉が、夜通し探して完全に息の絶えた彼女を見つけ出すというものだったに違いない。

だが、朝倉はパトカーのサイレンを頼りに彼女を見つけ出し、心臓マッサージで生還させている。犯人の最大の誤算は彼女が未だに生きていることだろう。彼女の回復次第で犯人の手掛かりとなる記憶も蘇るかもしれない。

「うん？」

ポケットのスマートフォンが振動している。病院にいるためにマナーモードにしていたのだ。朝倉は話し疲れて眠っているジェーンを起こさないように病室を出ると、通話ボタンを押した。

「俺だ」

――グアム・セックス・ガイドがまたハッキングされたぞ。

興奮気味の国松の声が、朝倉のスマートフォンを震わせた。病院の廊下があまりにも静かなため、思わず周囲を見渡した朝倉は、病室を離れて近くの非常階段まで出た。

「詳しく報告してくれ」

ジェーンが救助されて隠れ家が発見されたため、しばらく動きはないと思っていたが、犯人は十二番目の被害者を探そうとしているようだ。むしろ隠れ家が発見されるのは想定内のことで、逆に捜査陣の目を一時的にせよ犯人から遠ざけるための作戦だったのかもしれない。

——〝Men Seeking Men〟の電話番号のボタンがワッツアップというボタンに差し代わっている。李が自分でプログラミングしたソフトで、サーバーに送り込まれたウイルスを解析した。

国松のトーンがいささか落ちた。うまくいかなかったのだろう。

「それで」

——ウイルスの発信元は、政府機関のパソコンになっている。遠隔操作されているようだ。というのもウイルスが参照を求めているCGIも同じ政府機関のサーバーに置かれているらしい。サーバーの記録では、データが書き換えられたのは、数分前のことだ。だが、それ以上先は追えないと李は言っている。だが、ワッツアップで使われる犯人の電話番号は分かった。現在、李は電信会社をハッキングして、その電話番号を使っている機器を探している。分かったら、また連絡をする。

「了解」

朝倉はほっと胸を撫で下ろしてスマートフォンを仕舞った。少なくとも電話番号が分かれば、販売された機器までは辿ることができるはずだ。

「……！」

非常階段の夜間灯が消えた。

鼻先も見えない闇に包まれる。朝倉はスマートフォンをライトの代わりにするべくポケットに手を入れた。

「むっ！」

背後の空気がざわついた。反射的に振り返った朝倉は、両腕を上げて頭をガードした。後ろから頭を殴られるという経験は、何度もした。体が勝手に動くのだ。

「げっ！」

胸元で火花が散って、体中に電撃が走った。思わず両膝をつくと、今度は左の頬に強烈な衝撃を受けて前のめりに倒れ、そのまま階段を転げ落ちる。スタンガンが使われたに違いない。

階段の上からライトが点灯し、両眼を閉じた朝倉に当てられた。

朝倉は微動だにしないで、敵の出方を待った。体中が激痛を訴えている。まともに動けるかどうかも分からない。だが、たとえ左腕一本しか動かなくても、闘うつもりだ。

ライトが消えて階上の気配がなくなった。

朝倉は体を捻って、立ち上がった。体中の筋肉が悲鳴を上げている。額に手をやると、べっとりと掌が血で濡れた。

敵の狙いは、ジェーンだ。殺し損ねた彼女の命を狙っているのだ。海軍病院のセキュリティを過信し、病室を離れたのは間違いだった。

階段を駆け上がろうとしたが、体は反応しない。それでも手すりを摑んで鉛のように重くなった足を動かし、懸命に階段を上った。

ジェーンの病室の方角から金属音がした。

「いかんっ！」

朝倉は非常灯に照らされた廊下を走った。今度は、痛みはさほど感じない。ようやくアドレナリンが湧き出て来たのだろう。

ドアを開けて飛び込むと、バラクラバを被った男がジェーンの首を絞めていた。点滴の機材が倒れ、薬液が床を濡らしている。

「止めろ！」

朝倉は男の腕を摑んで、ジェーンから引き離した。彼女は床に倒れ、咳き込んだ。なんとか間に合った。

男が組み付いて来た。身長は朝倉と大して変わりない。だが恐ろしい馬鹿力だ。

「むっ」

男の体臭が鼻を突いた。汗とコロンが混じった異臭だ。

朝倉は抱きつかれたまま、前に突進して壁に激突した。

二度、三度。

男は呻き声を上げると、朝倉を突き飛ばして部屋を飛び出した。

「待て！」

廊下に出た朝倉は男の左腕を摑んで引き寄せ、前のめりに体勢を崩した男の腕を摑んだまま反対側に捻って投げ飛ばし、膝で男の脇腹を押さえつけて手首を捻った。古武道でいう小手返し押さえ固めである。

「うっ！」

朝倉の足に電撃が走り、崩れるように床に倒れた。男が右手に持ったスタンガンを朝倉の足に当ててスパークさせたのだ。

さすがに二度目の電撃は効いた。百メートルを全力で走ったかのように、心臓が鼓動を打っている。

「くそっ！」

頭を振った朝倉は立ち上がると、数メートル先の病棟の出入口を出ようとする男に背後から猛然とタックルした。二人は勢い余って入口近くに置いてあったワゴンを倒し、隣りの病棟に転がり込んだ。

「フリーズ！」

正面にハインズとコンガーが銃を構えて立っている。

「くっ！」

立ち上がった男が懐から銃を抜いた。すかさず朝倉が飛びかかった。

銃声。

朝倉が腕を放すと、胸を押さえた男が大の字に倒れた。

「貴様！　俺を殺す気か！」

朝倉は銃を撃ったコンガーの胸ぐらを摑んだ。犯人を殺さずに自供させて、あくまでも法の下で裁きたかった。疑問は腐るほどある。殺してしまっては、すべては終わってしまうのだ。

「銃口はおまえじゃなく、こっちに向いていたんだ。飛び込んでくるほうが、どうかしている」

コンガーは朝倉を突き飛ばし、薄笑いを浮かべている。

「オーマイガー！」

ハインズが声を上げた。

振り返るとハインズが、倒れた男のバラクラバを剝ぎ取っていた。

「何だって！」

慌てて男の顔を覗き込んだコンガーも叫んだ。

「やはり、そうだったのか」

呆然と立ち尽くす二人を押しのけて朝倉は跪き、男の脈を調べて首を振った。男は、NCIS特別捜査官のブレッド・パーカーであった。

「犯人だと、分かっていたのか？」

ハインズが目を見開いたまま顔を近づけてきた。

「俺たちの動きが筒抜けだった。犯人、あるいは協力者は必ず身内にいると思っていた。しかも、空軍海軍、どちらの基地にも出入りできる人物だ」

朝倉は足を引きずりながら、壁にもたれると膝を折って廊下に座り込んだ。パーカーにタックルした際にワゴンの角で怪我をしたらしい。

「待ってくれ。海軍基地はNCISのバッジがあれば、簡単に出入りできる。だが、空軍基地はそういうわけにはいかない。空軍側の許可がないと入れないのは、民間人と同じだ」

ハインズは肩を竦めてみせた。

「あいつは、空軍保安中隊の特別許可証を持っていたらしい。実はさっきジェーンに聞いたんだ。パーカーは彼女を利用するために近付いたのだろう」

パーカーが先に海軍の基地に出入りできる特別許可証をジェーンに発行したらしい。基地は下手に街に出るよりもショッピングセンターや娯楽施設が充実している。デートするにも便利だと、ジェーンは疑うこともなく、同じように空軍の特別許可証を発行したようだ。

「いつからあいつが、臭いと思っていたんだ？」

「いや、彼女から拉致された時の話を聞くまでは、俺も疑っていなかった。彼女は犯人がコロンをつけていたと言ったんだ。本来ならバラクラバを被っていても気が付きそうなものだが、匂いを嗅げないように鼻を摘まれていたらしい。彼女はパーカーをよく知っているつもりだったから、逆に疑わなかったんだろう」

パーカーはばれないようにバラクラバを被り、音声変換し、さらに彼女の鼻も塞いだ。なぜ視覚、聴覚、嗅覚まで奪う必要があったのか。それは、恐怖心を煽(あお)るよりもジェーンがよく知る人物だったからだ。しかもパーカーならジェーンのスマートフォンとペアリングして、ＧＰＳで彼女の動きを把握できたはずだ。

「なんてことだ。身内に連続殺人犯がいたのか。解決したが、大変なことになったぞ」

ハインズは頭を抱えて唸った。

フェーズ11：サイコパス

1

グアムに派遣されているＮＣＩＳの特別捜査チームは、未明からブレッド・パーカーの自宅や職場を捜索し、昼近くには凶器など彼が連続殺人事件の犯人だという動かぬ証拠を発見していた。

パーカーの自宅はアプラ港海軍基地内の兵舎にある。部屋は綺麗に整頓されており、事件に関係する証拠は一切発見されなかった。だが、意外にもＮＣＩＳのグアム分局オフィスにある彼のデスクに秘密が隠されていたのだ。

引き出しに管理番号が付いた使途不明の鍵が見つかったのである。管理番号を調べたところ、二〇一一年にアプラ港海軍基地の外に作られた海軍の司令部上級将校向け住宅の鍵であった。

広さは一戸、二百十三平方メートル、寝室が四部屋あり、建設費は七十万ドル、当時のレートで約六千六百万円の代物だが、沖縄の普天間基地移転が停滞しているために米海軍省統合グアム計画室が鍵を保管していた。パーカーは計画室に侵入し、鍵を盗んでいたらしい。計画室では保管はしていたが、管理は怠っていたようだ。

基地の外に建てられた上級将校向け住宅は島の南部であるアガットにあり、全部で八戸ある。基地内の生活を嫌う上級将校のため、アガットの海岸を見下ろす高台に別荘のような豪邸が建てられたのだが、内装工事がはじまる前に工事が中断されていた。その内の一戸の主寝室をパーカーが隠れ家として使っていたのだ。主寝室にはこれまでの被害者のデータが蓄積されたノートパソコンと凶器に使われた鉈が発見された。鉈は刃渡りが三十センチもあり切れ味の鋭い、日本の刀鍛冶の名工が製作したものだった。

猟奇殺人事件の犯人は、ターゲットの写真を壁一面に張り出すなど異常な行為を見せるものだが、パーカーはそのすべてを一台のノートパソコンに収めていたようだ。ガレージには、朝倉らを襲撃したピックアップトラックであるGMC・トップキックが置かれていた。

掻き集めた証拠はクワンティコにあるNCIS本部の鑑識ラボに送られて分析される。詳しい結果は、ラボの発表を待たねばならない。

「現状で分かったことは、これだけだ。もっともこれ以上何か分かったとしても、教えることはできなくなるだろう」

特別捜査チームの捜査報告を語ったハインズは両手を大きく広げ、溜め息をついた。内容はむろん極秘であるが、口頭で朝倉に伝えてくれたのだ。

時刻は午後四時五十分、アンダーセン空軍基地の南側にあるパッセンジャー・ターミナルである。空軍輸送機用なので大きな建物ではないが、離陸を待つためのロビーがあり、椅子がいくつも並べてあった。

「事件が、すべて終わったと思っているのか？」

迷彩服に身を固めた朝倉は、静かに問い返した。行きと同じく、合同演習をする自衛官という肩書きで乗せてもらうために迷彩服を着ているのだ。

犯人であるパーカーが死亡し事件は解決したとして、NCISの局長であるフランク・ゴードンは朝倉と国松を早々に日本に送り返すようハインズに命じたのだ。二人がグアムでこれ以上軍の機密に触れることを恐れたのだろう。

朝倉は夕方に離陸する空軍の輸送機に乗るはめになった。負傷している国松は、グアム国際空港から午後八時発の民間機で帰国の途につく。無理を言えば朝倉も民間機で帰れたはずだが、贅沢(ぜいたく)をするつもりはなかった。

「正直言って、分からない。私だけじゃない。NCISの職員は同僚から殺人鬼が出たことで、衝撃を受け途方に暮れている。我々は採用される時に厳しい審査がある。それをパスした人間の犯行だという事実をまだ受け入れられないのだ」

ハインズは幾分青ざめた表情で答えた。事件はNCISという組織を震撼(しんかん)させたようだ。

「今回の犯人は完全なるコピーキャット（模倣犯）を目指していると思っていた。俺も途中でイーサン・マリクの犯行かもしれないと思ったくらいだ。だが、ジェーンを誘拐していたぶったことは、マリクの嗜好から逸脱している。そこに違和感を覚えるのだ。そもそも俺に送られてきた〝NEXT 12〟は、まだ実行されていない」

コンピュータの知識を駆使した巧妙な手口と、粗暴とも言えるパーカーのやり方が結びつかなかった。とはいえ、犯人が二人いるという証拠は何一つない。現実的に五人の軍人を殺したのは、パーカーに間違いないだろう。

「これはあくまでも私の意見だが。パーカーがジェーンを利用したのは事実だが、彼女のことを本当は愛していたんじゃないのかな。彼女はパーカーを振って、君に乗り換えた。激怒したパーカーは、急遽ターゲットを彼女に変えたとは考えられないか。彼女も軍人だ。彼女が死ねば、〝NEXT 12〟は達成していたはずだ」

ハインズは苦笑交じりに言った。

「……彼女とは何でもないんだ」

朝倉は言葉を詰まらせた。二人でモーテルに行ったのは事実だが、それをあえて追及されると耳が痛い。

横田基地行き輸送機の準備が出来たと、場内のアナウンスが流れた。

「最後まで居たかったが、残念だ」

立ち上がってタクティカルバッグを担ぎ上げた朝倉は、ハインズに握手を求めた。

「世話になったな。これから、コンガーとパーカーが使っていた上級士官向け住宅を改めて調べるつもりだ」

ハインズは、朝倉の手を力強く握り返した。

「特別捜査チームが散々調べたんだろう」

「実は、我々は閉め出されていたんだ。だから、彼らがいなくなってからというわけさ。珍しくコンガーもやる気を見せている。彼から声をかけられたくらいだ。彼はこの手の事件には詳しいと豪語していただけに、君にお株を奪われて悔しいのだろう。日本に帰ったらメールをくれ。これからは互いに連絡を取り合おう」

握手に応じたハインズは、手を振ってターミナルを後にした。今回の捜査で彼とはいい関係ができたようだ。友人と言っても過言ではない。

ターミナルを出て曇り空の下で他の乗客を待っていると、輸送機C17がターミナルの前のエプロンにゆっくりと停止した。すでに搬送する貨物も積み込み、給油も含めて最終点検は終わっている。乗客は空軍の兵士が五名に海軍の兵士が四名、それに朝倉だ。総勢十名は、輸送機の後部ハッチから乗り込んで行く。

気温は三十度、一日中曇っていたが、小雨が降り始めた。

「南国らしい青空を見損なったな」

後部ハッチが閉じられるのを朝倉は名残惜しそうに見つめた。

「うん？」

朝倉のスマートフォンが、リズミカルな呼び出し音を立てた。画面を見ると、李からである。彼には別れも言ってない。ただ、余計なことは言うなという口止めも兼ねて、事件は解決したとだけ連絡をしてある。

「俺だ」

朝倉は飛行機の音がうるさいので、スマートフォンのボリュームも最大にして耳に当てた。

——事件は解決したと聞いていたが、犯人のワッツアップに使われた電話番号の機器がどこで売られていたかやっと分かったんだ。知りたいか？

「……もちろんだ」

犯人であるパーカーが死んだために朝倉も気が緩んでいたのだろう。ワッツアップと言われても一瞬分からなかった。

〝Men Seeking Men〟コーナーに掲載されている男の連絡先は、電話番号ではなくワッツアップというコミュニケーションツールに書き換えられていた。犯人は電話番号で身元がばれないようにワッツアップに差し替えたようだが、李はウイルスを逆探知して、とうとう隠された電話番号を突き止めたのだ。

――デトロイトの空港にあるプリペイド携帯の自動販売機で、今年の三月に売られたものだ。製造番号が一致したから間違いない。

「デトロイト！」

朝倉は悲壮な声を上げていた。

2

パッセンジャー・ターミナルで朝倉らを乗せた輸送機Ｃ１７は、滑走路の西の端にゆっくりと進んでいる。

「頼む。俺を降ろしてくれ！　緊急事態なんだ」

朝倉は貨物室の乗員に迫っていた。男は、シニア・エアマン（伍長クラス）の徽章を付けている。格納庫に乗員は二人、もう一人は上等空兵で階級は一つ下だ。二人とも座らずに格納庫の後部の左右に別れて立っていた。

「冗談だろう。もう離陸態勢に入っている」

シニア・エアマンは笑って取り合おうともしない。

「人一人の命がかかっているんだ。頼む！　後部ハッチを開けてくれれば、飛び下りる」

朝倉は諦めずに相手の肩を摑んだ。

「何が人一人の命だ。女に別れのキスでも忘れたか。くだらないこと言ってないで、さっさと座ってシートベルトを締めろ！　これは命令だ」

真っ赤な顔になったシニア・エアマンは、声を荒らげた。

「むっ」

機体が振動し、加速をはじめると瞬く間にC17は上昇をはじめた。朝倉は転倒しないように格納庫に張り出しているフレームに摑まった。

C17は短距離の離着陸が出来る。滑走路のおよそ三分の一である一〇〇〇メートルに達する前に車輪は、滑走路から離れた。

「馬鹿が。ここから戻れというのか。そもそも訓練スケジュールがある。すぐ後に戦闘機が控えているんだ。戻れるわけがないだろう。今度喚いたら、上空から叩き落としてやるからそう思え」

シニア・エアマンは、朝倉を乱暴に突き飛ばした。

「だったら、そうしてもらおうか」

朝倉は相手の額にグロック19を突きつけた。直前に男のホルスターから抜き取っていたのだ。

「シット！　いつの間に」

シニア・エアマンは銃口を見つめるあまり、より目になっている。

「何をしている！」

さすがにもう一人の乗員と乗客が異変に気が付いた。空軍の制服を来た兵士が、シートベルトを外して腰を浮かした。

「動くな！　俺はＭＰだ。今まさに地上で殺人が行われようとしている。俺はそれを阻止するために戻らなきゃならないんだ。協力してくれ。だが、俺を邪魔するやつは容赦なく捜査妨害とみなして、撃つ。これは訓練でも冗談でもないぞ」

こんなことを言ったところで、頭がいかれていると思われることは分かっている。

朝倉は後部ハッチの開閉ボタンを押した。後部ハッチが開けば、コックピットにはシグナルで警告される。機長は作戦でもないのに開くのは異常だと思うはずだ。朝倉はシニア・エアマンが装着していたインカムを奪って、耳に当てた。

――シニア・エアマン、後部ハッチの開閉ランプが点灯した。異常がないか、調べてくれ。

機長からの連絡だ。

「イエス、サー。貨物が引っ掛かっているようです」

朝倉はマイクからわざと離して、答えた。

――よく聞こえないぞ。

「すぐに対処します」

――通信状態も悪いようだな。島の上空を旋回する。また報告してくれ。

故障が改善されない場合は、いくら軍用機でも基地に戻らなければならない。島を離れずに旋回することは分かっていた。

「イエス、サー」

朝倉はインカムを投げ捨てると、銃を構えたまま貨物室の壁面に並べてあるパラシュートを取って肩にかけた。後部ハッチは充分開いている。ちらりと外を見たが、高度千メートルはあるはずだ。

「馬鹿な真似はやめろ。高度が低い。降下訓練を受けたことはあるのか？」

シニア・エアマンは、額に汗を浮かべて言った。降下するための高度は充分ある。朝倉を試しているのだろう。

「死ぬほど訓練は受けた。心配するな」

パラシュート降下は、空挺団（くうていだん）でも特戦群でも厳しい特訓を受けている。悪天候だろうと問題はない。朝倉は銃を構えながらパラシュートのハーネスの留め金を留めた。陸自とは違う軽量タイプだが、問題ない。日米合同訓練で使ったことがある。

「こんなことをすれば、軍法会議物だ。今なら何もなかったことにしてやる」

シニア・エアマンは首を振ってみせた。朝倉が危害を加えないと分かったのだろう。説得しようと口調を和らげたらしい。

「世話をかけたな」

朝倉は銃からマガジンを抜いて捨てると、シニア・エアマンに投げ返して後部ハッチに向かって走った。

「シット！　クレイジー！」

「サナバビッチ！」

「オーマイガー！」

背後で兵士たちの怒号や悲鳴が飛び交ったが、正気の沙汰でないことは本人が一番よく理解している。

朝倉は後部ハッチのエッジに足を掛けた。ハインズを救えるのは自分しかいない。

「うおー！」

雄叫びを上げた朝倉は、空中に躍り出た。

3

海軍のパトカーが一台、マリンドライブを南に向かっている。

ハンドルを握るのはコンガーで、助手席にはハインズが座っていた。コンガーはいつものように運転席のウインドウを全開にして左肘をドアにかけ、黒髪を海風になびかせている。小雨はすでに止んでいるが、時おり風に流された雨粒が降り込んできた。窓を閉め切って走るのが、よほど嫌なのだろう。

「事件は解決したと思われますか？」

コンガーが神妙な顔で尋ねて来た。

「朝倉にも同じ質問をされたよ。君はどう考える？」

ハインズは苦笑してみせた。

「事件の特異性から、犯人であるパーカーもサイコパスに間違いありません。しかし、私は正直言ってがっかりしています」

コンガーは鼻を膨らませて首を左右に振った。

「がっかりした？」

「犯人はイーサン・マリクだと思っていました。いや、そうあるべきだったんです。それが、あのパーカーですよ。なんのためにがんばってきたと思っているんです。馬鹿にし過ぎだと思いませんか」

コンガーは興奮気味に言った。

「確かにマリクなら海兵隊員だったが、退役しているから海軍とは直接関係ないと言えなくもない。少なくとも犯人が身内から見つかるより、百倍ましだな」

ハインズは頷いてみせた。

ＮＣＩＳが文民であることのよさは、軍に縛られないことと、経験豊富で優秀な人材を軍以外からも得られることだ。それにもかかわらず、ＮＣＩＳから凶悪犯を出したことで、これまでもＮＣＩＳに批判的だった国防総省の幹部は態度を硬化させるだろう。今後は予算を削減される可能性も考えられる。

「私はあの日本人のＭＰの意見に反対してきました。サイコパスなら複数犯はいないからです。しかし、今は考えを変えています。血で汚れることを嫌っていたマリクが犯行を計画し、血を好むパーカーに実行させていたんじゃないでしょうか。とすれば、辻褄があいますよ」

コンガーはあくまでもマリクにこだわっているようだ。

「考えられないでもないな。事実、私の部下であったアバーノの歯が、発見されている。それが君の答えか」

ハインズは深く頷いた。パーカー単独の犯行なら、矛盾が生まれるのだ。

「マリクは多分日本で崖から落ちて負傷し、体が不自由なんだと思います。だからこそ、実行犯は誰かに任せるほかなかった。事件はまだ終わっていないんですよ」

コンガーはハインズに力強く言った。

4

アンダーセン空軍基地を離陸したC17は、一気に八百メートル上空まで上昇し、その後も高度を上げながら左にコースを取っていたが、朝倉が後部ハッチを開けたため、機長は操縦桿(そうじゅうかん)を戻さず、島の上空を旋回していた。問題が解決するまで、コースには戻れないのだ。

朝倉が後部ハッチを飛び下りた時点で、高度は千二百メートルあった。

小雨はほとんど止んでおり、雲の下ということもあって視界はさほど悪くない。朝倉はすぐにベリーフライ（うつ伏せの状態）で体勢を安定させて、手足の角度を変えることで島の南に向かって空中を滑るように飛んだ。時速は二百キロに達している。数秒で高度三百メートルに達し、朝倉はメインリップコードを引いてパラシュートを開いた。

ベリーフライでかなり距離は稼いだが、まだ島の中央部の上空だ。朝倉はブレイクコードを操ってなるべく島の南西部にあるアガットを目指す。ちなみにブレイクコードを使うのは、パラシュートの両端の空気抵抗を利用して、左右のターンや速度調整を行うためだ。

「まずいな」

小雨が降っていたため風はなぎだと思っていたが、東北東の風が吹いてきた。

朝倉は懸命にブレイクコードを調整するが、やはり十年のブランクはいかんともし難い。ハガニアの海岸の上空から島の中央部のジャングルに押し流されてしまった。日も暮れるジャングルに落下するのはなんとしても避けたい。なんとか風を受け流して左右に旋回し、海岸方向へ戻ろうと奮闘した。

「むっ！」

一瞬のことだ。強い風が吹いた。

バランスを崩して西の方角に飛ばされた朝倉は、五十メートル上空で風に煽られて落下し、木々に体を打ちつけられながら背中から大地に激しく着地した。

「……！」

空を見上げた朝倉の意識は混濁（こんだく）していた。

5

アガットの外れにある上級将校向け住宅は八戸あり、海岸に沿って北から南に並んで建てられていた。幹線のルート2にはすぐ出られ、アプラ港海軍基地の南ゲートまでは車で数分の距離にあるため緊急時に招集されたとしても問題はない。

だが、どれも建設中止で使用されていないため、敷地は有刺鉄線の簡易な柵で囲まれている。その一番南側に規制線の警告テープが張り巡らしてあった。

「時間がかかりましたね」

有刺鉄線の手前の引き込み道路に車を停めたコンガーは、溜め息を漏らして車から降りた。

島の北部にあるアンダーセン空軍基地と南西部にあるアガットは、通常でも車で五十分前後はかかるが、マリンドライブで道路工事があったために一時間以上かかったのだ。

「まったくだ」

腰を叩きながらハインズも助手席から降りた。渋滞と言っても十分ほどのろのろと走っただけである。二人とも連日の捜査で疲れているのだろう。

住宅の周囲には工事業者が張り巡らせた有刺鉄線があるため、現場を保全するための監視もいない。殺人現場でないのでプライオリティが低いのだろう。

コンガーは有刺鉄線の杭(くい)に手をつくと、勢いも付けずに軽々とジャンプしてみせた。

「若いな」

苦笑を浮かべたハインズはパトカーのボンネットに乗って、一・五メートルの高さがある有刺鉄線を飛び越した。

午後六時を過ぎている。アガットの海岸と水平線を残照が赤く染めていた。明日も天気は悪いのかもしれない。

ハインズはハンドライトを点灯し、警告テープを潜って玄関から入った。三十畳近いリビングの床には、ロール状の壁紙と未使用の角材が無造作に置かれている。工事をいつでも再開できるように建材は撤去していないらしい。

リビングの右手にある階段を上って、ハインズは二階に上がった。四年も放置してあるようだが、換気されているらしく傷んでいる様子はない。二階には四つの寝室があり、主寝室は一番奥にあると聞いている。

ハインズは突き当たりの部屋のドアを開けた。十八畳ほどの部屋の窓には、段ボールがガムテープで何重にも貼り付けられている。光が外に漏れないようにパーカーが目張りをしたのだろう。

「ほお」

段ボールの端を剝がして外を見ると広いバルコニーがあり、その向こうに海岸が見渡せる。思わず口笛を吹いたハインズは、首を左右に振った。司令部の上級将校は、民間企業でいうなら重役である。当然の待遇かもしれないが、軍が嫌で辞めたハインズにとっては軍人への厚遇に違和感を覚えるのだ。

中央の窓辺に折り畳みのテーブルと椅子が置かれている。パーカーはここにノートパソコンを置いて、殺人計画を練っていたに違いない。

「さて、はじめると、ぐっ！」

振り返った瞬間、ハインズは首筋に激しい衝撃を覚えた。

「………」

しゃべろうとしても言葉にならない。だが、今何が起きているかは認識できる。後ろに立っていたコンガーが振り向いたハインズの首にスタンガンを押し当てて電流を流しているのだ。

「迂闊な男だ」

笑いながらコンガーは、別のスタンガンをハインズの胸に突き立ててスイッチを入れた。二つのスタンガンから同時に高電圧の電流が流れる。

「………」

ハインズは呻き声も上げずに床に崩れた。

「………」

朝倉はふと目を開けた。上空で爆音を轟かせながら軍用ヘリが通り過ぎて行く。

ゆっくりと首を回し、次いで手足を順に動かしてみた。痛みは感じるがなんとか動かせる。壊れてはいないようだ。

腕時計を見ると、午後六時七分になっている。一時間近く気絶していたらしい。体を起こしてパラシュートのハーネスを外すと立ち上がった。すでに夕闇が世界を覆っている。

木に引っ掛かったパラシュートが、上空から発見されることはないだろう。鬱蒼（うっそう）とした緑に囲まれている。落下する直前に海岸が見えたので、ここは島の中央部のジャングルではないはずだが、いずれにせよ厄介な場所であることに変わりはない。

朝倉は戦闘服の胸ポケットからスマートフォンを出してコンパスアプリを表示させ、方位を調べた。とりあえず、海岸線のマリンドライブに出るなら北に向かうべきだ。

「ここは……」

三十メートルほど進むと突然森が切れ、背丈ほどの雑草をかき分けると道路に出た。

見覚えのある風景である。朝倉は緩い坂道を百メートルほど駆け上り、左手の芝生に覆われた丘を上った。眼下の左手に港の灯りが見える。グアム在住の芳賀建介が案内してくれた指定戦争跡地〝アサン展望台〟だ。

「やはり、そうか」

スマートフォンを出すと、朝倉は芳賀に電話をかけた。

「朝倉です。実は」

――ご無事でしたか。待っていましたよ。今、電話を代わります。

朝倉の説明を遮って、芳賀の嬉しそうな声が返って来た。

「えっ？」

――国松だ。海軍の憲兵隊が君を探しまわっているぞ。今どこにいるんだ？

首を傾げていると、国松が電話に出た。彼はグアム国際空港から午後八時発の民間機に乗ることになっているはずだ。

「〝アサン展望台〟にいる。どうして芳賀さんと一緒にいるんだ?」

——どっかの馬鹿が、輸送機から飛び下りたと、私のところにも海軍の憲兵隊が血相を変えて来たんだ。おかげで飛行機はキャンセルしたよ。君のことだから、真犯人が分かったんだろう。だけど、憲兵隊に言っても信じてもらえそうにないから、急遽芳賀さんに助けを求めたんだ。君だってそうするだろう。グアムで唯一の知人だからね。今ハガニアにいるから迎えにいくよ。

相変わらず、勘のいい男である。ハインズは朝倉を空軍基地で見送った後で、国際空港に寄って国松を降ろしたのだ。

「ルート6を西に向かう。拾ってくれ」

立って待っているのは時間の無駄だ。マリンドライブまでは、三・八キロほど、しかも下り坂である。

朝倉は全力で走りはじめた。

6

ハインズは、いつの間にか折り畳み椅子に座っていることに気が付いた。

足首がロープで縛り付けられ、両腕は後ろ手で縛られているため立ち上がることすらできない状態だ。

まだ上級将校向け住宅の主寝室にいるようだが、暗くてよく分からない。

「むっ！」

近くの机の上にロウソクの炎がいきなり点（とも）った。ライターで付けられたらしく、ぼんやりとそばの人影を照らす。

「年寄りだと思っていたが、もう目覚めたのか」

コンガーがライターで煙草に火を点けた。

「まさか、おまえがパーカーの共犯者なのか？」

この状況を見ればそれ以外には考えられないが、ハインズは悪夢の中にでもいるような気がしている。

「共犯者という言葉には、語弊（ごへい）がある。まるで犯罪の共同作業者じゃないか。私は、サイコパスマスターであり、パーカーは不出来な弟子の一人だ」

　コンガーはゆっくりと煙草の煙を吐き出し、ロウソクの炎を揺らめかせた。その目は鋭く吊り上がり、かつてないほど冷酷な表情をしている。

「サイコパスマスター？　まさか、ニューヨーク市警時代に解決した事件も、おまえが関わっていたのか？」

　ハインズは思わず立ち上がろうと、椅子を一瞬浮かせた。

「そういうことだ。私はインターネットで心理分析のサイトを開設している。そこで、性格診断のプログラムを掲載しているんだ。無料だから米国を中心に毎日、何十人、多い日は百人以上がアクセスしてくる。サイコパスを見つけ出すことは簡単なのだ。だが、サイコパスだからといって、誰しも殺人を犯すわけではない。そこで私は有力なサイコパスには、個人的にメールを送って調教する。方法は簡単だ。殺人に興味を示すように、市警に保管されている猟奇殺人の現場写真を送ればいい」

　コンガーは薄笑いを浮かべて得意げに言った。彼は大学時代に犯罪心理学を学んでいる。性格診断のプログラムを作ることぐらい容易（たやす）くできるのだろう。

「馬鹿な。そんなことをして何になる！」

　ハインズは激しく首を振った。

「サイコパスの研究は、大学ではできない。社会の中でサイコパスを育てて、その心理分析をすることが私の研究であり、ライフワークなのだ。だが、彼らを野放しにすれば、世間に害悪を及ぼす。だから、私はサイコパスハンターもしている」

コンガーはポケットから出した携帯灰皿へ神経質そうに煙草の灰を落とした。いつもの乱暴なふるまいからは考えられない仕草だ。わざと粗雑な人間を演じていたに違いない。

「馬鹿馬鹿しい。自ら犯罪者を作り出し、それをパーカーのように自分の手で殺して、事件を封じるというのか。何様のつもりだ」

「研究のためだ。多少の犠牲はつきものだろう」

コンガーはハインズの顔に煙草の煙を吹きかけて笑った。

「パーカーを殺害した時点で、事件は終わったはずだ。なぜ、私を拘束したのだ」

話が嚙み合わないと判断したハインズは、話題を変えながら腕を拘束しているロープが解けないか調べはじめた。

「パーカーは、典型的なサイコパスだが、私の意図していることを理解できなかった。私は一年ほど前にNCISのサーバーをハッキングして、イーサン・マリクの事件ファイルを発見したのだ。あの男の犯罪は芸術的だ。血で汚れることが嫌いな私の美学にも合致している。そこで、マリクを復活させようと考えた。だからこそ、手始めにおまえの部下のエドガー・アバーノの墓を密かに暴いて歯を抜いておいたのだ」

アバーノの遺体が虫に食われて白骨化していたのは、密閉されていた棺を一年前にコンガーが開封したためだったようだ。

「次にマリクの代役を務めるサイコパスの選定だ。そのころ、殺人者になれそうな候補は、パーカーも含めて四人いた。だが、彼のＮＣＩＳの特別捜査官という肩書きが気に入ったのだ」

「グアムを選んだのは、パーカーが勤務していたからか？」

ハインズは声を押し殺して尋ねた。コンガーから事件の真相を聞き出すための方策なのだろう。

「マリクは軍人のみを殺害した。だからこそ、太平洋最大の米軍基地に勤務するパーカーが必要だったのだ。ただし、面倒なのは、海軍での事件を解決するにはＮＣＩＳの特別捜査官でなければならないことだ」

コンガーは僅かに眉を寄せた。

「それで、ニューヨーク市警を辞職してＮＣＩＳに入局したというわけか。おまえの経歴なら入局できないわけがないからな。しかし、市警時代の実績が作られたものだったとはな」

ハインズは乾いた笑い声をたてた。彼もコンガーを面接している。だが、彼の負の性格を見抜けなかった。ニューヨーク市警時代の輝かしい実績に騙された。

「私の予定では、マリクが復活したことを捜査陣に知らしめ、実行犯であるパーカーを十二番目の被害者が出た時点で殺すつもりだった。パーカーにはターゲットを見つける手口を教え、殺害方法はやつに任せた。そして毎回、犯行直後に結果を報告させていたのだ。もっとも、日中は私への連絡を厳禁とさせていた。あんたに怪しまれたくないからな。だから、パーカーは夕暮れ時に犯行を重ねたのだ」

「時差か」

ハインズは思わず舌打ちした。グアムとクワンティコでは十三時間の時差がある。四件の事件が夕方に起こり、五件目のサム・バシット空軍中尉のみ夜中に殺されたのは、コンガーがグアムに来ていたからに違いない。

「パーカーは所詮マリクではない。彼を犯人として殺すのはまずかったのだ。自殺に見せかけて殺す予定だった。本当にあの男は馬鹿だ。あまりにも気まぐれで、スタンガンを使うかと思えば、素手でターゲットを殴り倒し、予定外の行動が多すぎる。最大の誤算は、軍人殺害よりも女をいたぶって殺すことに興味を持っていたことだ。だからジェーンを拉致して、朝倉に嗅ぎ付けられた。私が殺すしかなかったのだ」

パーカーは最終的に殺すことが目的でジェーンと付き合っていたらしい。振られたことで犯行を早め、彼女と付き合おうとした朝倉も襲ったに違いない。

「だから、おまえは入院中のジェーンが危ないと言い出したのか」

ハインズとコンガーは、ジェーンが拉致されていた空港の施設を改めて調べていた。だが、途中でコンガーは思い出したかのように、ジェーンが狙われていると言い出したのだ。

「私はあの男のスマートフォンをGPSで逐一監視していた。だから彼の行動は摑めたのだ。もっともあいつは私の正体は知らない。私がサイコパスマスターだと知ったら、驚いただろうな」

「パーカーのおまえへの態度は演技じゃなかったのか。だから、我々が乗った車を襲ったのだな。だが、パーカーの気まぐれで、事件がより複雑になったのも事実だ。おまえの目的はマリクが生存していると世に知らしめることだったんだな」

ハインズだけでなく、朝倉も犯人像を絞り込めなかったのはそのためである。

「マリクは、精神的に蝕まれていたようだが、殺人を芸術の域まで押し上げている。崖から落ちて死体も上がらないらしいが、彼が残した事件をこのまま闇に埋もれさせてはいけない。だからこそ、十二番目の殺害予告を出したにもかかわらず、このまま中途半端な模倣事件として終わらせないために、パーカーを殺したのだ」

コンガーは真剣な表情で言った。

「精神的に蝕まれているのは、おまえだろう」

ハインズは鼻で笑った。

「話の途中だが、薬の時間だ。これぱかりは気を失っている人間に無理矢理飲ませることはできないからな」

コンガーはいきなりハインズの鼻を摘んで上へ向けると、開いた口の中に錠剤を投げ込んできた。慌てて吐き出そうとすると、ペットボトルの水が口に流し込まれた。息が出来ないハインズは錠剤ごと水を飲み込んでしまった。

「……私を薬殺するつもりか？」

ハインズは咳き込みながらコンガーを睨みつけた。

「眠ってもらうだけだ。今すぐ殺すと、手首と足首のロープの痕が残ってしまう。二、三十分眠り、痕が消えたら自分の銃でこめかみを撃ってもらう」

「馬鹿な。血中の睡眠薬は検出されるぞ」

「それでも特別捜査官か。死を選んだ人間は追い込まれているんだ。睡眠薬を服用し、銃で頭を撃つという例ならいくらでもある。それに私が、あなたは精神的に極度なストレスで参っていたと証言すれば、自殺を疑う者はいない」

コンガーは顎を上げ、勝ち誇ったように鼻から息を漏らした。

「十二番目の被害者を私にするというのなら、残念ながら私は軍人ではない。忘れたのか、NCISは文民だ」

「次のターゲットはすでに決めてある。パーカーが死んだので、私が直接手を下すことにした。おまえは、仕事の邪魔になるから自殺するというわけだ」

「しまった」

鼻に皺を寄せ、ハインズは舌打ちした。朝倉らとグアム・セックス・ガイドを監視してはいたが、ジェーンを救出するのに手が離せなかったため、その隙に新たなターゲットを見つけられてしまったらしい。

「パーカーが使えなかったのは誤算だったが、なんとか挽回できそうだ」

コンガーは煙を吐き出しながら笑った。

五分ほどすると、瞬きを頻繁に繰り返していたハインズの上体がぐらついてきた。

「そろそろ効いてきたようだな」

コンガーは拘束していたロープを解き、その体を床に転がした。

ハインズはなす術もなく床に仰向けになった。もはや抵抗できるだけの力も思考力も麻痺していた。

7

朝倉と国松を乗せた芳賀の車は、アガットの外れにある上級将校向け住宅の百メートルほど手前で、ルート2沿いに停まった。

〝アサン展望台〟から二キロほど走って国松と合流した朝倉は、芳賀を急かせて十分ほどでアガットまでやって来たのだ。

時刻は午後六時二十九分になっている。曇り空であったことも手伝って、あたりはすっかり暗くなっていた。

「世話になりました」

朝倉は芳賀に礼を言うと、助手席から降りた。

「気をつけてくださいよ。死んでは何もなりませんから」

芳賀は運転席から心配そうに見ている。

「本当に一緒に行かなくていいのか？」

後部座席の国松が不満げに言った。まともに動けないことは本人が一番よく知っているはずだが、付いて行くと言い張っていたのだ。

「足手まといになるだけだ。だが、俺から何も連絡がないときは、地元の警察に通報してくれ」

本来なら海軍の憲兵隊か、ＮＣＩＳの地元の捜査官であるルイス・スプリンガーに連絡をとるべきなのだろうが、現時点で信頼できる者は国松以外に誰もいなかった。

「せめてこれを受け取ってくれ」

国松が特殊警棒と手錠を差し出した。特殊警棒は朝倉が入院中の彼に渡した物だ。

「手錠まで用意して来たのか」

「永井の形見だよ。是非使って欲しい」

国松はしみじみと言った。いつも持ち歩いているのだろう。事件への彼の執念と、亡くなった部下への悼みを感じる。

「分かった」

　頷いた朝倉は手錠を胸ポケットに入れ、特殊警棒をズボンの後ろポケットにねじ込んだ。武器はこれだけだが、刑事の性(さが)か永井の手錠の方がはるかに心強く感じる。

　朝倉は上級将校向け住宅の引き込み道路の坂を上った。

　海軍のパトカーが有刺鉄線の柵の前に停まっている。ボンネットを触ってみたが、すでに冷え切っていた。朝倉は音を立てないよう柵の杭に片手をかけると、有刺鉄線を飛び越した。

「…………」

　着地した途端、体中に走った痛みに朝倉は歯を食いしばって耐えた。パラシュート降下で新たに怪我を負ったようだ。

　朝倉はすぐさま住宅に駆け寄り、闇に紛れ南に向かって走った。一番端の警告テープが張り巡らされた家の玄関の壁に張り付き、様子を窺ってみる。家が大きいため、悲鳴でも上げない限り外に音が漏れることはないだろう。他の家同様、一切の照明が消えているため、墨(すみ)を流したような闇に包まれていた。

　玄関のノブを回してみたが、鍵がかかっている。朝倉は壁伝いに一階の窓が開かないか調べたが、すべて戸締まりがされていた。ドアや窓を蹴破ることはできるが、それは最後の手段である。

海岸と反対の東側に玄関とガレージがある。海側には三十坪ほどの芝生の庭があり、二階にはバルコニーがあった。

「うん?」

庭に出て二階を見上げていた朝倉が首を捻った。真っ暗だと思っていた窓ガラスの一部からほのかな光が漏れているのだ。窓には目張りがされており、その隙間から光が漏れているのだろう。

朝倉は雨樋を伝い、バルコニーによじ上った。慎重に動けと警告するかのように、一挙一動のたびに痛みが走る。

バルコニーを匍匐前進で進み、窓の光が漏れている部分から中を覗く。

コンガーがハインズを椅子に座らせ、右手にグロック19を握らせようとしている。

「むっ!」

自殺と見せかけて殺そうとしているのだ。

朝倉はバルコニーの端まで下がると重心を低くして駆け出し、窓ガラスに激突した。

窓ガラスは砕け散り、飛び込んだ朝倉はコンガーを巻き込んで床に転げる。

気絶しているハインズも椅子からずり落ち、手に握らされていた銃が床に落ちた。

「貴様!」

コンガーが慌てて四つん這いになり、銃を拾いに行く。

「させるか！」

朝倉はコンガーの足を摑んで引き寄せた。

「放せ！」

コンガーが懐からサバイバルナイフを抜いて、朝倉の右腕に突き立てた。

「ううっ！」

思わず声を上げた朝倉は手を離した。その隙にコンガーは銃に飛びつき、トリガーを引いた。

弾丸が頰を掠めた。朝倉はかまわず前に出て銃身を左手で摑み、右掌底をコンガーの右顎に決めた。手加減はしたが、顎の下にまともに決まったようだ。

コンガーは壁際まで転がり、朝倉の左手に銃が残った。

「私を殺せ！」

頭を振りながら半身を起こしたコンガーが叫んだ。だが、言葉とは裏腹に目が笑っている。他人の死どころか、自分の死すら喜んでいるようだ。

「おまえは、命の尊さを分かっていないらしい」

朝倉はグロックのマガジンを抜き取り、銃を捨てると、ズボンのポケットにねじ込んでいた特殊警棒も床に投げ捨てた。

「何のつもりだ。私を見くびり過ぎだ。ニューヨーク市警で格闘技の特訓を受けているんだぞ」

コンガーは殴られた際に落としたナイフを拾い上げて口の端を不気味に上げると、いきなり振り回してきた。

ナイフの切っ先を避けたが、左腕を浅く切られた。

「正当防衛を行使する」

あえて下段に構えた朝倉は、息を吐きながら前に出る。下がったら負けだ。

「武器を持った相手なら殺せるということか。面白い！」

目を吊り上げたコンガーが奇声を上げた。本性を現したらしい。顔つきが常人ではない。

「かかって来い！」

手招きした朝倉は、下段から無我の構えに変えた。無我の構えは両手を腰の少し下に当て、敵に攻守の動きを悟られないようにする。だが、素人(しろうと)には戦闘放棄にしか見えないはずだ。

「望み通りにしてやる！」

コンガーがまっすぐにナイフを持った右手を伸ばしてきた。

「エイっ！」

鋭い気合いとともに左に体を入れた朝倉は、同時にコンガーの右手を摑んで捻り、体を転換させた。バキッという鈍い音とともに、コンガーの右手首が折れた。

「ぎゃー！」

コンガーの悲鳴を無視して、左手で相手の腰を押しながら右腕をその首に絡め、強烈に引き上げながら後方に叩き付けるように投げ飛ばす。古武道の首絡め投げだが、受け身は取れない。コンガーはもろに後頭部から床に落ちて気絶した。数時間は目を覚ますことはないだろう。

胸ポケットから手錠を出し、腕時計を見た。

「一八四六時、ジェイソン・コンガーを殺人と殺人未遂の容疑、および公務執行妨害で現行犯逮捕！」

膝をついた朝倉は、コンガーの左手首に永井の手錠をかけた。

フェーズ12：帰還

雲一つない空は、宇宙まで突き抜けるように澄み切り、狂おしいほど青かった。紺碧の空を映す海は、波打ち際の青から沖合の深い緑へと美しいグラデーションで塗りつぶされ、時おりアクセントとして白波が彩りを添える。

五月四日早朝、K島の南部に位置する多幸湾（たこうわん）の堤防で釣り糸を垂れる二人の男がいた。

「正直言って、今回は二度と帰って来ないと思いましたよ」

「大袈裟なやつだ」

同僚の園田（そのだ）の言葉に朝倉は苦笑を浮かべた。

グアム連続殺人事件は、朝倉と国松、それにハインズの活躍で解決された。だが、グアム政府と国防総省との取り決めで、事件は表沙汰になることなく闇に葬られた。隠蔽工作に中央保安局のギャレット・スウェーザクが暗躍したのは、言うまでもないことである。

犯人であるコンガーを逮捕し、ハインズとジェーンの命を救った功労者である朝倉の働きは、関係者の間では絶賛された。だが、日米両国政府では彼の働きとは裏腹にその扱いに困り果てたらしい。朝倉がトップシークレットとなった事件の全容を知ってしまったからだ。

事件を解決したことで、飛行中の輸送機からパラシュート降下した朝倉の破天荒な行動も一切のお咎めなしとなったが、日本政府は眉をひそめた。グアム上空を降下する朝倉の目撃情報が相次ぎ、米軍にクレームが入ったからだ。

両政府の思惑が重なり、朝倉はひっそりと元の部署に戻されることに決定した。これには国松から事件の報告を受けていた中央警務隊の隊長である後藤田一等陸佐が猛然と抗議したが、一指揮官の声が通るほど日本政府に柔軟性があるはずもなく、朝倉は五月一日付けの辞令で出向が解かれて、元の職場に戻ったのだ。島に戻って来たのは、一日前の四月三十日である。

「朝倉さん、出向とか研修とか言っているけど、本当は特殊な事件に駆り出されているんでしょう？」

園田は後輩でもあり、釣り仲間でもある。それだけに朝倉の任務に漠然とだが、気が付いているらしいのだ。

「辞令通り、出向だの研修だよ」

朝倉はリールを巻きながらのんびりとした口調で答えた。傷を癒して体調を整えるのに三週間もかかってしまった。四月の最後の週は、元の体力に戻すべく自主的にハードなトレーニングを積んできた。K島に戻ることは早い段階で聞かされており、万全の体調で戻りたかったのだ。

「だって、その頬の傷痕、まだ目立ちますよ」

園田は朝倉の横顔を見て首を振った。コンガーに撃たれた銃痕が左頬に残っている。傷跡が消えるには半年ほどかかるだろう。もっとも完全にはなくならずに、オッドアイの異相にさらに迫力が加わるかもしれない。

「これか、派手に顔面から転んだんだ。そういうことにしておいてくれ」

グアムの事件の真相は、墓まで持って行くつもりだ。別に命令されたからではない。被害者の遺族が沈黙を守っているのに、第三者が口外するべきではないからだ。

波音に紛れて、背後で車のブレーキ音がした。

「おはようございます」

振り返ると、軽自動車の運転席から紙袋を抱えた中田幸恵が降りて来た。

「おはようございます」

朝倉はルアーを巻き取った竿を足下に置いた。島に帰って来て漁師の安曇に挨拶をしたら、翌日からなぜか幸恵が弁当を届けてくれるようになった。彼女曰く、安曇から一人暮らしの朝倉は大変だから弁当ぐらい持って行けと言われたらしい。たぶん今回留守をしたせいで、朝倉が転属になると心配した安曇が孫を使って引き止めようとしているのだろう。

「朝ご飯まででしょう。お弁当を持って来ました」

はにかみながら幸恵が紙袋を掲げて見せた。

「今日は非番ですよ。気を遣わせてしまいましたね」

朝倉は照れながらも紙袋を受け取った。

「妬けますね」

園田が苦笑いしている。

「あらっ、園田さんの分もあるわよ。二人が多幸湾で釣りをしているって、漁師の佐藤さんから聞いたから」

口元に手を当てて幸恵は笑った。小さな島ではどこかしらで見られているものだ。

「感激です！」

園田が大袈裟に頭を下げた。

「ありがとう。幸恵さん……」

朝倉も軽く頭を下げたが、幸恵は帰る様子はない。

「しばらく一緒に海を見てていいですか？　実は私の分までお弁当作って来たの」

幸恵は朝倉と並んで海を見ながら言った。

「でも、今日は月曜日ですよ」

まだ午前七時前だが、村役場に勤める幸恵は仕事があるはずだ。

「上司に遅れるって、電話をしておいたんです。昨日、日曜出勤したから大丈夫なの。お腹空いちゃいました。先にお弁当食べませんか？　まだ温かいですよ」

幸恵は朝倉に向き直り、にこりとした。観光課なので日曜日に働くこともあるようだ。

彼女がどういうつもりで、朝倉に接しているのかは分からない。だが、彼女の顔を見るだけで嬉しくなってしまうのは事実だ。

「はっ、はい。喜んで」

朝倉は柄にもなく満面の笑みを浮かべた。

本書は次の作品を改題したものです。
『斬死の系譜　オッドアイ』（二〇一五年十一月、中央公論新社刊）

中公文庫

斬死（ざんし）

――オッドアイ

2018年1月25日　初版発行

著　者　渡辺裕之（わたなべひろゆき）

発行者　大橋善光

発行所　中央公論新社
〒100-8152　東京都千代田区大手町1-7-1
電話　販売 03-5299-1730　編集 03-5299-1890
URL http://www.chuko.co.jp/

DTP　ハンズ・ミケ
印　刷　三晃印刷
製　本　小泉製本

Published by CHUOKORON-SHINSHA, INC.
Printed in Japan　ISBN978-4-12-206510-9 C1193